Christine Rummel

# Iris & Pippa
## Abenteuer am Alpenrand

TIERBUCHVERLAG
Irene Hohe

**Impressum:**

**Umschlaggestaltung:** © Carina Warnstädt
@carinas_pferdeundbuecher
**Motiv:** © Annika und Jeffrey
@jeffrey.herzenspferd



1. Auflage März 2023

www.tierbuchverlag.de

ISBN: 978-3-948662-17-2

Auch als E-Book erhältlich

*Für Emily*

# 1 IRIS

„Ist hier noch frei?"

Iris schreckte aus ihrem Tagtraum hoch und sah verdattert die ältere Frau an, die im Gang des Zuges stand. „Natürlich. Entschuldigen Sie." Iris hatte auf dem freien Sitz zwischen ihrem Fensterplatz und dem Gang ihren Rucksack, Süßigkeiten und ein Buch ausgebreitet. Jetzt versuchte sie, alles gleichzeitig an sich zu drücken und Platz zu machen.

„Nur keine Hektik, du zerquetschst die Guatl." Die Frau lachte und half Iris beim Einsammeln der einzelnen Schokobonbons.

„Guatl?", fragte Iris.

„Süßigkeiten. Du kommst wohl nicht von hier." Sie musterte Iris freundlich, dann hielt sie zwei Bonbons näher an ihre Augen. „Die sind ja toll verpackt. Auf einem ist ein Braunbär abgebildet. Und das andere sieht wie eine Matrjoschka aus. Du weißt schon, diese Holzpuppen, von denen immer eine kleinere in eine größere gesteckt wird."

Unwillkürlich dachte Iris an den Jungen, der ihr einmal eine solche Puppe geschenkt hatte. Beim Picknick am Ufer des tiefsten Sees der Erde und vor einer gefühlten Ewigkeit. Iris schluckte und fragte: „Woher kommen Sie?"

Die Frau machte eine vage Handbewegung. „Ich wohn schon mein ganzes Leben hier an den Alpen. Nach der Heirat bin ich nur zwei Dörfer weitergezogen und meine beiden Söhne verschlägt es auch noch oft hierher."

Iris wurde wehmütig. Wenn sie mit Alexej zusammengeblieben wäre, läge jetzt weit mehr als ein Katzensprung zwischen ihr und ihrem Elternhaus. Die Entfernung betrüge 6.325 km Luftlinie, um genau zu sein.

Die Frau riss sie aus den Erinnerungen. „Ich bin übrigens die Burgl. Was liest du denn Schönes?“

Verlegen erklärte Iris: „*Oberbayern für Anfänger*. Ich verbringe die Sommerferien auf einem Bauernhof am Alpenrand.“ *Um klarzukommen,* fügte sie in Gedanken hinzu. *Tiere und Natur sind die beste Medizin*. Dann fiel ihr ein, dass sie sich nicht vorgestellt hatte. „Mein Name ist Iris.“

Burgl lachte gutmütig. „Und was wird über meine Heimat geschrieben? Sag's, falls ich dir zu neugierig bin. Wenn meine Söhne fort sind, hab ich meist nur die Pferde zum Reden.“

„Pferde?“ Iris' Interesse war geweckt.

Doch die Sitznachbarin nickte nur und Iris kehrte zum Buch zurück. „Das erste Kapitel erklärt die Zusammensetzung des oberbayrischen Bezirkstags.“

Burgl zog die Brauen so hoch, dass sich die Fältchen um ihre Augen glätteten. „Du nimmst mich auf den Arm!“

„Aber nein“, versicherte Iris. „Ich werde sechs Wochen hier sein. Da muss ich doch auf die Gegend vorbereitet sein.“

Die Frau deutete aus dem Zugfenster. „Schau hinaus! Vor deinen Augen, das ist unser Oberbayern! Zwischen den Bäumen da hinten schlängelt sich ein Bach entlang, aus dem wir als Kinder Fische gefangen und sie den Eltern gebracht haben. Und auf dem Acker dort wächst der Mais so hoch, dass der Bauer in manchen Jahren ein Labyrinth darin anlegt und Besucher aus allen Nachbardörfern kommen. Und siehst du die braun gefleckten Kühe grasen? Wenn du ihre Glocken schellen hörst, weißt du, es ist Sommer. Denn dann ist Weidesaison.“

Iris schaute zum ersten Mal während dieser Fahrt bewusst aus dem Fenster – nicht um sich weg zu träumen, sondern um das Hier und Jetzt wahrzunehmen. Sie sah alles, worauf Burgl gezeigt hatte, und noch viel mehr. Iris legte eine Hand an die Scheibe und hielt den Atem an. Hinter den Feldern erhoben sich die Alpen.

„Na, das ist ein Panorama, oder?“, fragte Burgl.

Der Zug bremste ab.

„Das ist meine Station", sagte sie. „Also, schöne Ferien im Voralpenland, Iris!" Im Gehen murmelte sie vor sich hin: *„Die Zusammensetzung des Bezirkstags"* und schüttelte dabei lachend den Kopf.

Zerstreut rief Iris ihr ein „Danke" hinterher. Ob für die guten Wünsche oder fürs Augenöffnen wusste sie selbst nicht genau.

Mehrere Dörfer später erklang die Durchsage: „Wir erreichen in Kürze Rogenau. Ausstieg in Fahrtrichtung rechts."

Iris machte sich bereit.

Zwei Minuten später stand Iris mit Koffer und Rucksack auf einem einsamen Bahnhof im Nirgendwo und entdeckte ein verfallenes Wärterhäuschen. *Und jetzt?* Ein Ende des Bahnsteigs mündete in eine Sackgasse aus dichtem Gestrüpp.

Als Iris in die andere Richtung zum Parkplatz sah, traute sie ihren Augen nicht. Dort saß ein höchstens zehn Jahre altes Mädchen allein auf einem Kutschbock. Vor den Wagen war ein braunes Pferd gespannt, das mit halb geschlossenen Augen döste. Das Mädchen strahlte über das ganze Gesicht und winkte eifrig. Iris sah sich um, erkannte aber niemanden, dem das Winken gelten konnte.

„Grüß dich! Du musst Iris sein!", rief das Mädchen mit glockenheller Stimme.

Iris stutzte, zog den Koffer über den Parkplatz und kam neben dem Pferd zum Stehen.

„Hallo!", sagte sie. „Ja, ich bin Iris. Und wer seid ihr beide?"

Der Braune streckte Iris träge den Kopf entgegen und sie hielt ihm die offene Handfläche hin, damit er daran schnuppern konnte. Warmer, heimeliger Pferdeduft stieg ihr in die Nase. Sie seufzte sehnsüchtig.

„Das ist Pippin und ich bin Kathi. Wir sind vom Oswaldhof und holen dich ab." Das Mädchen entblößte eine Zahnlücke.

„Das ist aber lieb von euch!", fand Iris und kraulte den Schopf des Pferdes. „Ihr beide ganz allein?" *Ob das erlaubt war?*

Unvermittelt verdrehte Kathi die Augen. „Jetzt fang du nicht auch noch damit an, dass ich zu klein bin. Eben hab ich dich noch gemocht, weil deine Locken so lustig sind."

„Ich bin selbst nicht die Größte." Iris grinste und knetete beiläufig ihre Korkenzieherlocken. Pippin, der nun nicht mehr gekrault wurde, stupste Iris an. „Dein Pferd ist ein Kabardiner, oder?"

Kathi riss die Augen auf. „Das hat bislang kein einziger Feriengast erkannt!"

Iris zwinkerte Kathi zu und verriet: „Ich bin schon auf Kabardinern geritten. Eine wunderbare Pferderasse!" Sie schwang ihren Koffer auf die Kutsche, kletterte neben Kathi und sagte: „Mein Name wird übrigens Englisch ausgesprochen: Eiris."

„Warum?", fragte Kathi, die Iris seit der Kabardiner-Bemerkung mit einem ganz neuen Blick anstrahlte.

„Die erste Kinoverabredung meiner Eltern war bei einem Film, in dem Kate Winslet eine Iris spielt. Meine Mutter liebt den Film bis heute und sie schauen ihn jedes Jahr zum Hochzeitstag."

Die Kutsche fuhr los. „Hoffentlich knutschen sie dabei nicht." Kathi senkte die Stimme. „Knutschen ist so eklig."

Iris lachte erneut. „Wie alt bist du?"

„Fast zehn!", erklärte Kathi stolz.

Iris' Blick blieb an den Kinderhänden hängen, die die langen Kutschzügel hielten. „Ich will ja nicht nerven, aber bist du dir sicher, dass du die Kutsche steuern darfst?"

„Ich fahr besser als jeder Erwachsene!", verkündete Kathi ungerührt.

Iris biss sich auf die Lippen und sah sich um. Keine Autos weit und breit, nur ein paar Traktoren auf den Feldern. Sie versuchte, sich zu entspannen und die Fahrt zu genießen.

„Ich find's so cool, dass du den Sommer hier verbringst", plauderte Kathi und ihre beiden Zöpfe tanzten neben ihren rosa Backen. „Meist belegen Familien unsere Gästezimmer." Verschwörerisch fügte sie hinzu: „Deren Kinder sind manchmal fast noch Babys."

Iris packte ein paar Bonbons aus und bot Kathi welche an.

Das Mädchen stutzte: „Die sind zwar schön verpackt, aber komisch beschriftet." Sie sah zu Iris hoch. „Wieso guckst du plötzlich so traurig?"

*Nicht wegdriften,* mahnte Iris sich im Stillen und erklärte: „Die Bonbons kommen aus einem weit entfernten Land mit ganz tollen Pferden."

Kathis Augen leuchteten auf.

„Wie viele Tiere habt ihr?", fragte Iris, um das Gespräch zurück ins Hier und Jetzt zu lenken.

Kathi ging darauf ein. „Einen Stall voller Milchkühe, einen Gockel mit Hennen, zwei Kater und zwei Pferde. Die Pferde gehören meinem Bruder und mir. Aber wir lassen auch die Feriengäste auf ihnen reiten – wenn sie nett sind! Pippin kennst du ja schon und sein Halbbruder heißt Horst."

Iris verschluckte sich an ihrem Bonbon. „Ein Kabardiner namens Horst?"

Kathi erklärte stolz: „Horst ist der griechische Pferdegott. Aus der Mykologie."

„Aus der Lehre der Pilze? Sicher?" Iris' Mundwinkel zuckten. „Womöglich meinst du die Mythologie, quasi die Sagenwelt?"

Kathi musterte Iris abschätzig und entgegnete gedehnt: „Vielleicht." Dann erklärte sie wieder munterer: „Jedenfalls passt der griechische Pferdegott auf, dass Pferd und Reiter nichts passiert."

„Woher weißt du denn das?", fragte Iris.

„Von meinem Bruder. Flori ist schon 18! Leider recht alt, aber dafür ist er ziemlich schlau."

Iris grinste und merkte sich den Namen: *Flori.*

Plötzlich zuckte Kathi zusammen und Pippin geriet kurz aus dem Takt. „Was ist passiert?", wunderte sich Iris.

Kathi lief rot an und sah aus wie das schlechte Gewissen in Person. „Du weißt von nichts!" Sie fuhr den Wagen rechts ran. Dann legte sie beschwörend den Zeigefinger auf die Lippen und machte sich ganz klein.

Verwirrt suchte Iris die Umgebung nach einem Grund für dieses Verhalten ab. Sie beschattete die Augen und stutzte. „Hey, da an dem Traktor mit den gelben Felgen hängt jemand an der Tür. Ich glaube, der winkt uns."

„Nicht hinsehen!", raunte Kathi. „Er hängt nicht, sondern er steht auf einer kleinen Leiter, mit der man von der Fahrerkabine herunterklettern kann. Und gleich kommt er auf uns zu, wetten?" Sie seufzte und richtete sich wieder auf. Tatsächlich hielt der Traktor am Feldrand kurz an, der Junge sprang von der Leiter und der Fahrer fuhr weiter seine Bahnen. Mit großen Schritten erreichte der Junge die Kutsche.

„Hallo Bruderherz!", grüßte Kathi hörbar zerknirscht.

Iris betrachtete ihn verstohlen. Mit seinen zerzausten Haaren und der Arbeitshose wirkte er nicht wie jemand, der sich morgens Gedanken um sein Aussehen machte. *Und trotzdem ...*

„Kathi, ich hab dir gesagt, warte am Bahnhof, bis ich zurückkomme!", rügte er seine kleine Schwester.

Sie zog den Kopf ein und konterte kleinlaut: „Aber du und dein Kumpel, ihr habt euch auf dem Traktor verratscht. Hätte ich unserem Gast etwa solange eine Führung durch unsere Bahnstation geben sollen?"

Offenbar merkte sie, dass die strenge Miene ihres Bruders bereits weicher wurde, denn mit zunehmendem Selbstbewusstsein imitierte sie die Stimme einer Reiseführerin. „Sehen Sie zur Rechten den Bahnsteig mit genau einem Gleis und zu unserer Linken ein Bahnwärterhäuschen, das niemand mehr benutzt. So, das war's mit der Führung. Einen schönen Aufenthalt in Rogenau."

Flori schmunzelte. „Nein, das hättest du unserem Gast natürlich nicht antun können. Aber bitte fahr nicht mehr allein Kutsche! Wenn das der Falsche sieht, ist Mama dran."

„Jaja." Kathi seufzte. „Immer diese blöden Regeln!"

Flori kletterte auf den Kutschbock und sah endlich Iris an. Sie senkte den Blick und hob ihn erst wieder, als Flori ihr über seine Schwester hinweg die Hand hinstreckte. „Iris, gell? Ich bin der Flori." Seine braunen Augen blitzten fröhlich. Er wartete kurz und zwinkerte dann seiner Schwester zu. „Glaubst du mir jetzt, dass es Frauen bei meinem Anblick die Sprache verschlägt?"

Kathi rollte mit den Augen.

„Ich bin Iris“, schoss es aus Iris heraus. Sie verzog das Gesicht. So hatte er sie doch gerade genannt. Fast. Er hatte ihren Namen Deutsch ausgesprochen.

„Eiris also“, wiederholte Flori. „So hieß Kate Winslet mal in diesem Häusertauschfilm mit Jude Law. Schöner Name.“

Iris starrte ihn an.

„Siehst du“, raunte ihr Kathi zu. „Ich sag doch, dass er schlau ist.“

Als es ein Stück bergauf ging, stiegen die Mädchen ab, damit Pippin sich weniger anstrengen musste, und liefen neben ihm her. Glücklich ließ Iris den Blick schweifen. Ein Pferd fast auf Tuchfühlung und rundherum Felder, obwohl auf denen für ihren Geschmack viel los war: Auf der einen Seite fuhren Erntemaschinen, auf der anderen wurde ein Weidezaun montiert und ein Traktor brachte ein Wasserfass mit Tränkebecken.

Nachdem sie wieder aufgestiegen waren und durch ein Dorf fuhren, kam Iris aus dem Staunen nicht mehr heraus. Kein Haus glich dem anderen, aber eines hatten sie gemeinsam: „So viele Blumen!“, rief Iris aus und ihr Blick blieb an hölzernen Balkonen mit Schnitzereien und überbordenden Blumenkästen kleben. Sie bewunderte die knalligen roten, violetten und pinkfarbenen Geranien und Petunien. Dann reckte sie den Hals in Richtung einer kleinen Gruppe Menschen, die allesamt Tracht trugen, und saugte sich mit den Augen an einem kunstvollen Dirndlkleid fest. „Da hinten sind lauter Leute, die aussehen wie auf dem Oktoberfest“, raunte sie.

Kathi brauchte einen Moment, um zu begreifen, was Iris meinte. Dann antwortete sie: „Ach, das ist die Familie von Loni, meiner Schulfreundin. Die feiern heute beim Wirt den runden Geburtstag der Oma.“

„Tragen die schöne Dirndlkleider!“, meinte Iris bewundernd.

„Lonis große Schwester Josefa ist gelernte Trachtenschneiderin!“, erklärte Kathi so stolz, als habe sie höchstpersönlich all die bunten

Kleider mit den Blusen und den Schürzen gezaubert. „Dirndl trägt hier jeder. Meine Mutter hat mindestens fünf davon."

Iris' Mund blieb offen stehen.

Sie ließen das Dorf hinter sich und fuhren eine einsame Straße zwischen Mais- und Weizenfeldern entlang. Schließlich bogen sie an einer hügeligen Koppel vorbei in ein Hofgelände ein.

„Unser Hof liegt ein bisschen außerhalb. Da hat man seine Ruhe", verkündete Kathi.

So ruhig wirkte der Hof auf Iris gar nicht, sondern eher wuselig im besten Sinne. Als sie abstieg, jagten zwei Hühner vorbei. Ein Pferd galoppierte auf der Koppel heran und reckte wiehernd den Kopf über den Zaun. Pippin erwiderte das Wiehern.

Iris lachte. „Bei euch ist was los!"

Eine Frau kam aus einem Gemüsegarten, stellte einen Eimer ab und gesellte sich zu den Neuankömmlingen. Sie wischte sich die Handflächen an der Latzhose ab und streckte Iris eine Hand hin. „Grüß dich, ich bin Eva. Willkommen auf dem Oswaldhof!"

Evas Hand fühlte sich warm und stark an. Iris lächelte. „Grüß Gott, ich bin Iris." Die Begrüßung hatte sie vom Klappentext des Reiseführers.

„Hat mit dem Abholen alles geklappt?", wollte Eva wissen.

Aus dem Augenwinkel bemerkte Iris, wie Flori und Kathi sich verschwörerisch ansahen.

„Perfekter Service!", versicherte Iris. „Sehr nett und außergewöhnlich, dass Ihre Kinder mich mit der Kutsche abgeholt haben."

„*Deine* Kinder", korrigierte Eva. „Du wirst bald merken, dass die allermeisten in dieser Gegend schnell mit dem Duzen sind."

Wenig später führte Eva Iris nach oben in ein geräumiges Zimmer mit offenem Dachstuhl. „Richte dich erst einmal ein", sagte die Hofbesitzerin. „Wenn du so weit bist, werden meine Kinder dir den Hof zeigen. Falls du etwas brauchst, gib Bescheid. Unser zweites Gästezimmer ist von einer Jugendlichen in deinem Alter gebucht, die auch bald anreisen wird."

Kaum war Iris allein, warf sie ihr Gepäck auf die untere Etage eines Kinderstockbetts und fischte ihr brandneues Notizbuch aus dem Koffer. Damit warf sie sich auf das Elterndoppelbett. Kurz dachte sie daran, welch eine Verschwendung es war, ein Familienzimmer allein zu bewohnen. Aber wenn es kein Kleineres gab?

Sie zückte ihren Stift und schrieb auf die erste Seite: *Kathi, fast zehn, Besitzerin von Pippin.* Auf der nächsten Seite notierte sie: *Pippin, Kabardiner, Halbbruder von Horst*. Grinsend ergänzte sie: *Pferdegott der griechischen Mythologie.* Nächste Seite: *Eva, Mutter.* Dann blätterte sie nochmals um und zögerte. Schließlich schrieb sie sehr sorgfältig: *Florian, 18, kennt den Film ‚Liebe braucht keine Ferien'*. Sie hielt inne und ihre Gedanken schweiften ab.

Nach einer Weile schüttelte sie den Kopf über sich selbst und dachte, dass in ihrem Fall *Ferien brauchen keine Liebe* der passendere Spruch wäre. *Liebe.* So ein großes Wort. Zwar eines, das sie bereits benutzt hatte, jedoch nicht auf Deutsch und nicht in Deutschland. Nicht mal in Europa.

*Я люблю тебя. Ich liebe dich.*

*Я тоже тебя люблю. Ich liebe dich auch.*

Als Iris hinunterging, spielten die Geschwister neben einem Traktor mit zwei Katzen. Iris' Herz ging auf. Sie blieb stehen und beobachtete das Lachen und Scherzen. Doch je länger sie abseits stand, desto verlorener fühlte sie sich. Sie war eine Beobachterin, die nicht dazugehörte, und die paar Meter quer über den Hof erschienen ihr wie eine riesige Distanz.

Da sah Flori hoch und bemerkte sie. Sofort richtete er sich auf und winkte sie zu sich. Froh über die Einladung trat sie zu den Geschwistern.

„Warum hast du eine Tasche dabei?", fragte Kathi und deutete auf Iris' Jutebeutel.

Iris legte die Hand auf den Stoff. „Da ist alles drin, was ich vielleicht brauche – damit ich nicht jedes Mal hochlaufen muss."

Kathi sah auf Iris' Füße. „Warum hast du Gummistiefel angezogen?"

„Weil wir eine Hofführung machen, dachte ich.“ Erst jetzt fiel Iris auf, dass die Geschwister Turnschuhe trugen, und sie machte sich eine gedankliche Notiz für den nächsten Tag.

„Und warum brauchst du dafür Gummistiefel?“, fragte Kathi.

„Warum, warum?“, warf Flori ein und knuffte seine kleine Schwester. „Warum hast du so große Ohren? Warum hast du so einen großen Mund?“ Er lächelte Iris an. „Die junge Dame hier hat zu oft Rotkäppchen gelesen und sich die Fragerei abgeguckt.“

Kathi zog einen Schmollmund und zuckte die Schultern. „Frag ich halt nix mehr.“

Flori grinste. „Gummistiefel sind auf einem Bauernhof auf jeden Fall besser als Flipflops. Haben wir hier alles schon gesehen.“

Iris wagte ein scheues Lächeln. Flori hatte jetzt bereits mehr Sätze zu ihr gesagt als Alexej damals in der ganzen ersten Woche. *Alexej.* Beim Gedanken an ihn zog sich etwas in ihr zusammen. War es nicht völlig falsch, wenn sie diesen Flori anlächelte, den sie heute zum ersten Mal sah und von dem sie sich in sechs Wochen wieder verabschieden würde? Andererseits: Was war schon ein Lächeln?

Flori deutete hinter sich eine Anhöhe hinauf. „Pippin ist mit seinem Bruder vorhin ans andere Ende der Koppel galoppiert. Also entweder, du willst einen längeren Fußmarsch über den Hügel, oder wir zeigen dir erst die Kühe.“

Eine der Katzen streifte um ihre Beine.

„Kühe sind perfekt“, sagte Iris geistesabwesend und ging in die Hocke, um das verlockend seidige Fell zu streicheln. Der getigerte Rücken war von der Sonne erwärmt; der weiße Hals fühlte sich kühler an.

„Maxi ist unser Oberschmuser“, erklärte Kathi. „Wenn ihr ihn in den Stall mitnehmt, füttere ich inzwischen in Ruhe Findus.“

Iris nahm Maxi hoch und zu dritt gingen sie zum Kuhstall.

„Kathi hat immer Angst, dass Findus neben seinem Bruder verhungert“, erklärte Flori. „Weil Maxi nicht nur der größere Schmuser, sondern auch der größere Fresser ist. Aber soll ich dir was verraten?“ Er senkte geheimnisvoll die Stimme. „Bauernhofkatzen verhungern nicht. Sie fangen Mäuse!“

Iris wollte sich das nicht so genau vorstellen, obwohl sie natürlich wusste, dass Katzen im Grunde Raubtiere waren.

Sie betraten den Kuhstall durch ein großes, zurückgeschobenes Tor. Verblüfft blieb Iris stehen. „Die Rinder sind ja angehängt!"

„Der Stall hat schon einige Jahre auf dem Buckel. Heute baut man anders. Zum Beispiel so, dass die Kühe sich frei auf großen Flächen links und rechts vom Futtertisch bewegen können."

„Futtertisch?"

„Das ist der betonierte Gang, auf dem wir stehen. Einmal am Tag fährt der Ladewagen rückwärts rein und lädt Gras ab. Das wird auf zwei Mahlzeiten verteilt in die Futtertröge gegabelt."

Er deutete zu den Vertiefungen, die links und rechts vom Futtertisch verliefen und in denen noch etwas Grünfutter lag. Vereinzelte Kühe fraßen und kauten, viele lagen dösend auf ihren Plätzen und ein paar schauten neugierig zu den Besuchern.

„Was sind das für Essensreste beim Gras?", fragte Iris, während sie Maxis Hals kraulte.

„Vor der Hauptmahlzeit bekommen die Kühe Kraftfutter und Weizenbruch. Das nennt man *Einfüttern*. In den verschiedenen Futterfässern liegt jeweils ein Zettel, der die Ration für jede Kuh auflistet."

„Sind die Kühe etwa durchnummeriert?"

Flori legte der Kuh neben ihm die Hände über die Ohren. „Hör nicht hin, Brunhilde! Ihr seid doch keine Nummern!"

„Hast du dir eben einen Namen ausgedacht und Brunhilde war der erste, der dir einfiel?"

Er nahm die Hände von den Kuhohren. Iris war überrascht, mit welch langen Haaren sie bedeckt waren. Wie ein luftiger Vorhang hingen die Fransen über einen Teil der Ohrmuscheln.

„Schau nach oben, wenn du mir nicht glaubst. Und ehrlich gesagt müsste es ungefähr der hundertste Name sein, der uns mit B eingefallen ist."

Iris stutzte. An einem von mehreren Rohren, die parallel zur Decke über den Kuhköpfen verliefen, hing tatsächlich eine Tafel, auf die mit Kreide *Brunhilde* geschrieben war. Iris sah nach links und rechts. Jede Kuh hatte so ein Namensschild.

An Maxi gewandt fragte sie: „Kater, kannst du mir sagen, warum eine Kuh hier den hundertsten Namen mit B trägt?"

„Weil es so Tradition ist, dass Kälber den Anfangsbuchstaben ihrer Mutter tragen. Und Beate war eine sehr fleißige Kuh. Hier leben mehrere Generationen ihrer Nachkommen." Er machte eine weitschweifende Geste. „Finde du mal 100 Namen mit B, ohne Brunhilde zu verwenden."

Iris betrachtete die Kühe mit neuen Augen. „Sie sind also alle verwandt?"

„Nein, so fleißig war nicht mal Beate. Es gab auch noch Alma und Sibylle."

„Dein Ernst?"

„Mein voller! Die drei sind quasi die Patroninnen all unserer Kühe."

„So wie Horst der Schutzheilige der Pferde ist?"

Er kratzte sich am Hinterkopf und grinste verlegen. „Ertappt. Verrat es meiner kleinen Schwester nicht. Mein guter Ruf steht auf dem Spiel. Aber Beate, Alma und Sibylle sind wirklich die Vorfahrinnen unserer Kühe. Von ihnen werden Sagen und Legenden erzählt."

„Spinner."

Das Blut schoss in ihren Kopf. Hatte sie ihn tatsächlich so genannt?

Da piepte es im Latz von Floris Arbeitshose. „Essenszeit", sagte er. „Die nächsten Wochen wirst du hauptsächlich Nahrungsmittel frisch aus der Region genießen."

*Die nächsten Wochen*. Iris vergrub ihr Gesicht in Maxis Fell. Sie war aufgeregt und bereits jetzt glücklich wie seit Monaten nicht mehr.

## 2 PIPPA

Pippa lehnte mit dem Rücken am Fensterstock ihres kleinen Dachzimmers und blickte hoch zum Himmel. Die Wut und die Enttäuschung stachen wie Dornen in ihrer Brust. Irgendwo dort oben war das Flugzeug, das ihre Freundinnen Olivia und Ashley sowie Olivias Bruder Rino nach Mallorca brachte.

Sie schnaubte. Als sie sich im Gruppenchat aufgeregt hatte, dass die Eltern ihr die Reise auf den letzten Drücker verboten hatten, hatte sie Mitgefühl und Unterstützung erwartet. Stattdessen hatte Ashley nur kurz Bedauern geheuchelt und dann mit einem falschen Lächeln Pippas Platz eingenommen.

Pippa hatte die Worte der sogenannten Freundin noch genau im Ohr. „Es tut mir so leid für dich. Aber es ist schon alles gebucht und Rino hat die Shootings eingeplant. Zu schade, wenn seine Mühe umsonst gewesen wäre."

Ihr drehte sich der Magen um angesichts des abscheulichen Verrats. Sie betrachtete ihr Handy, wissend, was bevorstand: Nicht sie, sondern Ashley würde den ganzen Sommer über Bilder und Videos mit Sandstränden am Ufer eines türkisblauen Meeres posten. Ihre Accounts in den sozialen Medien würden durch die Decke gehen und genau das würde sie Pippa später unter die Nase reiben. Natürlich mit einem Lächeln. Denn man war ja befreundet. Pah!

Die Tür ging auf und Pippas kleiner Bruder steckte seinen schlecht geschnittenen Pilzkopf ins Zimmer. „Essen ist fertig! Kommst du runter?"

„Hat Mama wieder an deinen Haaren rumgesäbelt?", ätzte Pippa. „Wann gehst du endlich mal zu einem richtigen Friseur, Paul?"

Er zupfte an seinem dichten Pony und schaute zu ihr hoch. Dabei sinnierte er: „*Allem wohnt Schönheit inne, doch nicht jeder sieht sie.* Konfuzius."

Pippa rollte mit den Augen. „Du nervst! Nicht jeder Spruch wird bedeutungsvoll, indem du behauptest, er sei von Konfuzius."

Ungerührt tippte Paul gegen den Nasensteg seiner Brille und sah sich im Zimmer um. „Schon gepackt für deinen Sommer auf dem Bauernhof? Wirst du dort Kühe melken?"

Sie funkelte ihn an. „Ich sag dir was: Es ist völlig egal, ob ich unter Palmen liege oder im Kuhmist herumstapfen muss! Ashley wird mir nicht den Rang ablaufen! Weil ich nämlich die besseren Fotos posten werde!"

„Was ist denn daran so wichtig?"

Pippa stöhnte, denn Paul verstand mal wieder nichts. Missmutig ließ sie sich zu einer Erklärung herab. „Ashley und ich sind in der Endausscheidung eines Wettbewerbs auf Instagram. Diejenige, deren Account sich bis zum Ende des Sommers am besten entwickelt, wird Markenbotschafterin für das Label *Beachwear*."

In Pauls Gesicht standen tausend Fragezeichen. Pippa hatte nichts anders erwartet, denn in ihren Augen beschränkte sich sein Horizont auf Mathe, Nintendo und einen häufig zitierten chinesischen Philosophen. Unwillig ließ sie ihre langen Beine vom Fensterstock gleiten und warf einen beiläufigen Blick in den bodentiefen Spiegel im Eck. Mit einer schwungvollen Bewegung strich sie ihre blonden Haare zurück und verkündete: „Selbst wenn Ashleys Account dank Mallorca explodieren wird: Sie weiß ja nicht, welche Joker ich in den nächsten Wochen auftreiben werde."

Paul rückte sich abermals die Brille zurecht. „Bist du sehr traurig, dass Ashley an deiner Stelle im Flugzeug sitzt?"

Pippa reckte das Kinn vor und schob sich an ihrem Bruder vorbei aus dem Zimmer. „Red keinen Quatsch! Mir geht's blendend." Doch die Dornen in ihrer Brust stachen auf jeder einzelnen Treppenstufe erneut zu.

## 3 IRIS

Nach dem Essen kehrte Mittagsruhe auf dem Oswaldhof ein und alle zogen sich zurück. Iris öffnete die Fenster ihres Zimmers und ließ den Blick schweifen. Die beiden Kabardinerbrüder dösten unter einem Apfelbaum und die Katzen hatten sich auf dem Bänklein bei der alten Kastanie eingerollt. Eine Frau auf einem klapprigen Rad fuhr in den Hof ein und lehnte es an eine Scheunenwand. Dann nahm sie mehrere Eierkartons und ein Glas, dessen Inhalt nach Marmelade aussah, aus einem Schrank vor der Scheune. Iris lächelte. Von Selbstbedienungsläden auf Bauernhöfen hatte sie schon gehört. Die Frau verstaute ihre Einkäufe, warf ein paar Münzen in eine Kasse und radelte wieder davon.

Zufrieden legte sich Iris aufs Bett. Sie nahm ihr Notizbuch heraus und ließ ihren Stift übers Papier fliegen, um jede Kleinigkeit zu notieren, die sie über die Kühe und den Stall erfahren hatte. Auf ein neues Blatt schrieb sie *Maxi und Findus* und zog zwischen beiden Namen eine Linie. Auf Maxis Seite notierte sie: *Oberschmuser und -schnurrer, frisst seinem Bruder gerne das Futter weg.* Und bei Findus: *Er schaut lieber erst mal.*

Danach blätterte sie zurück zu Floris Seite und drehte den Füller zwischen ihren Fingern. Endlich ergänzte sie: *Macht, dass es mir gut geht.* Sie betrachtete die Worte. Dann blickte sie auf und sah die Schokobonbons auf dem Nachttischkästchen. Die Sorte, die ihr Alexej in einem anderen Leben zum Valentinstag geschenkt hatte. Zurück in Deutschland war sie quer durch die Stadt zu einem russischen Laden geradelt, um die Süßigkeiten nachzukaufen. Sie strich durch, was sie geschrieben hatte, und ersetzte es durch: *Er ist witzig*.

Ein Klopfen riss sie aus ihren Gedanken. Sie stopfte das Notizbuch unter ihr Kopfkissen und sprang aus dem Bett. „Ja?“, fragte sie.

Die Tür ging auf und Flori stand im Türrahmen. „Ausgeruht?“

Iris strich sich ihre Kleidung glatt. „Klar. Bin topfit!“

„Lust, die Pferde zu besuchen? Sollst ja was bekommen für dein Geld.“ Seine Augen funkelten frech.

„Ist nicht mein Geld“, erwiderte Iris der Ehrlichkeit halber. „Gummistiefel oder Turnschuhe?“

Er zuckte die Schultern und antwortete: „Gern was, das über die Knöchel reicht.“

Sie war es gewohnt, mit wenig Gepäck auszukommen. Mit den vier Paar Schuhen, die sie mitgebracht hatte, war sie für ihre Verhältnisse gut ausgestattet: Gummistiefel, leichte Bergschuhe, Turnschuhe und Ballerinas. Sie schlüpfte in die Stiefel und war wenig später mit Flori am Koppelzaun. Kathi gesellte sich mit Kater Maxi auf dem Arm dazu, während sein scheuerer Bruder Findus einen Beobachtungsposten auf dem Dach des Hühnerstalls bezog.

„Weißt du schon, welche unserer Tiere dich am meisten interessieren?“, fragte Flori.

Iris überlegte und meinte: „Tiere haben allgemein so etwas Erdendes. Aber besonders neugierig bin ich auf eure Kabardiner.“

Flori nickte anerkennend.

„Ich sag doch, dass sie die Rasse gleich erkannt hat“, bekräftigte Kathi. „Ganz ohne Internet!“

„Soso“, entgegnete Flori und öffnete den Paddockzaun. „Dann bist du der erste Gast, dem wir nicht erzählen brauchen, dass die Kabardiner Gebirgspferde aus dem Kaukasus sind. Genügsam, robust, trittsicher, zuverlässig. Wie gemacht für das Reiten in unserem bergigen Gelände.“

„Ich liebe Ausritte“, schwärmte Iris, während sie sich von beiden Pferden beschnuppern ließ und abwechselnd ihre Hälse streichelte.

„Du kannst gerne reiten“, sagte Flori. „Such dir einen unserer beiden Wallache aus.“

Iris riss die Augen auf. Als die Geschwister ihr Angebot nicht zurücknahmen, griff sie kurzerhand in Horsts Mähne, holte mit ihrem Bein aus und saß im nächsten Moment auf seinem Rücken. Strahlend verkündete sie: „Find' ich super, dass hier ohne Sattel geritten wird. Aber ein Zaumzeug oder ein Halsring wären schon nett."

Einen Moment starrten Flori und Kathi sie an. Das Mädchen fand schneller die Sprache wieder und platzte heraus: „Iris, ich find dich so cool!"

Der große Bruder brauchte ein bisschen länger, um seine Miene wieder zu kontrollieren. Er räusperte sich und sagte: „Das war ein Missverständnis. So läuft's bei uns nicht. Du musst vorreiten. Auf dem Reitplatz. Mit Sattel, Helm und natürlich auch mit Zaumzeug."

Iris wartete einen Moment ab, ob er es ernst meinte. Da er nicht einlenkte, fiel ihr Strahlen in sich zusammen. „Ach so", sagte sie peinlich berührt. „Tut mir leid. Ich ..." Für einen Augenblick hatte sie gedacht, wenigstens eine Sache könnte sich ein wenig so anfühlen wie früher, als ihre Welt eine ganze Weile in Ordnung gewesen war. Plötzlich drohte die Sehnsucht sie zu überrollen und sie glitt entmutig vom blanken Pferderücken.

„Hey, ist doch nicht schlimm!", versuchte Flori sie zu beruhigen. Er schmunzelte. „War sogar ziemlich beeindruckend. Wo und wie bist du denn bisher geritten?"

„Im Galopp durch die Taiga", antwortete Iris wie aus der Pistole geschossen.

Die Geschwister hoben die Augenbrauen und Flori lachte verunsichert.

„Was ist eine Taiga?", fragte Kathi.

„Ist das nicht eine Landschaft in Kanada?", mutmaßte ihr Bruder.

„Vielleicht auch", entgegnete Iris vage. Sie hätte erklären können, dass es auf jeden Fall ein Gebiet in Sibirien war, wo sie wegen der Forschungsarbeit ihrer Eltern jahrelang gelebt hatte. Aber etwas hielt sie davon ab. Was früher war, gehörte nur ihr.

„Du bist gut in Geografie", behauptete sie zur Ablenkung.

Flori winkte ab. „Das sähe mein Erdkundelehrer anders. Besser bin ich jedenfalls im Reiten. Wir können gleich mit dem Unterricht anfangen, wenn du magst."

„Unterricht?", wunderte sich Iris. „Ich kann reiten."

Flori wirkte unzufrieden und wollte offensichtlich widersprechen. Da kam ihm seine kleine Schwester zuvor und zitierte absichtlich gespreizt: „Reiten kann man nicht, reiten lernt man."

Damit nahm sie Flori den Wind aus den Segeln, bevor er überhaupt losgelegt hatte.

Sie kraulte Maxis Hals und raunte: „Nimm es meinem Bruder nicht übel, Iris. Er ist ein guter Kerl, aber beim Reiten ist er voll der Spießer."

„Hey!", protestierte er und knuffte seine kleine Schwester spielerisch in den Arm.

Sie duckte sich lachend weg. „He, Mädchen mit einem Kater auf dem Arm darf man nicht hauen. Oswaldhofgesetz!"

Am folgenden Tag sollte die erste Reitstunde stattfinden. Lange vor der vereinbarten Zeit machte Iris sich auf den Weg, um Horsts Halfter zu holen. Sie wollte den Wallach ordentlich striegeln, bevor der Unterricht begann. Versonnen überquerte sie den Hof und hielt den Blick auf die beiden Braunen gerichtet, die sich auf der Koppel gegenseitig den Widerrist beknabberten. Sie nahm sich vor, Horst beim Putzen an der gleichen Stelle ausgiebig zu bearbeiten. Denn die meisten Pferde liebten das.

In Gedanken ganz bei den Tieren, bog sie um die Ecke der Sattelkammer. Sie sah gerade noch Floris Rotschopf unter sich und stolperte. Mit den Armen rudernd flog sie durch die Luft und landete im nächsten Moment bäuchlings vor den Sattelhaltern.

„Iris, ist dir was passiert?", rief Flori und rappelte sich hoch.

Benommen wälzte sie sich herum und ergriff seine ausgestreckte Hand. Dabei durchzuckte sie die Wärme, die sie schon beim Händedruck auf der Kutsche gespürt hatte. Sie sah auf und blickte in Floris braune Augen, die dieses Mal nicht fröhlich blitzten, sondern erschrocken und besorgt dreinschauten.

„Geht schon", stammelte sie. „Tut mir leid, dass ich über dich drüber gefallen bin. Hast du dich verletzt?"

Er legte die freie Hand auf ihren Rücken, um ihr beim Aufrichten zu helfen, und zog sie mit der anderen hoch. „Ich? Du bist diejenige, die einen Bauchplatscher hingelegt hat."

Ein Knoten schlang sich um ihren Hals. Wie sollte sie sprechen, wenn ein Junge sie quasi im Arm hielt? Ein Junge, den sie kaum kannte? Sie wich zurück. „Stimmt. An meiner Eleganz muss ich wohl noch feilen. Also geht's dir gut?"

Er legte den Kopf schräg und musterte sie. „Ja, mach dir um mich keine Sorgen."

Verlegen suchte sie nach einem Gesprächsthema. „Was hast du überhaupt da unten gemacht?"

Beide sahen gleichzeitig zu der Stelle hinab, an der Flori zur Stolperfalle geworden war. „Das Waschbecken ist verstopft. Ich hab den Siphon vom Abflussrohr gelöst, um nach der Ursache zu suchen."

„Oh, vielleicht wurden Trensen abgewaschen, an denen zu viele Futterreste hingen. Kann ich dir helfen?"

Zweifelnd betrachtete Flori die Rohrzange am Boden und den Kübel, in dem er eine Brühe voller Pferdehaare und glitschiger Grashalme aufgefangen hatte. „Du wirst dein Angebot bereuen, wenn ich es annehme. Also lehne ich es ab."

Iris protestierte, da fiel Floris Blick auf ihre Knie. „Du blutest ja."

Sie sah nach unten. Es war ihr überhaupt nicht aufgefallen, doch in dem Moment, in dem sie die aufgeschürfte Haut sah, spürte sie die Schmerzen.

Flori schob den Kübel unter das Becken, sodass er seine Hände waschen konnte, ohne für eine Pfütze zu sorgen. Dann holte er einen Erste-Hilfe-Koffer von einer Halterung an der Wand.

„Es sind nur ein paar Kratzer", wiegelte Iris ab.

Doch Flori ging bereits vor ihr in die Hocke, um ihre Knie zu säubern.

Iris kam fast um vor Verlegenheit.

Jetzt sprühte er Desinfektionsmittel auf ihre Abschürfungen. „Keine Sorge, es ist alkoholfrei und brennt nicht."

„Mhm", murmelte Iris und wusste nicht, wo sie hinschauen sollte. Floris Blick zu erwidern, als er aufmunternd zu ihr hochsah, schaffte sie keine zwei Sekunden. Erst nachdem er sich auf ihre Knie konzentrierte, sah sie wieder hinab. Seine Haare schimmerten kupferrot in der einfallenden Sommersonne.

„So, ich kleb dir ein Pflaster drauf, damit kein Schmutz in die Wunde kommt. Davon gibt's auf einem Hof genug." Er lächelte entschuldigend.

Iris war sich sicher, dass ihre Wangen inzwischen leuchteten wie zwei reife Tomaten. Das war ihr schon peinlich genug. Und wenn ihm auch noch aufgefallen war, wie ausgiebig sie seine Haare betrachtet hatte? Sie versuchte es mit einem ungezwungenen Ton. „Ach, ich find's ziemlich sauber. Irgendjemand scheint bei euch fleißig zu putzen und Ordnung zu halten." Sofort verwünschte sie sich. Putzen und Ordnung halten. Wie alt war sie? 50?

Doch Flori schien sich zu freuen. „Danke für das Kompliment." Er drückte das Pflaster fest. Dann klappte er den Koffer zu und richtete sich auf.

Iris bemühte sich, trotz des heillosen Durcheinanders in ihrem Kopf, gelassen dreinzuschauen. „Danke fürs Verarzten." Sie strich eine vorwitzige Locke zurück, die sofort wieder nach vorn fiel.

„Dann holst du jetzt Horst?", fragte Flori.

„Was?"

„Das Pferd? Für deine Reitstunde?"

„Ja, klar!" Iris sah sich unkoordiniert um. Ihre Gedanken wirbelten durcheinander. *Was ist los mit mir? So habe ich mich erst ein einziges Mal gefühlt. Und es ist falsch, ein zweites Mal so zu empfinden!*, geißelte sie sich. *Das ist Verrat an allem, was damals besonders war!*

Da drang Kathis helle Stimme in die Sattelkammer und ihr sommersprossiges Gesicht mit der Zahnlücke erschien in der Tür. „Hier seid ihr! Iris, magst du mit mir die Kälber tränken? Die größeren habe ich bereits von der Weide geholt. Eines, das erst ein paar Tage alt ist, hab ich Knuffi genannt. Später muss es leider umgetauft werden, denn welcher ausgewachsene Stier will schon Knuffi heißen?"

Vom plötzlichen Wortschwall überfordert sah Iris hilfesuchend zu Flori. Der zuckte gutmütig mit den Schultern. „Geh ruhig mit Kathi mit, wenn du dich für Kälber interessierst. Sie sind wirklich niedlich."

Iris fühlte sich hin und hergerissen, weil sie sich einerseits aufs Reiten freute. Andererseits boten die Kälber die perfekte Ausrede, den ersten Unterricht bei Flori etwas zu verschieben. Solange sie allein der Anblick seiner Haare durcheinanderbrachte, hielt sie sich nicht für 100 Prozent zurechnungsfähig.

Schon hatte Kathi sie an der Hand genommen und führte Iris zum Kuhstall. „Klasse, dass du mit mir die Kälber fütterst! Sonst muss ich das immer minikleinen Ferienkindern zeigen und die Eltern machen zig Fotos!" Sie rollte mit den Augen, lachte aber dabei.

Sofort fühlte sich Iris besser. Kathis unbefangene Fröhlichkeit war genau das Richtige gegen wirre Gedanken.

„Aw!", entfuhr es Iris, als sie den Kälbertrakt betraten. Eine Schar kuscheliger Kälber drängte zum Eingang. Das Kleinste rappelte sich aus dem Stroh hoch. „Sie sind nicht angebunden wie eure erwachsenen Rinder", fiel Iris auf.

„Sie dürfen freilaufen, bis ihnen Hörner wachsen. Später ziehen sie um in eine der beiden Reihen, wo sie angebunden werden." Kathi senkte die Stimme. „Rindern, die in Laufställen leben sollen, werden die Hornansätze rausgebrannt, solange sie noch ganz klein sind. Das stell ich mir grausig vor." Es schüttelte sie. „Flori sagt, es ist ein Vorteil unserer Haltungsform, dass die Kühe ihre Hörner behalten können. Jede hat ihren eigenen Platz, sodass sie sich nicht gegenseitig verletzen."

„Du wurdest offenbar gut aufgeklärt", entgegnete Iris beklommen.

Kathi legte sich den Finger auf die Lippen. „Aber pst, wir sollen nicht über Haltungsformen diskutieren. Mit kontapersen Themen kann man Erwachsenen schnell die Stimmung verderben."

„Mit *kontroversen* Themen?“ Iris grinste. „Verstehe.“ Mit gespitzten Fingern zog sie ihren Mund wie einen Reißverschluss zu.

Die vorwitzigsten Kälber reckten ihr die Hälse entgegen. Sie streckte eine Hand nach einem hellbraun gescheckten Tier aus, doch es wich sofort zurück.

Kathi gluckste. „Die sind nicht so mutig, wie sie vorgeben.“ Sie ließ Iris Milchpulver abmessen und mit heißem Wasser vermischen. „Halte deinen Finger in den Kübel“, forderte sie.

Iris betrachtete die weißliche Brühe und hatte wenig Lust, ihren Finger dort hineinzustecken.

„Du musst prüfen, ob die Temperatur passt, damit die Kälber die Milch trinken können. Wenn sie zu heiß ist, gießt du etwas kaltes Wasser drauf“, erklärte Kathi und spähte in den Behälter.

„Ach so.“ Iris hielt den Finger in die Flüssigkeit, stellte den Wasserhahn auf Blau, tauchte nochmal hinein und nickte zufrieden. „Wieso verwendet ihr keine echte Milch?“, wunderte sie sich. „Ihr sitzt doch an der Quelle.“

„Ich hab Mama und Flori schon so oft vorgeschlagen, die Kälber bei ihren Müttern trinken zu lassen. Das sieht so niedlich aus.“ Sie zog eine Schnute und imitierte einen Erwachsenen: „Welche Milch soll dann der Molkereiwagen abholen? Wie sollen wir genug Geld verdienen, um die Kühe zu füttern? Das Pulver kostet natürlich auch etwas; allerdings weniger, als wir mit der Milch einnehmen.“

„Hmm, schade, aber irgendwie einleuchtend.“ Iris las die Aufschrift des Milchpulversacks und zuckte die Schultern. „Für Babys kann man ebenfalls so ein Pulver kaufen. Also wird's nicht viel schlechter sein als richtige Milch.“

Kathi riss die Augen auf. „Babys bekommen Pulvermilch? Echt?“

„Manche. Aber frag mich bloß keine Details. Ich bin ein Einzelkind ohne jüngere Kinder in der Verwandtschaft.“ Iris wollte den Milchkübel vor eines der Kälbchen hängen.

Kathi hielt sie auf. „Wir bereiten erst alle Kübel vor. Sie schlagen sich die Köpfe ein, wenn eines schon trinken darf und die anderen noch lange warten müssen. Klarer Fall von Futterneid.“

Die nächsten Eimer bereitete Iris allein vor – erst unter Kathis wachsamen Augen, dann selbstständig.

Kathi hatte sich an die Stange gelehnt, an die man die Kübel hängen konnte. „Ich habe eine Frage", meinte sie.

Iris prüfte die Temperatur der letzten Milch und sah sich zu Kathi um. „Welche?"

Kathi legte den Kopf schief: „Was machst du ganz allein hier? Hast du keine Freunde?"

Iris blinzelte. Mit neun durfte man solche Fragen wohl stellen, ohne dass sie böse gemeint waren, und doch hatte das Mädchen einen Treffer gelandet. Sie gab einen Schuss kaltes Wasser in den Eimer und schwenkte ihn. „Ich hab Freunde. Die sind nur nicht hier. Die sind ... an einem anderen Ort."

Kathis Gesicht wurde augenblicklich tieftraurig. „Sind sie tot? Mein Hamster auch."

Iris riss den Finger aus der Flüssigkeit und hob beschwichtigend die Hände. „Nein! Herrje, schau doch nicht so. Sie leben in einem anderen Land. Die meisten. Ein paar wohnen zwar in Deutschland, aber die besten, die sind woanders." Sie sah das Mädchen etwas überfordert an, dann griff sie entschlossen nach zwei Kübeln. „So, füttern?"

„Füttern", bestätigte Kathi und berührte Iris mitfühlend an der Schulter.

Iris schluckte und drehte den Kopf zur Seite, während sie die Eimer einhängte. Kurz darauf erfüllte ein eifriges Saugen und Schmatzen den Kälberstall.

# 4 PIPPA

Die Zugfahrt in den deutschen Südosten strapazierte Pippas Geduld. Die Internetverbindung war dermaßen langsam, dass alle Social-Media-Apps Ewigkeiten zum Laden brauchten. Außerdem standen die Sitzreihen so eng zusammen, dass man den Arm nicht weit genug für ein ordentliches Selfie ausstrecken konnte. Zu allem Überfluss hatte sich ein Mann neben sie gesetzt, der Schweiß und Alkohol ausdünstete.

Endlich wurde Rogenau als nächster Halt durchgesagt. Rasch prüfte Pippa im spiegelnden Bildschirm ihres iPhones Make-up und Frisur. Sie strich mit dem Finger ihre Wimpern nach oben. Danach richtete sie ihre Haare, bis ein Teil über ihre Schultern floss und der Rest über den Rücken.

Der übelriechende Mann starrte sie an. Sie nahm es mit gemischten Gefühlen zur Kenntnis. Zwar genoss sie es, dass ihr glänzendes Naturblond andere Menschen faszinierte. Doch in diesem Fall war sie heilfroh, schnell verschwinden zu können.

„Das ist meine Station", sagte sie mit fester Stimme.

Der Mann grunzte etwas Unverständliches und erhob sich. Pippa vermied es, einzuatmen, während sie mit ihrer Handtasche aus der Sitzreihe kletterte. Weshalb musste eine Bimmelbahn so voll sein?

Auf dem Weg zur Gepäckaufbewahrung scannte Pippa beiläufig das Abteil. Zwei kräftig aussehende junge Männer beendeten ein Kartenspiel und wirkten aufbruchsbereit. Ohne sich Mühe zu geben, zog Pippa an einem ihrer Koffer im Regal. Ihre Hoffnung bewahrheitete sich. Denn schon war einer der muskelbepackten

Kartenspieler zur Stelle und sagte: „Lass, ich helfe dir!“ Er nahm das Gepäckstück und ächzte überrascht auf.

Sie schenkte ihm ein Lächeln, das er tapfer erwiderte. „Ich trag ihn dir auf den Bahnsteig“, bot er an.

Pippa sah zu ihm hoch und erklärte: „Der andere Koffer und die Sporttasche gehören auch mir.“

Sein Lächeln fiel in sich zusammen und er blickte sich hilfesuchend zu seinem Begleiter um. Der musterte Pippa von oben bis unten und fragte: „Plötzlicher Schwächeanfall?“

Zeitverzögert wurde ihr klar, dass er nicht seinen Kumpel aufzog, sondern sie meinte.

Der Zug fuhr in den Bahnhof ein. Sie wartete kurz, doch der Kerl wandte sich mit geringschätzigem Blick ab. *Sowas Unhöfliches!*, grollte Pippa innerlich und schulterte ihre Sporttasche selbst.

„Warte, wir helfen dir auch mit dem zweiten Koffer“, sagte der nettere der beiden Männer. Ihr Alter war schwierig zu schätzen. Womöglich ließen sie die Vollbärte älter wirken.

„Jetzt pack halt mit an“, raunte der Freundliche seinem Begleiter zu. Der stöhnte genervt und wuchtete den zweiten Koffer aus dem Zug.

Pippa schenkte ihm ein schmallippiges „Dankeschön!“ und betrat den Bahnsteig. Den jungen Mann, der freiwillig geholfen hatte, strahlte sie an. „Es ist so toll, dass es hilfsbereite Menschen gibt! Sonst könnte ich gar nicht allein reisen!“

„Ja, wie gut, dass man immer einen Deppen findet“, knurrte der Griesgram und ließ Pippa samt Gepäck kurzerhand stehen.

Der andere lächelte sichtlich verlegen und behauptete: „Er ist nicht immer so.“

*Das macht's nicht besser, wenn er nur bei mir so ist*, dachte Pippa.

Der Zuvorkommende zog beide Koffer zum Parkplatz und fragte: „Wohin geht's denn mit all dem Gepäck?“

„Ich will zum Oswaldhof“, antwortete Pippa.

Der andere öffnete ein Fahrradschloss und spottete: „Wird dort eine Folge *Germany's Next Topmodel* gedreht, um die Hoffinanzen aufzupolieren? Oder macht der Ossi bei *Bauer sucht Frau* mit?“

„Welcher Ossi?“ Pippa stutzte, wurde aber nicht gehört, weil ihr Helfer quer über den Parkplatz deutete. „Wenn der Oswaldhof das Ziel ist, steht dort dein Taxi.“

Pippa beschattete die Augen, konnte aber keines entdecken. Nur Fahrräder und ein kleines Mädchen neben einem Pony-Pferd-Verschnitt mit Kutsche.

Der miesepetrige Kerl holte seinen Drahtesel aus dem Ständer. „Kommst' jetzt, Sepp?“, raunzte er seinen Kumpel an.

Pippa prustete unvermittelt los. „Sepp aus Bayern. Das ist ja mal voll das Klischee.“

Der andere musterte sie abschätzig. „Eine blondierte Tussi mit angeklebten Wimpern, die ihren halben Kleiderschrank durch die Republik zerrt und Burschen angräbt, die ihren Kram für sie tragen sollen – das ist ein Klischee.“

Der Monolog war so unfair, dass es ihr die Sprache verschlug.

„Ruhig, Hans“, beschwichtigte ihn Sepp.

Dieses Mal lachte Pippa nicht über den Namen. „Ich hab es nicht nötig, mich an euch ranzumachen!“, begehrte sie auf. „Und wenn Hilfsbereitschaft für dich ein Fremdwort ist, komme ich lieber allein klar!“ Mit Handgriffen, die sie daheim für den Fall der Fälle geübt hatte, band sie die zwei Trolleys zusammen. Obenauf platzierte sie die Sporttasche, sodass sie alles auf einmal ziehen konnte. Es war ihr egal, wer von den Typen sie dabei mit Betroffenheit und wer mit Arroganz beobachtete oder ob sie überhaupt jemand beachtete.

Pippa musste sich in die Riemen legen, um das Gespann vom Fleck zu bekommen. Sobald sie jedoch ein klein wenig Schwung hatten, ließen sich die Trolleys mühelos ziehen und Pippa gewann ihre aufrechte Haltung zurück. Wo war das Taxi, von dem Sepp gesprochen hatte? Aus dem Augenwinkel sah sie die Kerle diskutieren und meinte etwas zu hören wie: „Sei a bisserl gastfreundlich und lass uns ihr Gepäck zur Kutsche bringen.“

Sie hatten eine ihr fremde Aussprache und Pippa hoffte, sie falsch verstanden zu haben oder dass *Kutsche* ein Ausdruck für *Auto* war.

Da rief das kleine Mädchen: „Hallo! Bist du Pippa?“

Ihre Gesichtszüge entgleisten. War sie etwa von Lockvögeln umgeben, die sie bei *Verstehen Sie Spaß?* willkommen heißen würden? Welch ein Vergnügen wäre das für ihre Eltern, die ihr diese Ferien eingebrockt hatten.

Doch nichts geschah.

Pippa setzte ihre *Ray Ban* auf, um nicht weiter gegen die Sonne blinzeln zu müssen.

Das Mädchen winkte ihr zu. „Komm her! Ich bin Kathi!"

„Das kann nicht wahr sein", zischte Pippa und überquerte widerwillig den Parkplatz. Die Rollen ihres Koffergespanns schepperten auf dem Kopfsteinpflaster. Zu allem Überfluss blieb auch noch ein Pfennigabsatz zwischen den Steinen hängen und der Fuß war plötzlich barfuß. Hinter sich hörte sie ein abschätziges Kichern. Pippa unterdrückte einen Fluch, zog ihren High Heel aus der Ritze und schlüpfte wieder hinein. Dann ging sie weiter, als wäre nichts gewesen. Vor diesem Hans würde sie sich keine Blöße geben. Also hieß es: *Haltung bewahren*. Doch innerlich kochte sie.

Kathi starrte sie mit großen Augen an. „Du siehst aus wie meine Barbie."

Pippa schob sich die Sonnenbrille ins Haar und lächelte trotz allem geschmeichelt. „Und du siehst aus wie Pippi Langstrumpf." Sie ließ ihren Blick über den Einspänner schweifen, als das Tier plötzlich äpfelte. Angeekelt wich Pippa zurück.

Kathi winkte ab. „Keine Sorge, Äpfel auf der Straße sieht hier niemand so eng. Kommt nicht viel zusammen bei nur zwei Pferden in ganz Rogenau."

Langsam wurde es Pippa zu bunt. „Wann kommt das Taxi? Es hieß, ich werde abgeholt."

Kathi runzelte die Stirn. „Ich bin doch da."

„Und du fährst, oder was?"

Ihr Gegenüber funkelte sie strafend an und Pippa lenkte ein. „Ich bin nur ... überrascht."

„Na gut", entgegnete die Kleine gnädig. „Mein Bruder hat einen Kutschenführerschein und sollte längst zurück sein. Er verratscht sich gerne und ich hab hier solange die Stellung gehalten."

„Verratscht?"

„Verquatscht", übersetzte Kathi. Sie musterte Pippa neugierig. „Freust du dich schon auf deine Ferien auf unserem schönen Oswaldhof?"

„Wahnsinnig!", jubelte Pippa gequält.

Kathi blieb unbedarft. „Das zweite Mädchen ist schon da!"

Das war Pippas einziger Hoffnungsschimmer gewesen, als ihre Eltern sie zu diesen Bauernhofferien verdonnert hatten: eine Leidensgefährtin.

Pippa sagte: „Na, dann los. Wo ist dein Bruder denn?"

Kathi deutete in die Ferne, wo Pippa eine Erntemaschine erspähen konnte. „Er ist schnell zu seinem Kumpel auf den Traktor geklettert. Die müssen wieder was fürs Dorffest besprechen."

Pippa hätte heulen können. Sie war an einem Ort gelandet, wo man sich für Besprechungen auf Traktoren traf, statt Snapchat zu nutzen wie jeder normale Mensch. „Ruf ihn an!", verlangte sie. „Er soll kommen und meine Sachen auf die Kutsche laden."

Kathi betrachtete ungläubig das Gepäck. „Das gehört alles dir? Ziehst du für immer bei uns ein?"

„Hilfe, nein!", platzte Pippa heraus, um dann freundlicher hinzuzufügen: „Ihr wollt sicher eines Tages wieder eure Ruhe auf dem schönen Oswaldhof."

Plötzlich standen Hans und Sepp neben ihr und sagten einstimmig: „Grüß dich, Kathi!"

„Ohne den Ossi unterwegs?", fragte Hans.

Während der Griesgram sich mit der Kleinen unterhielt, raunte Sepp Pippa zu: „Nichts für ungut wegen vorhin. Der Hans denkt, weil er einmal ein Mädchen wie dich kannte, kennt er alle. Wollen wir?" Er fasste einen Koffer.

„Ich bin ganz sicher nicht alle Mädchen!", echauffierte sich Pippa und hob ächzend mit Sepps Hilfe die Gepäckstücke auf die Kutsche.

Kathis Gesicht nahm einen leidenden Ausdruck an. „Bislang hatte niemand, wirklich niemand so viel Zeug dabei! Wir hätten den Zweispänner nehmen sollen."

*Oder ein Auto*, dachte Pippa genervt und machte Anstalten, auf die Kutsche zu klettern.

Kathi trat ihr in den Weg und protestierte: „Pippin ist ein Kabardiner, kein Brauereipferd!"

Irritiert hielt Pippa in der Bewegung inne. „Kabardawas? Sind das nicht so Haken?"

„Du meinst Karabiner. Die haben wir an manchen Führstricken." Grinsend stieg die Kleine auf die Kutsche. „Ich glaube, ich mag dich."

„Und wie kommt das?", staunte Pippa.

Kathis Grinsen wurde breiter: „Weil endlich mal nicht ich diejenige bin, die Wörter nicht aussprechen kann."

Pippa verzog das Gesicht. „Wie auch immer. Ich würde jetzt wirklich gerne mein Zimmer sehen und mich frisch machen."

„Wenn ich nur losfahren könnte!", entgegnete Kathi und betrachtete sehnsuchtsvoll die Zügel, die vom Pferdemaul bis zum Kutschbock reichten.

„Wo liegt das Problem?", fragte Pippa ungeduldig.

„Ich muss auf meinen Bruder warten", erklärte Kathi.

„Damit er die Kutsche steuert? Kannst du das etwa nicht?"

Stolz und Trotz blitzten in Kathis Augen auf. „Und ob ich das kann!" Dann sackte sie ein Stück zusammen und schob die Unterlippe vor. „Aber ich darf nicht ohne einen Volljährigen fahren."

„Wir sind über 18 und können euch begleiten!", platzte Sepp heraus und stupste Hans an. „Wer weiß, vielleicht braucht der Ossi noch ewig. Jetzt komm, die Urlauberin hat bestimmt eine lange Reise hinter sich und will endlich ankommen."

„Oh, eine volljährige Eskorte für die Kutsche!", spottete Pippa und nahm neben Kathi Platz. „Dann los!"

Kathi kaute auf ihren Lippen und sah dabei von einer Schulter zur anderen.

Pippa stutzte. Führte das Mädchen etwa ein Gespräch mit einem ausgedachten Engelchen auf der einen Schulter und einem Teufelchen auf der anderen?

Bevor Pippa den Gedanken weiterführen konnte, atmete Kathi einmal tief durch und murmelte vor sich hin: „Mein Bruder verlangt volljährige Begleitung, und die habe ich! Ich werde keinen Ärger bekommen."

Sie schnalzte mit der Zunge und das Pferd marschierte los.

Die Kleine machte einen so beklommenen Eindruck, dass Pippa versuchte, sie mit einem Gespräch abzulenken. „Wie heißt dein Pferdchen?"

Kathi runzelte die Stirn. „Pferdchen? Wer benutzt denn so ein Wort?"

„Das gebraucht jemand, dessen Kutsche von einem schmächtigen, kleinen Pferd gezogen wird, das aber zu groß für ein Pony ist."

„Keine schlechte Antwort."

*Ha!*, dachte Pippa.

„Nenn ihn trotzdem nie wieder so", bestimmte Kathi trocken. „Ich hab vorhin seinen Namen erwähnt. Da hast du nicht zugehört. Er heißt fast wie du."

Verständnislos sah Pippa sie an.

„Na, Pippin. Er heißt Pippin."

Der kleine Wallach spielte mit den Ohren, als er seinen Namen hörte. Wacker zog er die Kutsche mit den vielen Koffern und den beiden Passagieren in Richtung des Dorfes.

„Oh", frohlockte Pippa. „So ein hübscher Name!"

Kathi warf ihr einen misstrauischen Blick zu. „Wirklich? Ein Mädchen in meiner Klasse sagt, er klingt wie Pippi."

„Selbst wenn!", rief Pippa aus. „Pippi Langstrumpf hatte auch kein Problem mit ihrem Namen. Ich sag dir: Pippa, Pippin und was sonst noch alles so klingt: Das sind ganz besondere Namen."

„Wirklich?"

Die Hoffnung in der Kinderstimme rührte Pippa. Noch nie hatte sie jemanden getroffen, dem sie mit Wissen über die Herkunft ihres eigenen Namens eine Freude hätte bereiten können. „Es gibt unterschiedliche Theorien", begann sie. „Eine besagt, dass die Namen sich von Philipp ableiten. Das heißt *Pferdefreund.*"

„Wie schön“, hauchte Kathi und beschloss: „Mit der Bedeutung bin ich zufrieden und brauche keine zweite.“

„Warte, es wird noch besser“, versprach Pippa. „Früher gab es die Pippiniden, eine mächtige Herrscherfamilie. Der Name Pippin war deshalb lange Zeit überaus beliebt.“ Sie konnte nicht glauben, dass sie es war, die eine Geschichtslektion gab. *Ein blindes Huhn findet auch mal ein Korn,* dachte sie selbstironisch.

Kathis Augen leuchteten auf. „Ha, Flori immer mit seinem Gott! Ich hab immerhin einen Herrscher! Das hat mein Bruder mir verschwiegen!“

Pippa runzelte die Stirn. „Ich versteh nur Bahnhof.“

„Mein Bruder gibt damit an, dass sein Pferd wie der Pferdegott heißt! Aber da kann Pippin jetzt mithalten. Du hast mir einen großen Gefallen getan“, erklärte Kathi.

„Oh, keine Ursache!“, erwiderte Pippa erfreut.

Als die Kleine erwähnte, dass besagter Pferdegott *Horst* hieß, ging ihr ein Licht auf und sie fragte sich, was dieser Flori wohl für ein Typ war. „Ist dein Bruder bei TikTok oder Instagram?“

„Er hat auf jeden Fall ein Handy“, antwortete Kathi und fügte grimmig hinzu: „Im Gegensatz zu mir. Ich bin mal wieder zu jung.“

„Nur Geduld, das bist du nicht ewig“, erwiderte Pippa. „Und Probleme, die sich von selbst lösen, sind die Besten.“ Sie holte ihr Handy hervor, um mehr über diesen Flori herauszufinden.

„Wie lautet euer Nachname?“, fragte sie.

Kathi schien überrascht. „Du weißt nicht, bei welcher Familie du deinen Sommer verbringst?“

„Sagen wir, meine Eltern haben sich bedeckt gehalten“, erklärte Pippa grimmig.

„Wagner heißen wir“, klärte Kathi sie auf. „Aber Nachnamen interessieren hier keinen. Nur der Hofname. In Rogenau sind wir die Oswalds.“

„Alles klar.“ Pippa wollte nach Flori Oswald suchen. Doch sobald sie die erste App geöffnet hatte, hielt sie inne.

*„Du wirst in einer Story erwähnt“*, las sie die Meldung auf ihrem Bildschirm vor. „Ein Shoutout?“

„Redest du mit mir?“, fragte Kathi. „Falls ja, versteh ich kein Wort.“

„Das hier ist mein Instagram-Account“, erklärte Pippa und hielt der Kleinen das iPhone vor die Nase. „Wenn ich ein Shoutout bekomme, heißt das, ein anderer Account macht Werbung für meinen, indem er ihn verlinkt.“ Sie öffnete die Instagram-Story und erstarrte.

Kathi legte den Kopf schräg. „Hab ich so mittel verstanden. Mama sagt, Werbung ist teuer. Musstest du viel Geld ausgeben?“

Scharf sog Pippa die Luft ein. „Für so einen Mist bezahle ich nicht!“

„Du siehst aus, als würdest du dein Handy gerne umbringen“, stellte Kathi fest. „Falls ja, kann ich es stattdessen haben?“

Die Straße stieg leicht an. Pippin legte sich in die Riemen.

Sorgenvoll meinte Kathi: „Er muss sich ziemlich anstrengen.“

„Ja, ist nicht immer alles bequem“, schnappte Pippa und merkte im nächsten Moment selbst, dass ihr Ton unfair gegenüber der Kleinen war. Versöhnlich warf sie einen kurzen Blick auf das Pferd. So viele Gurte überall. Total verwirrend. Am Vierbeiner hingegen konnte sie nichts Besonderes erkennen. „Er scheint klarzukommen.“

Kathi ließ nicht locker. „Er atmet lauter als sonst und bekommt die Kutsche kaum vom Fleck.“

*Was soll denn das Theater?* Pippa hatte Mühe, ihre Ungeduld zu zügeln. „Da vorne ist die Straße wieder eben. Das kurze Stückchen wird er schon schaffen.“

„Er sollte aber nicht müssen. Nicht so!“ Kathi kaute auf ihren Lippen und wich Pippas Blick aus.

„Sprich halt aus, was du sagen willst!“, forderte Pippa, die nicht in Stimmung war für Herumdruckserei.

Endlich sah Kathi sie an. „Es wäre gut, wenn du absteigen und einen Koffer selbst ziehen würdest. Wenigstens, bis der Hügel geschafft ist.“

Pippa starrte sie an. „Ich soll zu Fuß gehen?“

Die Kleine lief rot an und nickte bekümmert. Trotz ihrer offenkundigen Verlegenheit warf sie ihrem Pferd einen Blick zu, der keinen Zweifel daran ließ, wem ihre Loyalität zuallererst galt.

„Noch nie was von *Der Gast ist König* gehört?", empörte sich Pippa. „Außerdem bringen ein Koffer und ich wohl nicht mehr Gewicht auf die Kutsche als dein Bruder es täte, sofern er denn anwesend wäre!"

„Flori würde bei all dem Gepäck auch absteigen", erklärte Kathi unglücklich. „Das kann ich natürlich ebenso, aber dann müsstest du kurz das Bremspedal bedienen."

„Nicht dein Ernst! Ich bediene hier überhaupt nichts!", wehrte sich Pippa. „Warum konnte dein toller Bruder mich nicht einfach mit dem Auto abholen?"

„Normalerweise lieben unsere Gäste die Kutschfahrt. Weil sie nämlich Tiere sehr gerne mögen." Kathi dehnte die letzten Worte bedeutungsvoll.

Resigniert blickte Pippa sich um. Sogar Hans und Sepp waren inzwischen von ihren Rädern gestiegen, weil sie ohne Schwung den Anstieg offenbar nicht schafften. Sie waren hinter die Kutsche zurückgefallen und in ein Gespräch vertieft.

„Oh Mann!", stöhnte Pippa. „Ich sollte auf Mallorca sein!" Sie kletterte vom Kutschbock und kämpfte mit einem Trolley, bis er auf der Straße stand. Das Gewicht, das plötzlich den Hang hinabzog, überraschte sie so, dass sie losließ und der Koffer ins Rollen geriet. „Auch das noch!", schimpfte sie und stöckelte hinterher.

Sepp ließ sein Rad fallen, um die Verfolgung aufzunehmen. „Jessas, da ist man kurz abgelenkt und schon ist ein Koffer auf der Straße."

„Pass auf, dass dem Trolley nichts passiert! Er ist neu!", rief Pippa hinterher.

„Dumme Gans!", murrte Hans, der das Rad seines Kumpels von der Straße aufhob und gleichzeitig sein eigenes hielt.

Pippa stemmte die Hände in die Hüften und fuhr ihn an: „Was ist eigentlich dein Problem?"

Er schnaubte nur.

Sepp unterbrach die beiden, als er schnaufend den Trolley an ihnen vorbeizog. „Nichts passiert!", versprach er. „Am besten, ich pack ihn erst wieder auf die Kutsche, wenn wir oben angekommen sind, oder? So ist's ein bisschen leichter fürs Pferd."

„Du bist der Beste!“, flötete sie ihm hinterher. Dann giftete sie mit gedämpfter Stimme Hans an: „Wenigstens einer weiß, was Anstand ist! Eine saubere Eskorte seid ihr. Bekommt nicht mal mit, wenn ich einen Koffer von der Kutsche hieve.“

„*Ich* hab es mitbekommen“, korrigierte er. „Nur mein Bruder war ins Gespräch mit mir vertieft. Ich kann sehr vereinnahmend sein.“

„Klar, genauso siehst du aus!“, spottete Pippa. *Brüder also! Anhand des Aussehens nicht verwunderlich. Die Erziehung der beiden hingegen muss auf unterschiedlichen Planeten stattgefunden haben.*

Weder Pippa noch Hans waren bereit, auch nur zu blinzeln. Ihre Blicke blieben in einem Zweikampf aneinander haften.

„Kommt ihr?“, rief Kathi über die Schulter.

Wortlos hielt Hans Pippa eins der Räder hin. Sie verschränkte die Arme vor der Brust. „Sepp zieht deinen Koffer, du schiebst sein Rad!“, sagte er ungerührt.

Er hätte umfallen müssen, wenn ihre Blicke hätten töten können. Doch Superkräfte besaß sie nicht. Wutschnaubend griff sie nach dem Rad und schob es in der stolzesten Haltung, die bergauf mit High Heels möglich war, hinter der Kutsche her.

Sepp und Kathi quatschten miteinander. Aus der Ferne und wegen des Dialekts verstand Pippa lediglich, dass es um ein bevorstehendes Dorffest ging. Sie hoffte, dort Leute kennenzulernen, mit denen sie auf einer Wellenlänge lag.

Als die Straße endlich wieder eben war, lud Sepp den Trolley auf die Kutsche und nahm Pippa das Rad ab. Erleichtert kletterte sie neben Kathi und stöhnte: „Ein Königreich für einen kühlen Pool!“

Sobald die Brüder wieder hinter den Wagen zurückgefallen waren, massierte sie sich die geplagten Beine. Wie sie sich danach sehnte, die High Heels von den Füßen zu streifen!

„Kann das Pferd einen Gang hochschalten? Ich sterbe, wenn wir nicht bald ankommen.“

„Pippin hat einen wunderbaren Trab!“, verkündete Kathi. „Aber wir bleiben lieber im Schritt, bis Flori da ist.“

„Wo ist der überhaupt?“

Kathi suchte linker Hand die Felder ab und gab mit dem Kinn einen Wink. „Da hinten, auf dem Traktor mit den gelben Felgen."

„Das kann doch nicht wahr sein! Dein Flori ist schon ewig weg und in diesem Zuckelschritt kommen wir kaum vom Fleck!"

Vor Empörung klappte Kathis Mund auf und sie wandte sich an ihr Pferd. „Das hat sie nicht so gemeint! Du hast den schönsten, besten Schritt, den ein Pferd nur haben kann!"

Inzwischen war Pippa zu müde, hungrig und durstig, um das witzig zu finden. Außerdem musste sie auf die Toilette. Deshalb ging sie in die Offensive. „Du lässt ihn also nicht schneller laufen, weil dein Bruder da hinten noch am Quatschen ist, ja?" Sie kniff die Augen zusammen. „Oder ist das Pferd einfach ein bisschen lahm?" Es war gemein, aber ihre Blase drückte wirklich, und sie kamen mit höchstens fünf Stundenkilometern vorwärts.

Kathi schnappte nach Luft. „Wie kannst du sowas behaupten? Pippin beherrscht Schritt, Trab und Galopp wie eine Eins!"

„Beweis es!"

Die Unterlippe des Mädchens zitterte. Mehrere Augenblicke verstrichen, bis es entschlossen mit der Zunge schnalzte und befahl: „Te-Rab!"

„Zwei Silben für Trab?", spottete Pippa.

„Das ist leichter zu verstehen für ein Pferd", erklärte Kathi mit verbissener Miene.

Tatsächlich bewegten sich Pippins Beine nun schneller und die Riemen links und rechts davon schwangen mit. Auch die Lederteile auf dem Pferderücken wippten im Takt. Pippa war deren Bedeutung egal, solange das ganze Zusammenspiel an Ausrüstung, Pferd und Wagen sie nur endlich ans Ziel brachte. „Das ist also Trab?", fragte Pippa. „Immer noch ziemlich langsam." Ihr Blick fiel auf die Peitsche, die in einer Halterung am Kutschbock steckte. „Warum verwendest du die nicht?"

„Pippin reichen Stimmhilfen!", behauptete Kathi trotzig.

„Na, offenbar nicht." Pippa nahm die Peitsche in die Hand.

„Nicht!", protestierte Kathi alarmiert. „Die wird nur benutzt, wenn Flori dabei ist!"

*„Flori, Flori, Flori!"*, ätzte Pippa genervt. Der war bestimmt so ein Möchtegern wie ihr eigener Bruder. Nur dass sich die kleine Kathi im Gegensatz zu ihr davon offenbar beeindrucken ließ und sich ohne brüderlichen Beistand zu wenig zutraute. „Jetzt hör mal zu, du hast uns vom Bahnhof bis hierher gebracht! Du machst das toll! Und du schaffst das auch schneller! Schau!"

Sie entschied, ein bisschen nachzuhelfen und bewegte spielerisch die Peitsche.

Von hinten hörte sie Hans rufen: „Was machst du? Lass den Blödsinn!"

*Soll die Spaßbremse doch plärren!*, fand Pippa. *Endlich kommt Bewegung in diese träge Sache.* Das Staccato des Hufgeklappers beschleunigte.

Gleichzeitig brach schräg vor ihnen Krawall los. Wahrscheinlich angestachelt durch die schnellere Gangart donnerte auf einer Weide eine Herde Kühe auf die Umzäunung zu.

„Wo kommen die denn plötzlich her?", rief Pippa aus. Mindestens zehn Tiere polterten über das Gras. Eine Kuh vollführte Bocksprünge, andere stießen brunftartige Laute aus.

„Ho, Pippin, ho!", rief Kathi. Ihr Kopf war hochrot, die Bewegungen der Hände fahrig.

„Gib ihm eine Parade!", schrie Hans von hinten.

Pippa fuhr zu ihm herum. „Wie kannst du jetzt an eine Showvorstellung denken? Siehst du nicht, dass wir andere Probleme haben?" Fassungslos drehte sie sich wieder nach vorne. Das Pferd wich im Renntrab zur Seite aus, weg von den Kühen.

„Ho, Pippin! Hab keine Angst!", flehte Kathi.

„Steck die verdammte Peitsche zurück!", schrie Hans.

Da mischte sich ein Klingeln in das Muhen und von hinten rief Sepp: „Wir verscheuchen die Rindviecher!" Er bimmelte wie besessen mit seiner Fahrradglocke. Die Kühe interessierte das nicht die Bohne, Pippin umso mehr. Er tänzelte.

„Hör mit dem Gebimmel auf!", schimpfte Hans. „Du machst dem Pferd noch mehr Angst."

Die Kutsche ruckelte. „Ruhig, Pippin, ruhig!“, kreischte Kathi und zerrte an den Leinen.

Die Worte verschwammen im selben Nebel, in dem Pippa nur noch ein Gewirr aus Riemen, Stangen, Gurten und dem panischen Tier sah. Plötzlich hob sich der dunkle Pferdekörper in die Luft. Pippa schrie auf. Die Medien berichteten doch oft genug von kopflos durchgehenden Pferden und umkippenden Wägen. Wie hatte sie so leichtsinnig sein können, mitzufahren?

Der Braune stieg ein zweites Mal.

Ein Traktorengeräusch näherte sich. Aus dem Augenwinkel sah Pippa die Kühe glotzen. Da schepperte etwas und Pippin machte einen Satz.

„Nein, nein, nein“, wimmerte Kathi.

Das Spiel aus Pferd, Leder, Gummi und Metall geriet durcheinander. Pippins Hinterbein befand sich nun außerhalb des Riemens, der zuvor neben dem Pferdekörper gehangen hatte.

Hans versuchte, an den Kopf des Pferdes zu gelangen. Unerschrocken baute er sich vor dem Braunen auf und hob die Hände. „Ho, sonst verhedderst du dich noch mehr oder die Kutsche verkeilt!“

Mit einer fahrigen Bewegung steckte Pippa die Peitsche zurück in die Halterung und krallte sich mit beiden Händen am Kutschbock fest. Das Pferd ignorierte Hans' Bemühen und schlug mit dem Hinterbein nach dem Riemen wie nach einem lästigen Insekt.

Das Traktorengeräusch kam nicht mehr näher, stattdessen lief ein Junge herbei. Die Ähnlichkeit mit Kathi war unverkennbar.

„Verdammt, er ist über den Zugriemen gestiegen!“, rief er. Er griff in die Lederriemen am Pferdekopf. „Hans, kannst du versuchen, sein Bein zu befreien?“

„Nicht, solange er so zappelt.“

Ein weiterer junger Mann kam herbeigeeilt und auch Sepp stand auf einmal neben dem Riemengewirr.

Allerhand Hände bearbeiteten Pferd und Lederzeug. So viele Ösen und Gurte. Dazu die durcheinander gerufenen Anweisungen.

Und über allem Kathis verzweifeltes Schluchzen. „Pippin kennt die Kühe noch nicht! Die müssen auf diese Weide getrieben worden sein, während ich am Bahnhof gewartet habe."

„Dein Pferd ist mit Rindern sicher vertraut", mutmaßte Pippa zerstreut, ohne den Blick von der Bescherung vor ihr abzuwenden.

„Aber die hier verhalten sich wild, weil sie ganz frisch auf der Weide sind!", wimmerte die Kleine. „Wären wir langsamer gefahren, hätte ich Pippin vielleicht besser kontrollieren können."

Pippa biss sich auf die Lippen. Mit schlechtem Gewissen strich sie dem Mädchen über den Rücken und flüsterte: „Hey, die Jungs da vorne haben es im Griff. Alles wird gut!"

Flori stand am Kopf des Pferdes und sprach beruhigend auf das Tier ein. Sepp und der Fremde, der Floris Kumpel vom Traktor sein musste, bildeten eine Barriere zu der Kuhweide. Jetzt fasste Hans an Pippins zuckendes Hinterbein.

Pippa schlug sich die Hand ans Herz. Was, wenn das Pferd noch einmal ausschlug und Hans an der Schulter traf oder gar im Gesicht? „Sei vorsichtig!", hörte sie sich rufen.

Kurz sah er auf. In den Sekundenbruchteilen, in denen sein Blick ihren traf, las sie neben Unwillen auch Überraschung. Doch schon war der Moment vorbei; Pippin zog sein Bein hoch und Pippa keuchte auf. Hans wich zurück, der Huf knallte auf den Boden.

„Sein Bein ist befreit", flüsterte Kathi heiser.

Erst als die Worte an ihr Ohr drangen, realisierte Pippa, dass das Pferdebein zurück auf der richtigen Seite des Zugriemens stand. Jetzt konnte sie förmlich den Stein hören, der allen vom Herzen fiel. Einschließlich ihr selbst.

Die folgenden Minuten – oder waren es nur Sekunden? – liefen wie ein Film an ihr vorüber. Ohne zu begreifen, was sie tat, legte sie ihre Hand auf Kathis Arm. „Egal, wie eilig ich es hatte: Ich hätte dich nicht so drängen dürfen. Es tut mir leid!"

Kathi zog die Nase hoch. „Du hast gedrängt und ich hab mich drängen lassen." Mit dem Ärmel wischte sie sich über die Augen. „Wir sind beide dumm und ich muss jetzt zu Pippin!"

Sie kletterte vom Kutschbock und schlang die Arme um den nassgeschwitzten Pferdehals.

Langsam zerstreute sich der Menschenauflauf. Der Traktor und die Fahrräder fuhren weiter. Nur Pippa blieb wie bestellt und nicht abgeholt auf dem Wagen sitzen, während die Geschwister sich leise unterhielten. Hoffentlich bekam die Kleine keine Standpauke. „Kathi konnte nichts dafür!", rief Pippa zu den beiden vor. „Sie wollte wirklich auf dich warten!"

Flori nickte ihr nur kurz zu und wandte sich wieder an seine Schwester.

Unruhig rutschte Pippa auf dem Sitz hin und her. Ihre Blase würde demnächst explodieren. Konnten die nicht daheim weiterreden? Aber nach allem, was geschehen war, fühlte sie sich nicht mehr in der Position aufs Gas zu drücken.

Sie seufzte schicksalsergeben, dann kletterte sie vom Kutschbock. „Niemand schaut, klar!", wies sie die überraschten Geschwister an.

Die Kühe standen in einer Reihe am Zaun und glotzten, als Pippa zwischen ihnen und dem Gespann in die Hocke ging.

# 5 IRIS

Iris' Süßigkeitenvorrat von zu Hause war aufgebraucht und sie drückte sich unschlüssig auf der Treppe herum. Eva wollte sie nicht nach etwas zu naschen fragen und Flori schon zweimal nicht. *Vielleicht Kathi?,* überlegte sie.

Da betrat Eva mit einem Korb voller Zucchini das Haus. Sie streifte ihre Gartenclogs von den Füßen und bemerkte Iris. „Brauchst du etwas?", erkundigte sie sich freundlich.

Iris war froh, dass ihr schnell eine Antwort einfiel. „Ja, ich wollte fragen, wo der nächste Supermarkt ist."

Während sie in die Küche ging, sagte Eva über die Schulter: „Im Dorf gibt es einen Kramerladen. Worum geht's denn? Möglicherweise hab ich das Passende da."

„Och, dies und das", erwiderte Iris vage. Sie verfluchte es, wie sehr sie an freien Zugang zu Keksen und Schokolade gewöhnt war.

Eva stellte den Korb ab und legte Schäler, Messer und Schneidebrett daneben. „Schreib mir am besten eine Liste", schlug sie vor. Dann senkte sie verschwörerisch die Stimme. „Magst du mal mein Geheimrezept probieren?"

Iris horchte auf und Eva zauberte ein Glas hervor, aus dem sie etwas in eine Schüssel gab.

Iris, die sich auf Pudding oder Kuchen gefreut hatte, sah skeptisch auf die blassgrünen Stückchen in orange-rötlicher Sauce hinab.

„Zucchini süß-sauer", verkündete Eva sichtlich stolz und reichte Iris eine Gabel. „Familienrezept."

*Hauptsache, was zwischen die Zähne,* sagte sich Iris und probierte. Überrascht leckte sie sich die Lippen.

Eva lachte, als habe sie mit keiner anderen Reaktion gerechnet.

„Hammer!“, platzte Iris heraus. „Sind das die Gläser, die draußen in dem Selbstbedienungsregal verkauft werden?“

Eva nahm eine von den Zucchini, begann zu schälen und seufzte. „Ein weiterer Versuch, ein bisschen mehr Geld ... Egal, das muss dich nicht kümmern.“ Sie lächelte, aber es wirkte nicht aufrichtig.

Iris schob sich das letzte Zucchinistück in den Mund. „Nahrungsmittel frisch vom Hof sind eine gute Sache.“

„Natürlich. So wie die Landwirtschaft überhaupt“, entgegnete Eva und wirkte dabei ziemlich abwesend.

Einer Eingebung folgend bot Iris an: „Hast du einen zweiten Schäler? Ich helfe mit.“

Zusammen bearbeiteten Iris und Eva den Gemüseberg. Iris hätte sich ewig mit der bodenständigen Frau unterhalten können, die die gleichen freundlichen Augen wie Flori und Kathi hatte.

Doch ab und zu geriet das Gespräch in Gefilde, die Eva stocken ließen: unerwartete Tierarztkosten, der niedrige Milchpreis, schlechte Ernten oder Reparaturarbeiten, für die ein Profi ans Werk musste. Iris malte sich aus, dass die Landwirtschaft kein Zuckerschlecken war.

„Es ist toll, dass ihr eure Feriengäste bei euch mitessen lasst“, versuchte es Iris mit etwas Positivem.

Eva kippte die letzten Zucchinistückchen vom Brett in die Schüssel. „Dass unsere beiden Zimmer von zwei allein reisenden jungen Damen belegt werden, ist etwas Neues für uns. Es erschien mir sinnvoll, euch eine Vollpension anzubieten. Apropos, das zweite Mädchen müsste jederzeit ankommen. Meine Kinder sind schon vor einiger Zeit mit der Kutsche los.“

Gemischte Gefühle machten sich in Iris breit und sie verstummte.

„Was hast du?“, fragte Eva.

Iris senkte den Blick. So wie es jetzt war, gefiel es ihr hier und sie wusste nicht, welche Verbesserung ein zweiter Feriengast bringen sollte. Insofern konnte es höchstens schlechter werden.

Eva machte ein aufmunterndes Gesicht. „Ihr seid beide 16 und werdet euch garantiert anfreunden. Nicht dass die sechs Wochen hier langweilig werden.“

Iris nickte halbherzig und redete sich im Stillen gut zu. Vielleicht war diese Pippa ja ein bisschen wie Kathi: lieb, lustig und unbefangen. Nur älter.

## 6 PIPPA

Die Geschwister führten das Pferd bis zum Ortsschild des Dorfes Rogenau. Kathi verharrte neben Pippin, während ihr großer Bruder zu Pippa auf die Kutsche kletterte.

„Aufregende Ankunft für dich, was?“, fragte er.

Sie räusperte sich. Dass zwei ihrer Gastgeber sie beim Pinkeln auf offener Straße erlebt hatten, war ihr unangenehm. Sie versuchte, sich ihr Unbehagen nicht anmerken zu lassen und gab zu: „An den Turbulenzen war ich nicht ganz unschuldig.“

„Du bist neu hier“, meinte er beiläufig, als sei damit alles gesagt. Er nahm die Zügel in die Hand.

„Wie, du lässt deine Schwester nicht mehr fahren?“, wollte Pippa wissen. „Etwa zur Strafe?“

„Was? Nein!“, antwortete Flori irritiert. „Sie mag ihrem Pferd nur erst mal nicht von der Seite weichen.“

„Ah okay“, sagte Pippa beruhigt und musterte ihn. Nicht ihr Typ und keinerlei Anzeichen, dass sie der seinige war. Sie wusste, wie Jungs sie ansahen, die an ihr interessiert waren. Der hier gehörte nicht dazu. Und nun? Unschlüssig kaute sie auf ihren Lippen. Nicht dass sie nach einem Liebesabenteuer suchte, aber kaum etwas fand sie schlimmer als Langeweile. Auf jeden Fall brauchte sie Anschluss.

„Du hast vorhin Dialekt gesprochen. Bringst du mir ein paar Ausdrücke bei?“, fragte sie.

Er schnalzte mit der Zunge und Pippin lief los. „Keine Sorge, du bist nicht verpflichtet, Bayrisch zu lernen. Mit Gästen von auswärts sprechen wir hochdeutsch.“

„Du musst nicht betonen, dass ich nicht hierhergehöre. Das weiß ich selbst“, erklärte Pippa.

Er zog die Augenbrauen hoch. „Verstanden." Belustigung mischte sich in seinen Blick. Ganz schön spitzbübisch blitzten diese braunen Augen, und Pippa fragte sich, was alles in ihm steckte, das er ihr nicht zeigte. Aber sie würde es schon herauskitzeln. „Die Burschen mit den Fahrrädern haben gefragt, ob so ein Ossi bei *Bauer sucht Frau* mitmacht", erzählte sie und beugte sich zu ihm. „Hoffentlich werde ich hier nicht verkuppelt."

Er lachte auf. „Was mit dir ist, weiß ich nicht. Aber ich lass mich so leicht nicht verkuppeln."

„Wieso denn du?", fragte Pippa. „Es ging um einen Ossi auf eurem Hof."

Unbefangen sah er sie an. „Bei der Aufregung hab ich mich nicht vorgestellt. Ich bin Flori vom Oswaldhof. *Oswald: Ossi.* Das haben sich meine Freunde in der Grundschule ausgedacht und es hat sich bis heute gehalten."

„Ah!", machte Pippa.

„Aber wenn du an Osten gedacht hast, lagst du nicht so falsch. Unser Hofname bedeutet östlicher Wald."

Pippa war dankbar, dass er ihr entgegenkam, statt sich über ihre lange Leitung lustig zu machen.

„Wir sind da!", verkündete Flori schließlich. „Zwischen den Bäumen siehst du die Dächer unseres Hofes durchblitzen."

Er lenkte die Kutsche in eine Einfahrt und Pippa witterte die Gelegenheit, endlich Stoff für ihre Social-Media-Kanäle zu sammeln. Sie zückte das Handy. Ihre Follower auf Instagram waren zwar Modefotografien von ihr gewohnt, aber bestimmt ließen sich einige von ihnen zur Abwechslung von edlen Rössern und schicken Stallungen beeindrucken.

Der Wagen ruckelte und Pippas Kamera-App meldete, das Handy sollte zum Fotografieren bitte ruhig gehalten werden. Auf dem Bildschirm sah Pippa eine Koppel mit windschiefen Zaunpfosten und einem Pferd, das Pippins Zwilling hätte sein können. Murrend schwenkte sie die Kamera und hatte nun ein unscheinbares Gebäude aus verwittertem Holz vor der Linse. „Was zum …", fluchte sie und schwenkte die Kamera erneut. Ein kleiner Garten, immerhin, aber eher funktional als dekorativ – Gemüse statt Blumen. Sie drehte sich nach rechts für einen letzten Versuch und wurde enttäuscht. Eine schmucklose Hausfassade, die einen neuen Anstrich bitter nötig hatte, und schräg davor ein Misthaufen. *Na Prost*. Pippa ließ das Handy sinken, ohne ein einziges Bild geschossen zu haben.

Als die Kutsche hielt, kletterte Pippa so schnell wie möglich hinunter. Pikiert starrte sie auf den Boden: Nur plattgetretene Erde, die sich beim nächsten Regen in Matschepampe verwandeln würde. Sie knurrte. Als sie sich gegen Ferien auf dem Bauernhof geweigert hatte, hatten ihre Eltern tatsächlich den Nerv gehabt, von Pferden zu schwärmen. Nicht, dass sie hätte reiten wollen, aber allein die Kulissen! Pippa hatte sich Sportpferde, moderne Reithallen sowie blütenweiß eingezäunte Springplätze vorgestellt und sich gefügt. Jetzt war ihr sonnenklar, warum ihr die Eltern den Namen des Hofes partout nicht verraten hatten, sodass es ihr nicht möglich gewesen war, danach zu googeln. Stattdessen nur ein: *Lass dich überraschen!* Blanker Hohn war das!

„Willkommen auf unserem schönen Oswaldhof!", verkündete Kathi und breitete strahlend die Arme aus. „Wir haben Kühe, Hühner und die beiden Kabardinerbrüder."

Pippa starrte sie an und wusste nicht, ob sie hysterisch lachen oder heulen sollte.

„Und natürlich Katzen", fügte Kathi hinzu.

Ein Lichtblick, endlich! Bilder von Perser-, Siam- und Bengalkatzen tauchten vor Pippas innerem Auge auf.

„Da drüben", rief Kathi und deutete zu einem Busch, unter dem gerade die zwei Kater hervorsprangen. „Der Dunklere ist Maxi und der Hellere heißt Findus."

Pippa verzog das Gesicht. *Stinknormale Hauskatzen.* Wie hatte sie auf einem Bauernhof überhaupt etwas anderes für möglich gehalten?

Findus rollte sich am Boden, Maxi hingegen streifte erst um Kathis Beine, dann um Pippas. Sein seidiges Fell umschmeichelte ihre nackten Knöchel und Waden.

Sie stutzte: „So einen zutraulichen Kater hab ich noch nie erlebt." Ohne nachzudenken, sank sie in die Hocke und streichelte ihn. Maxi drückte mit geschlossenen Augen seinen Kopf gegen Pippas Handflächen und schnurrte laut. Er sah so zufrieden aus. Ihr entfuhr ein beglücktes: „Aw, wie süß!"

Sie konnte gar nicht sagen, wie viel Zeit vergangen war, als eine Stimme sie aus dem Streichel-Schnurr-Duett riss.

„Du hast dich also schon mit unserem Gästebegrüßer Nummer 1 angefreundet. Ich bin Eva, Kathis und Floris Mama." Pippa richtete sich auf und eine drahtige Frau mit eisgrauer Pixie-Frisur streckte ihr die Hand hin. Pippa wunderte sich, warum die Finger der Frau grünlich schimmerten, als hätte sie sie in einem Gemüse-Smoothie gebadet. „Hattest du eine gute Anreise?", fragte Eva.

Pippa dachte an einen stinkenden Sitznachbarn im Zug, einen megaunhöflichen Hans und an die Todesängste, die sie angesichts des steigenden Kutschpferdes ausgestanden hatte. „Es gibt Luft nach oben!", erklärte sie.

„Oh!" Eva wirkte überrascht, fasste sich aber schnell wieder. „Na, dann willst du dich vielleicht erst einmal in deinem Zimmer erholen? Ich zeig es dir."

„Danke, und anschließend spring ich gleich in den Pool."

Ratlos sah Eva zu ihren Kindern. „Wo gibt's denn in Rogenau einen Pool?" Da fiel ihr Blick auf das Gepäck in der Ablage hinter dem Kutschbock. „Ist spontan ein dritter Gast angereist?", wunderte sie sich.

Pippa verzog das Gesicht. Was hatten die alle für ein Problem mit ein bisschen Gepäck? Hallo, sie musste schließlich die ganzen Ferien hier ausharren! Nur weil ihre Eltern sich einbildeten, ihr mit sechs Wochen Bauernhofleben am Rande der Republik eine Lektion in Sachen *echtes Leben* erteilen zu können.

„Ich habe leider erst sehr kurzfristig erfahren, dass ich den Sommer hier verbringe. Sonst hätte ich sicher ein paar Freundinnen anwerben können", meinte sie ironisch.

Eva runzelte die Stirn, offenbar unschlüssig, was sie von der Antwort halten sollte. Dann straffte sie die Schultern. „Komm, ich zeig dir dein Zimmer. Willst du dich umziehen?“ Sie bedachte die High Heels mit einem bedeutungsvollen Blick.

„Ich bin mir sicher, in meinem Gepäck wird sich ein zweites Outfit finden lassen“, entgegnete Pippa sarkastisch.

Eva lächelte verhalten und trat dann zu ihren Kindern, um gedämpft mit ihnen zu sprechen. Pippa gab es auf, diese Bayern zu verstehen, wenn sie unter sich waren.

Nach kurzer Zeit trat Eva wieder zu ihr. „Na, dann komm mit ins Haus. Lass uns schon mal mitnehmen, was wir tragen können.“

Gentlemanlike wollte Flori nach dem schwersten Koffer greifen.

„Oh nein, der Gast ist zwar König, aber zuallererst kommen immer die Tiere!“, bremste ihn seine Mutter. „Erst wird Pippin ausgespannt und versorgt. Danach kannst du mit dem Gepäck helfen.“

„Aber Pippin ist meine Aufgabe!“, protestierte Kathi.

„Was die Kutsche betrifft: immer nur mit Flori zusammen. Das weißt du doch!“, erinnerte sie ihre Mutter.

Kathi errötete und wendete den Blick ab.

*Die Geschwister scheinen der Mutter nicht mal die Hälfte von der Fahrt erzählt zu haben,* dachte Pippa belustigt.

Eva nahm die Sporttasche von der Kutsche und wartete offenbar darauf, dass Pippa sich mit mehr belud als nur mit ihrem Handtäschchen. Doch Pippa begnügte sich damit, Maxi auf den Arm zu nehmen und hingebungsvoll zu streicheln.

Kurz darauf führte Eva sie ins Haus und hinunter in den Keller. Auf der Treppe fragte Pippa alarmiert: „Ich soll unten wohnen?“

„Ja. Das zweite Mädchen hat das Zimmer oben bezogen. Deines ist frisch renoviert und größer.“

„Trotzdem! In Kellern gibt es Spinnen!“

„Keine Sorge, das Zimmer ist penibel geputzt.“

*Die Spinnen werden wiederkommen!,* fürchtete Pippa.

Eva hielt für ihren Gast die Tür auf und stellte die Tasche ab. „So, dein Reich für die kommenden Wochen. Das Bad ist hinter der Tür dort. Ich lass dich jetzt in Ruhe ankommen und später werden dir meine Kinder den Hof zeigen, ja?“

„Klar“, entgegnete Pippa und schmiedete bereits einen Plan.

## 7 IRIS

Iris stand am Fenster ihres Zimmers im ersten Stock und lugte hinter dem Vorhang hervor. Evas Angebot, mit ihr zusammen den Neuankömmling zu begrüßen, hatte sie unter dem Vorwand abgelehnt, sich erst mal die zucchini-grünen Finger schrubben zu gehen.

Als Flori und Kathi den neuen Feriengast mit der Kutsche brachten, schien es Iris, als ob die gleiche Ankunft bei ihr selbst schon Ewigkeiten her sei.

Zuerst fielen ihr die Haare des Neuankömmlings auf: weizenblond und schnittlauchglatt bis zur Hüfte. Unwillkürlich zupfte Iris an ihren Locken und bereute zum ersten Mal, sie kurz zu tragen.

Als das Mädchen von der Kutsche stieg, schnappte Iris nach Luft und wich von ihrem Zimmerfenster zurück. Zwar sah sie solch mörderische Absätze und knappe Hotpants nicht zum ersten Mal, aber wer rechnete denn auf einem oberbayrischen Bauernhof damit?

Frustriert warf sie sich aufs Bett, griff nach dem Handy und sah, dass sie einen Anruf ihrer Eltern verpasst hatte. Der Gedanke an daheim tröstete sie und sie rief sofort zurück.

Ihre Mutter hob ab. „Iris, Liebes, wie schön dich zu hören."

„Hallo Mama", sagte sie und kuschelte sich in ihre Decke.

„Wie geht es dir? Versteht ihr euch? Ich habe mich so für dich gefreut, als ich erfahren habe, dass das zweite Zimmer von einer Gleichaltrigen gebucht worden ist."

„Ich glaube, das andere Mädchen und ich stammen aus unterschiedlichen Universen", entgegnete Iris.

Kurz herrschte Stille und Iris bedauerte, ihre Mutter enttäuscht zu haben – wie so oft in den vergangenen Monaten. „Gebt einander eine Chance. Ich weiß, du hast diesem Urlaub wegen der Tiere und der Abgeschiedenheit zugestimmt", sagte die Mutter. „Aber wäre es nicht schön, wenn du mal wieder eine Freundin finden würdest? Eine aus Fleisch und Blut, vor Ort, und sei es nur für diesen einen Sommer?"

Iris murmelte: „Die ganze Familie hat sie angestarrt wie eine Erscheinung! Bestimmt ist sie Model."

„Und welchen Unterschied würde das machen? Models sind auch nur Menschen."

*Verdammt schöne Menschen!,* dachte Iris und wollte ihren eigenen Körper gar nicht mehr ansehen.

„Außerdem finde ich dich ebenfalls sehr hübsch, falls du das in Frage stellst!", sagte ihre Mutter, die mal wieder Gedanken lesen konnte.

Iris seufzte. „Du bist schließlich meine Mama." Das war nicht vergleichbar mit einem Jungen. Oder einem *Burschen,* wie man hier laut Reiseführer jeden ledigen und kinderlosen Mann ab etwa 14 Jahren zu nennen schien.

„Iris? Hörst du mir zu?", riss die Stimme ihrer Mutter sie aus den Gedanken.

„Was? Ja, sicher", erwiderte Iris zerstreut. „Mama, ich muss jetzt Schluss machen. Grüß Papa von mir."

Während des Antwortseufzers ihrer Mutter legte Iris auf. Sogleich drehte sie sich auf den Bauch und fischte Notizbuch und Stiftemäppchen unter dem Kopfkissen hervor. Bilder von Locken, Wellen und Schnittlauch spukten durch ihre Gedanken. Geistesabwesend malte Iris die Deutschlandflagge in die Ecke einer dicht beschriebenen Seite. Schwarz-Rot-Gold: Iris' dunkle Locken, Floris kupferrote Wellen und der blonde Seidenvorhang der Neuen. Iris lachte freudlos auf, als ihr ihr Werk ins Bewusstsein drang, und blätterte schnell um.

# 8 PIPPA

Als Eva fort war, startete Pippa einen Rundgang durch das Kellerzimmer. Es war großzügig geschnitten - offenbar auf mehrere Personen ausgelegt - und die hellen Möbel verströmten ländliche Gemütlichkeit. Das eigene Bad gefiel ihr ebenfalls. Daheim hatte sie es allerdings auch fast für sich allein. Denn ihr kleiner Bruder, mit dem sie es in der Theorie teilen musste, besetzte es lächerlich selten.

Sie entdeckte keine einzige Spinne, obwohl sie gründlich suchte. Pluspunkt für die Person, die geputzt hatte. Pippa schob die Gardinen zurück und schielte die Kellerschächte hoch, ohne fündig zu werden. Sogar die mussten abgekehrt worden sein. Trotzdem: Das waren typische Eintrittslöcher für die achtbeinigen Biester! Selbst wenn jetzt alles blitzeblank war, sie blieb eineinhalb Monate! Und jede einzelne Nacht bestand die Gefahr, dass Spinnen sich in diesen Schächten abseilen und durch unsichtbare Ritzen in das Zimmer eindringen würden. Pippa fröstelte. „Boah, nein! Ich kann nicht im Keller schlafen. Wirklich nicht!"

Maxi, von ihrer Unruhe gestört, verlangte, hinuntergelassen zu werden. Pippa missverstand es absichtlich: „Nicht mal du willst hier unten sein!"

Es schüttelte sie ein weiteres Mal, woraufhin Maxi zu Boden sprang und die Treppenstufen hinaufeilte. Sie nahm ihre Tasche und folgte dem Kater. Oben im Flur begegnete sie Eva.

„Brauchst du etwas?", fragte die Hofchefin hörbar überrascht.

„Ich würde gerne das andere Mädchen kennenlernen", verkündete Pippa. „Wo ist denn ihr Zimmer?"

„Die Treppe hoch, die erste Tür rechts."

„Danke!“, sagte Pippa und ließ die verdutzte Eva stehen.

Auf Pippas Klopfen hin brach hinter der Tür ein Tumult los. Der zweite Feriengast musste hoffentlich nicht erst aufräumen. Endlich rief eine gehetzte Stimme: „Herein!“

Pippa betrat das Zimmer und erfasste mit einem Blick die wichtigsten Merkmale: hell, geräumig, Schreinermöbel, Aussicht auf die Berge. Gekauft!

„Ich bin Pippa“, stellte sie sich vor und scannte ihr Gegenüber: Ringelsocken, mittelmäßig sitzende Hose, zu großes T-Shirt, ein ungeschminktes, rundliches Gesicht und wilde Locken. Sie seufzte. Nie würde sie verstehen, warum Menschen nicht wenigstens *versuchten*, das Beste aus sich zu machen.

Die Unbekannte starrte sie an. „Hi, ich bin Iris“, brachte sie endlich hervor. „Schön, dass du auch die Ferien hier verbringst.“

*Na wenigstens spricht sie hochdeutsch,* dachte Pippa und entgegnete ironisch: „Ja, wunderschön. Hör zu, Keller sind Spinnenlöcher. Ich werde hier schlafen.“

Iris stutzte. „Ach so? Na, wenn dir das lieber ist. Dann tauschen wir also?“ Sie verfiel in fahrige Bewegungen.

Pippa hatte den Eindruck, dieses Nervenbündel würde im nächsten Moment mit Sack und Pack aus dem Zimmer stürzen.

„Ganz ruhig.“ Pippa senkte beschwichtigend die Hände. Da kam ihr ein Gedanke. „Weißt du was? Bleib erst mal hier. Vielleicht wird es nett, wenn wir uns dieses Zimmer teilen.“

Iris‘ Augen weiteten sich. „Zu zweit?“ Ein hektischer Blick zu ihrem Kopfkissen.

„Wir werden es uns richtig gemütlich machen“, plauderte Pippa. „Du bist schon länger auf dem Hof, nicht?“

„Ein bisschen, ja.“ In Iris' Augen blitzte etwas auf, das Pippa nicht einordnen konnte.

„Und, wie kann man sich hier die Zeit vertreiben? Gibt‘s einen Pool?“ Pippa öffnete nacheinander alle Fenster und beugte sich suchend hinaus.

„Nicht dass ich wüsste.“

„Badeseen?"
„Keine Ahnung."
„Schwimmbäder?"
„Würde mich wundern."
Pippa begutachtete das Bücherregal. „Hast du die alle mitgebracht?"
„Nein, die gehören zur Einrichtung."
Pippa erkannte keine Ordnung in der Reihenfolge der Bücher. Eins nach dem anderen nahm sie heraus und stellte es an einem neuen Platz wieder hinein. Dabei fragte sie: „Wie viele Follower hast du?"
„Du meinst auf Instagram? Um die 100, denk ich. Alles Leute, die mich kennen und denen ich wohl angezeigt worden bin, als ich meinen Account erstellt hab. Kann ich dir mit den Büchern helfen?"
Pippa schüttelte den Kopf. „TikTok, YouTube, Snapchat?"
„Hab ich. Benutz ich aber kaum. Also YouTube schon. Zum Anschauen halt."
Das Gespräch verebbte und Pippa machte sich weiter am Regal zu schaffen. Am Ende trat sie zurück, begutachtete ihr Werk, stellte zwei letzte Bücher um und nickte zufrieden.
Iris legte den Kopf schräg. „Ein Regenbogen!", rief sie dann. „Du hast die Bücher nach der Farbe sortiert! Das sieht viel hübscher aus als vorher."
„Natürlich tut es das", entgegnete Pippa. Wenn sie etwas konnte, dann für Schönheit sorgen.

Es klopfte an der Tür. Beide Mädchen drehten sich um und sagten zweistimmig: „Herein."
Flori steckte den Kopf durch den Türschlitz und wandte sich an Pippa. „Meine Mutter hat mir verraten, dass du hier oben bist. Ich wollte dir nur Bescheid geben, dass ich dein Gepäck runtergeschleppt habe und für die Hofführung leider erst später frei bin."
„Bring meine Sachen bitte hierher! Iris braucht auf jeden Fall meine Gesellschaft."

Er wirkte überrascht und sah Iris an. Die errötete und senkte den Blick.

„Alles klar mit dir?", fragte Pippa.

„Was soll sein?", entgegnete Iris, ohne jemanden anzusehen. „Ihr habt euch also während der Kutschfahrt kennengelernt?"

„Und ob!", bestätigte Pippa. „Ich hatte sogar schon von ihm gehört, bevor er mir überhaupt begegnet ist."

„So?" Flori wirkte amüsiert. „Und was wurde dir erzählt?"

Sie ging aufs Ganze. „Da war was mit einem Pferdegott." Bingo. Er wurde ein kleines bisschen rot.

„Schuldig", gab er zu. „Mit Horst, dem Pferdegott, hab ich meine Schwester auf den Arm genommen. In Wirklichkeit heißt Horst Horst, weil das im Dialekt lustig klingt: Ein Pferd, das Horst hoaßt." Er wartete ab.

Iris begriff als Erste und kicherte leise. Pippa glich ihre längere Leitung damit aus, dass sie umso heller lachte und den Kopf leicht in den Nacken legte. Sie wusste, dass ihr Haar dabei maximal zur Geltung kam. „Du bist witzig!", betonte sie.

Flori deutete hinter sich. „Also die Koffer nach oben. Sicher?" Er sah zu Iris.

„Da unten leben Spinnen!", raunte Pippa ihr zu.

„Bestimmt keine giftigen", vermutete Iris. „Aber wenn du dich hier oben wohler fühlst ..."

„Ja, das tue ich!", verkündete Pippa und strahlte in die Runde. „Damit wäre das geklärt."

Flori zuckte die Schultern, dann beugte er sich zu ihr vor und senkte die Stimme: „Hör mal, bei dem Zwischenfall mit der Kutsche war ich offiziell von Anfang an dabei, okay? Meine Mutter braucht nichts zu wissen, was sie unnötig beunruhigen würde."

Sie war überrascht, wie angenehm sie seinen Geruch fand. Normal stand sie auf teurere Düfte. Floris hingegen musste es für umsonst gegeben haben: eine Mischung aus Wald, Erde und Pferd. Auf die Pferdenote hätte sie zwar verzichten können, trotzdem atmete sie nochmal extra ein.

„In Ordnung", stimmte sie zu. „Ich mag's unkompliziert."

Kurz ruhte sein Blick auf ihr und sie ertappte sich bei der Frage, was er wohl dachte.

Schließlich nickte er und wandte sich ab. Nachdem er die Treppe hinuntergestiegen war, ertönte bald leises Fluchen und Ächzen.

„Klingt, als wären das schwere Koffer", meinte Iris. „Lass uns ihm helfen!"

Pippa winkte ab. „Iwo, hast du nicht sein Kreuz und seine Oberarme bemerkt? Er muss mir sein Fitnessstudio verraten."

Iris beugte sich über das Geländer. „Als ob er Zeit für künstlichen Sport hätte", murmelte sie. „Fitness ist hier inklusive." Hörbar besorgt rief sie nach unten: „Du hebst dir einen Bruch! Meinst du, es geht zu dritt besser?"

„Wird eng auf der Treppe, aber zu zweit wär gut", rief er.

Ohne zu überlegen, lief Iris nach unten und zusammen schleppten sie den ersten Koffer hoch. Pippa war es inzwischen unangenehm, von oben auf die beiden hinunterzusehen und ihrem Geächze zuzuhören. Als sie den Trolley neben ihr absetzten, meinte sie: „Vielleicht hätte ich meine Sachen auf mehr und dafür leichtere Gepäckstücke aufteilen sollen."

Flori wischte sich über die Stirn. „Gäste müssen nicht Wechselwäsche für sechs Wochen mitbringen. Im Haus gibt's eine Waschmaschine, weißt du?"

Pippa stöhnte angesichts des neuerlichen Kommentars zu ihrem Gepäck und schlug vor: „Lass den zweiten Koffer unten stehen. Wir tragen den Inhalt auf mehrere Male hoch, oder Iris?"

„Ist besser, ja", schnaufte sie. Wieder sah Flori fragend zu ihr und wartete, bis sie nickte.

Pippa beobachtete die beiden aufmerksam.

„Dann pack ich's jetzt. Die Arbeit ruft", sagte er.

„Warte mal", hielt ihn Pippa zurück. „Wenn Iris und ich einen Ausflug machen wollen, würdest du uns fahren?"

„Du traust dich erneut auf die Kutsche?", staunte er.

Sie verzog das Gesicht, entgegnete aber im nächsten Moment mit freundlicher Stimme: „Ich hatte an dein Auto gedacht. Schließlich bist du volljährig."

Er schnaubte belustigt. „Das klingt, als würde einem zum 18. Geburtstag eines in den Schoß fallen. Ich weiß nicht, wie es bei euch beiden sein wird, aber ich kann mir in naher Zukunft kein eigenes leisten. Also wenn ihr nicht davon abhängig sein wollt, dass ich frei habe und meine Mutter ihr Auto nicht braucht, dann solltet ihr euch lieber mit den Rädern im Schuppen anfreunden."

Er ging hinaus und ließ Pippa erstaunt zurück. Sie drehte sich zu Iris. „War das die am freundlichsten vorgetragene und gleichzeitig deutlichste Abfuhr, die ich je bekommen habe?"

# 9 IRIS

Iris wäre gerne allein gewesen, um in aller Ruhe darüber nachzudenken, was Flori wie gesagt hatte. Auf jeden Fall hatte er Pippa keine Abfuhr erteilt, sondern erklärt, nicht nach Belieben mit ihnen beiden Ausflüge unternehmen zu können. Iris ließ den Blick verstohlen an Pippas strahlender Erscheinung entlangwandern und fragte sich, ob Flori lieber mit Pippa allein wegfahren würde.

„Hallo! Erde an Iris." Pippa schnipste vor Iris' Gesicht herum. „Fertig mit Tagträumen und bereit, meine Sachen hochzutragen?"

Zerstreut nickte Iris und stieg die Treppe hinab. Vor ihrem inneren Auge sah sie, wie Pippa sich auf einem fiktiven Motorrad an Flori kuschelte und der Fahrtwind ihre blonden Haare fliegen ließ.

Iris schüttelte den Kopf über ihre blühende Fantasie.

Kurz darauf knieten beide Mädchen neben dem aufgeklappten Koffer im Flur. Pippa drückte Iris zwei Beutel in die Hände. Aus einem lugte ein Bikinioberteil heraus. Pippa selbst belud sich mit einer silbernen Box und einem Stapel bunter Tücher.

„Was ist das alles?"

„Utensilien", antwortete Pippa verheißungsvoll.

Sie stiegen die Treppe hoch.

„Wofür?"

„Für Fotoshootings und Clips. Ich würde diesem Hof wirklich, wirklich raten, dass es in der Nähe mega Kulissen gibt!"

Etliche Schrankfächer waren frei, sodass Pippa ohne Probleme ihre Sachen einräumen konnte. „Weißt du", begann sie, „ein Fotograf hat mich nach Mallorca eingeladen und hätte mich groß rausgebracht."

Sie nahm die Beutel von Iris entgegen. „Meine Eltern haben anfangs mal Nein gesagt, aber dann nichts mehr. Und am letzten Schultag, bähm: Nicht die balearische Insel, sondern Rogenau." Sie verzog das Gesicht und sortierte die Badesachen in den Schrank. „Rogenau klingt wie Fischeier und Autsch!"

„Ich dachte eher an Roggenfelder und grüne Auen", sagte Iris mehr zu sich selbst. „Nur ein g zu wenig."

Als die erste Ladung verstaut war, holten die beiden die nächste. Pippas Absätze klackerten wütend auf den Stufen. „Ich habe null Content vorproduziert, weil ich mich ganz auf Wahnsinnsmaterial von der Insel verlassen habe! Stattdessen sitze ich hier fest! Was soll ich denn posten?"

„Deine Eltern haben dich überhaupt nicht vorgewarnt?"

„Sie verkündeten, dass sie den Flug nie erlaubt hätten, im Gegenteil. Und dass sie die Diskussionen mit mir leid seien! Da sagen sie lieber bis zum letzten Augenblick nichts, als dass sie lange mit mir streiten müssen. Ist das zu fassen?"

Sie drückte der Zimmergenossin einen Stapel Kleidung in die Arme und schloss den Koffer.

Iris lugte hinter dem Berg aus schicken Klamotten hervor. „Das klingt echt gemein! Aber wie sind sie auf Rogenau gekommen?"

„Keine Ahnung! Suchbegriffe: *Pampa, Bekehrung von Influencern, wie vergraulen wir unsere Tochter*?" Sie trug den leichten, jedoch weiterhin sperrigen Trolley die Stufen hinauf. Oben angekommen richtete sie ihre Haare und verkündete: „Fürs Protokoll: Ich jammere nicht! Das ist was für Opfer. Allerdings war es das erste und letzte Mal, dass meine Eltern so etwas mit mir machen können!"

## 10 PIPPA

Am Nachmittag zeigte Kathi Pippa den Hof. Pippa tauschte zwar ihre hohen Hacken gegen Sneakers, hatte allerdings nur weiße dabei. Misstrauisch wich sie jedem Dreck aus, der nicht bombenfest in die Erde eingetreten war. „Ihr lasst eure Hühner also freilaufen, ja?", fragte Pippa pikiert, nachdem sie deren Hinterlassenschaften mehrfach ausgewichen war.

„Klar!", erklärte Kathi. „Sie lieben es, die Haferkörner aufzupicken, die unsere Pferde beim Fressen fallen lassen."

„Zuckersüß", entgegnete Pippa schmallippig. „Zu schade, dass die Tiere nicht stubenrein sind."

Kathi kicherte. „Stellst du dir auch gerade eine Henne auf einer Kloschüssel vor? Wie das aussähe!"

„Zum Schießen", brummte Pippa.

Da entwich ihr ein entzückter Laut. „Der Kater!", freute sie sich. Maxi trabte hinter dem Traktor hervor und schmeichelte um ihre Beine. Sie nahm ihn hoch, lauschte dem anschwellenden Schnurren und vergaß ihren Ärger.

„Was kann man in Rogenau unternehmen?", fragte sie und kraulte Maxis Hals.

„Bei uns auf dem Hof kannst du reiten."

„Hilfe, nein!", platzte Pippa heraus. „Ich dachte an Kino, Bars, Clubs ..."

Die Kleine sah sie mit großen Augen an.

Pippa seufzte. „Okay, bei Gelegenheit frag ich Flori." Maxi schmiegte sich enger an sie. Erstaunt bemerkte sie, wie sauber und angenehm der Bauernhofkater roch. Ashleys Perserkatze hingegen duftete stets so aufdringlich, als sei sie in einen Bottich mit Weichspüler geplumpst.

Beim Gedanken an Ashley zog sich etwas in ihr zusammen. Die falsche Freundin hatte ihr den virtuellen Krieg erklärt und Pippa war entschlossen, ihn zu gewinnen. Sie ließ den Kater frei und verkündete: „Ich brauche spektakuläre Kulissen für Fotoshootings in Bademode! Wo ist der nächste See?"

Kathi deutete hinter einen Hügel. „Im Wald fließt ein Bach. Da plantschen die Pferde gerne beim Ausreiten."

„Aha", sagte Pippa. „Und sonst?"

„Ein paar Dörfer weiter ist ein Freibad. Oh, bitte überrede meine Mama, dass wir hinfahren! Dort gibt's *so* großes Eis!" Sie formte in der Luft riesige Kugeln.

Das klang nach Kindergeburtstag. Pippa rümpfte die Nase. „Wann kommt eigentlich dein Bruder zurück?"

Pippin trottete zum Zaun und stöberte in Kathis Taschen. Sie kraulte ihn zwischen den Ohren. „Erst zur Stallarbeit. Und danach hat Iris eine Reitstunde bei ihm. Ich will jetzt auch reiten. Komm, wir holen Pippin von der Koppel!"

„Ich warte lieber hier", entschied Pippa.

Kurz darauf band Kathi den Braunen an einer Stange an und verkündete fröhlich: „Er hat sich ausgiebig gewälzt."

Erdklumpen hingen in Fell, Mähne und Schweif. Für Pippas Geschmack schrie dieser Zustand förmlich nach einer Intensivbehandlung mit Pflegeprodukten. „Hast du schon mal an ein Umstyling gedacht?", platzte sie heraus.

Kathi fasste sich an ihre beiden Zöpfe. „Meine Mama bringt dich um, wenn du mir die Haare abschneidest!"

„Nicht für dich. Deine Frisur steht dir voll gut!" Das meinte Pippa ernst, fügte aber hinzu: „Obwohl ich dutzende Ideen hätte, sie kreativer zu flechten."

Kathi zuckte die Schultern. „Mach ruhig, wenn du sonst nichts zu tun hast."

Die Kleine brachte das so rüber, dass Pippa schmunzeln musste. Die Sonne kitzelte auf ihrer Haut und sie sah zum Himmel hoch. „Ich würde wirklich gern in einen Bikini schlüpfen! Sollen wir nicht doch zu dem Bach schauen, wenn es sonst nichts gibt?"

Pippin bearbeitete mit dem Maul Kathis Oberarm und sie liebkoste den Mähnenkamm des Tieres. „Klar, komm mit, wenn ich ausreite. Bist du gut zu Fuß?"

„Fährt kein Bus?"

„In den Wald?" Kathi legte den Kopf schräg. „Nein."

Pippa raufte sich die Haare.

„Im Schuppen stehen ein paar alte Fahrräder. Musst' mal schauen, ob dir eins passt", meinte die Kleine. Sie drückte ihrem Wallach einen Schmatzer auf die Nase.

Pippa seufzte. „Alles klar. Ich lass dich und deinen Liebling mal allein." Kathi war zwar süß, aber nicht hilfreich, fand Pippa.

Sie entdeckte einen Liegestuhl in einem kleinen Garten, legte sich hin und rief auf ihrem Handy Google Maps auf, um sich die Gegend anzusehen. Immer wütender fuhren ihre Finger über das Display. Wiese, Wald, nochmal Wiese, Berg, ein weiterer Berg. Wo zur Hölle sollte sie Fotos machen?

Sie rief Instagram auf und scrollte durch ihre Bilder, mit denen sie es immerhin bis in die Endrunde des Wettbewerbs von *Beachware* geschafft hatte. Sehnsucht überrollte sie bei der Erinnerung an die Shootings. Zu Hause hatte sie eine eingespielte Maschinerie an Influencer-Kolleginnen und Bekannten mit Spiegelreflexkameras. Auf Rino, seine Schwester und Ashley wäre sie daheim nicht angewiesen gewesen.

Sie zoomte ein Bild heran, auf dem sie mit makelloser Körperspannung ins Wasser tauchte und dabei einen Badeanzug von *Nike* optimal in Szene setzte. Das Foto hatte eine benachbarte Influencerin geschossen, die nicht in direkter Konkurrenz zu ihr stand. *Zu Hause hätte ich ein Netzwerk und auf Mallorca Sandstrände. Von beidem hält meine Familie mich mutwillig fern,* dachte Pippa grimmig. Die Worte ihrer Eltern hallten in ihr nach: *‚Du lebst in einer*

*Social Media Blase. Die reale Welt nimmst du nicht mehr wahr, weil du dich nur mit oberflächlichen Leuten abgibst! Wenigstens für einen Sommer nehmen wir dich raus aus diesem toxischen Umfeld voller falscher Werte! Damit du dich ans echte Leben erinnerst, wirkliche Arbeit kennenlernst und bodenständiger wirst!'* Ihr drehte sich der Magen um. Wie verbohrt und ignorant konnten Erwachsene sein?

„Hier bist du!", riss Iris sie eine ganze Weile später aus ihren Gedanken.

Pippa blinzelte und verkniff sich ein Lachen. Die graue Maus trug tatsächlich Gummistiefel – im Hochsommer.

„Ich geh in den Stall. Willst du mit?"

Pippa schob sich die Sonnenbrille ins Haar. „Ne, lass mal. Aber gut, dass du da bist. Kannst du für meine Follower ein Video von mir drehen?"

Iris zuckte die Schultern und nickte.

Pippa setzte sich auf und bemerkte, dass Flori etwas abseits an einer Maschine schraubte. Rasch konzentrierte sie sich wieder auf Iris und erklärte: „Wir brauchen einen optimalen Winkel und nicht gegen die Sonne. Schieben wir die Liege am besten dort hin." Sie deutete neben einen Rosenstrauch. „Ein Brunnen würde sich gut machen in diesem Garten. Kurzfristiger realisierbar wäre ein Cocktail in meiner Hand. Oh, und ein Teller mit frischem Obst. Kannst du das bitte für mich organisieren?"

Iris starrte sie an.

Pippa seufzte. „Na gut, probieren wir es ohne Cocktail und Obst. Sind Rosen zu altbacken?"

„Sie sind zeitlos", widersprach Iris.

„Hmm", machte Pippa und formte mit den Fingern eine Kameralinse vor ihrem Auge. „Ja, der Hintergrund könnte einigermaßen passen. Hilf mir mit der Liege."

Iris wollte mit anpacken, aber sie steuerten beide auf das Kopfteil zu. Verlegen lachend versuchte Iris, ihr auszuweichen, doch Pippa hatte den gleichen Gedanken und tat einen Schritt zur selben Seite. Sie waren nur noch eine Armlänge voneinander entfernt. Pippa trat nach links, Iris tat es ihr in just dem Moment gleich und sie prallten ineinander. Damit wirkte Iris so überfordert, dass Pippa sie schließlich festhielt, um sich an ihr vorbeizuschieben.

Dann endlich trugen sie die Liege zu den Rosen.

Pippa legte sich hin und räkelte sich.

„Modelst du?", fragte Iris.

Pippa fühlte sich von solch einer Vermutung jedes Mal geschmeichelt. „Ich arbeite daran, entdeckt zu werden", erklärte sie und reckte den Hals, um nach Flori Ausschau zu halten. Sie triumphierte: Zwar beugte er sich über eines dieser rätselhaften landwirtschaftlichen Geräte. Doch wenigstens einen Augenblick sah er in ihre Richtung.

„Du wirst Erfolg haben", meinte Iris.

Pippa lächelte. „Das ist lieb. Also, ich richte erst ein paar Worte an meine Follower und dann machen wir Fotos, ja?"

Iris startete die Handykamera und Pippa legte los: „Hi ihr Lieben! Ihr seht, ich melde mich nicht vom Traumstrand. Stattdessen habe ich mir eine Überraschung für euch ausgedacht. In Zeiten der Klimaerwärmung stehe ich dafür ein, die Umwelt zu schützen und Flugreisen wo möglich zu vermeiden! Außerdem finde ich es superwichtig, dass wir Menschen nie den Bezug zur Natur und zu Tieren verlieren. Was soll ich sagen, ich bin mit der Bahn in ein wunderschönes Dorf im Voralpenland gereist und mit der Pferdekutsche vom Bahnhof abgeholt worden. Könnt ihr euch etwas Idyllischeres vorstellen? Ich werde die nächsten Tage Fotos aus einem der schönsten Teile unserer wunderbaren Heimat posten. Wie verbringt ihr euren Sommer? Schreibt es mir in die Kommentare.

Macht es gut, ihr Lieben! Tschüss!" Sie winkte in die Kamera und lächelte wie in einer Zahnpastawerbung.

Iris stoppte die Aufnahme und sah Pippa mit großen Augen an.

Pippa ließ sich ihr Handy geben und spulte das Video ab. „Das Licht ist perfekt!", fand sie. „Aber das Outfit passt halt null zu meinen sonstigen Posts. Weil hier nirgends Wasser ist! Weit und breit nicht der kleinste Pool!"

„Dann machen wir die Bilder ein anderes Mal. Ich will die Stallarbeit nicht verpassen."

„Wie du meinst", erwiderte Pippa. Da fiel ihr etwas ein: „Hey, was denkst du eigentlich über Flori?"

Iris lief in beachtlicher Geschwindigkeit rot an. „Wieso?"

„Findest du ihn gut?"

„Äh ...", stotterte sie. „Nein."

„Wirklich?" Pippa hob eine Augenbraue.

„Nein ... doch. Nicht auf *die* Art. Er ist ganz nett."

Pippa hob die zweite Braue. „Durchatmen, meine Frage beantworten: Gefällt er dir?"

„Was stellst du denn für Fragen? Du und ich kennen uns überhaupt nicht!"

„Wir teilen ein Zimmer!"

„Ja, noch nicht mal einen ganzen Tag lang. Flori gefällt mir, aber nicht so, wie du jetzt meinst. Zufrieden?"

Pippa blieb ruhig. „Nur, um sicherzugehen: Du willst nichts von ihm?"

„Doch, ein Pferd! Geliehen! Für Ausritte! Und jetzt muss ich in den Stall!" Sie stapfte aus dem Garten.

Pippa lehnte sich zurück und lächelte zufrieden. Offenbar war Iris zu abgelenkt gewesen, um Flori in der Nähe zu bemerken. *Wie viel er wohl mitbekommen hat?*

# 11 IRIS

Die Stallarbeit war erledigt, die Familie hatte gefrühstückt und Iris zog sich mit einem Buch unter den Kastanienbaum neben Hühnerstall und Kälberweide zurück. Maxi sprang auf ihren Schoß, rollte sich ein und schnurrte. Die neugierigsten der jungen Rinder sahen ihr beim Lesen zu und auch ein Huhn schien sich brennend für sie zu interessieren. Lächelnd blätterte Iris weiter. Sie war froh, sich vorab passende Bücher besorgt zu haben. Auch wenn sie diese heimlich ins Gepäck geschmuggelt hatte, damit ihre Eltern nicht wieder etwas vom Hier und Jetzt erzählten. *Als ob es sich automatisch widerspräche, gern zu lesen und ein echtes Leben zu haben,* dachte sie.

Da kam Kathi in kurzen Latzhosen von der Koppel zu ihr herüber. Sie betrachtete Maxi, sah sich um, schien aber nicht zu finden, was sie suchte. Plötzlich erhellte sich ihr Gesicht. Sie machte ein paar vorsichtige Schritte, bevor sie sich blitzschnell auf die Henne warf. Strahlend setzte sie sich mit dem Tier auf dem Arm neben Iris und streichelte es.

Sie bemerkte Iris' Blick. „Was denn? Maxi hast du und Findus ist wohl auf Mäusejagd." Interessiert beugte sie sich über die Lektüre. „Musst du in den Ferien lernen?"

„Nein, das Buch hat nichts mit der Schule zu tun."

Kathi beugte sich so weit hinüber, bis Iris ihr freiwillig das Cover hinhielt.

„*Landwirtschaft für Dummies*", las Kathi den Titel vor. „Was sind Dummies?"

„Im Falle dieser Buchreihe sind das Leute, die von etwas keine Ahnung haben, weil sie sich noch nie oder nicht genug damit beschäftigt haben", entgegnete Iris.

„Du liest also etwas, um eine Ahnung von Landwirtschaft zu bekommen." Kathi bedachte Iris mit einem langen, prüfenden Blick und verkündete: „Falls du meinen Bruder heiraten willst und vorhast, hier zu leben: Ich bin nicht damit einverstanden, dass er einmal den Hof erbt. Den möchte nämlich ich!"

Iris hustete so heftig, dass Maxi empört von ihrem Schoß flüchtete. Sie räusperte sich. „Erstens: Ich heirate vorerst überhaupt niemanden. Und zweitens denke ich nicht, dass du dich bereits mit einer Hofübergabe beschäftigen musst."

Kathis Augen weiteten sich und sie presste das Huhn an sich. „Was meinst du damit?"

Iris, die den Schrecken in Kathis Gesicht nicht einordnen konnte, geriet ins Stocken.

Das schien Kathi zusätzlich zu alarmieren. „Dürfen Erwachsene lügen?", platzte sie unvermittelt heraus.

Jetzt verstand Iris gar nichts mehr. „Eigentlich nicht", begann sie vorsichtig. „Aber manchmal ist lügen, oder sagen wir *schwindeln*, nett gemeint, um jemanden zu schützen. Warum fragst du?"

Die Kleine biss sich auf die Lippen und sah weg.

Iris hatte das Gefühl, einen Fehler gemacht zu haben, wusste aber nicht, welchen.

Endlich wandte ihr Kathi wieder den Kopf zu. „Wenn ein Erwachsener sagt, dass alles gut ist, ist es das dann wirklich?"

Iris fühlte plötzlich großen Druck auf sich lasten. „Also meine Eltern haben vor einigen Monaten zu mir gesagt, dass alles gut werden würde", erzählte sie stockend.

Kathi klebte an ihren Lippen.

Iris räusperte sich. „Ich sollte etwas machen, was ich absolut nicht wollte. Aber sie haben mir Mut zugesprochen und ich hatte sowieso keine große Wahl."

In ihrer Erinnerung machte sie von Schluchzern geschüttelt mit Alexej Schluss. Sie sah seine blauen Augen, die sie traurig anblickten. Hörte ihn ihren Namen flüstern. Spürte seine Arme um ihren Rücken geschlungen. Er hatte ihr Halt gegeben und denselben bei ihr gesucht. Doch es war unumgänglich gewesen, einander gehen zu lassen.

„Es wurde nicht gut, oder?" Kathis Stimme wurde ganz leise. „Deine Eltern haben gelogen!"

Iris sah Kathi in die Augen. Rehbraune Augen ohne die geringste Verfärbung. Sie schluckte. „Weißt du, es wird besser. Es ist nicht mehr so schlimm wie noch vor einigen Monaten. Die Tiere, die Natur ... manches hier hilft mir, denke ich."

Kathi ließ das Huhn laufen und sagte: „Ja, hier ist es wunderschön. Aber ich glaube, mein Problem ist ein anderes als das, was du hattest. Ich sag jetzt meinem Bruder, dass er dir endlich deine erste Reitstunde geben muss!" Entschlossen überquerte sie den Hof.

Zu Unterrichtsbeginn setzte sich Kathi im Schneidersitz unter einen Sonnenschirm auf eine mit Polstern belegte Europalette. Maxi auf dem Schoß, Findus zu ihren Füßen.

Iris kannte weder Reitstunden noch Dressurvierecke. Dass Flori ihr Zaumzeug, Sattel und Helm gegeben hatte, fand sie zwar in Ordnung, aber alles andere?

„Deine Haltung ist tadellos!", rief er von der Mitte des Reitplatzes. „Inzwischen hat Horst sich genug am langen Zügel eingelaufen. Fang an, ihn zu versammeln."

Den Zügel? Den Wallach? Ratlos sah Iris auf ihre Hände.

„Nimm die Zügel kürzer für mehr Anlehnung."

Wovon sprach er?

Er rief weitere Anweisungen zu ihr hinüber. Als sie die Zügel in der richtigen Länge hielt, begann er, Zirkel, Volten und Handwechsel von ihr zu verlangen. Jedes Mal reagierte sie verwirrt.

„Kennst du eigentlich irgendeine Bahnfigur?"

„Was sind Bahnfiguren?"

Er wischte sich über die Augen, dann stemmte er die Hände in die Hüften und sah Iris lange zu, während sie Horst eine ganze Bahn laufen ließ, ohne den Begriff dafür zu kennen.

„Normalerweise haben die Leute, die herkommen, entweder keine Ahnung von Pferden oder sie reiten mir hier was Ordentliches vor und ich leiste nur ein bisschen Unterstützung", erklärte er. „Aber du scheinst ein besonderer Fall zu sein."

Iris presste die Lippen aufeinander. Reitstunden waren schrecklich, schrecklich, schrecklich! Wie sie die Weite vermisste! Sie sehnte sich danach, mit der Zunge zu schnalzen und Horst angaloppieren zu lassen. Und sie wünschte sich, diesem Pferd einen Namen zu schenken, der seiner kaukasischen Herkunft würdig war. *Horst, also wirklich!*

Nach ein paar weiteren Runden sah Flori ein, dass Iris immer verkrampfter statt besser wurde.

„Wir lassen es für heute", meinte er. „Du kannst Horst versorgen und auf die Koppel bringen."

Iris stieg ab und tätschelte Horsts Hals. „Nicht deine Schuld", flüsterte sie dem Kabardiner zu. „Du warst prima." Dann drehte sie sich zu Flori und fragte: „Wann fängt die Arbeit im Kuhstall an?"

Er stutzte: „In zweieinhalb Stunden ungefähr."

Sie nickte nur und führte Horst vom Platz.

Wenig später lag sie unzufrieden und aufgewühlt auf ihrem Bett. Gut, dass Pippa wieder auf der Liege im Garten mit dem Handy spielte, sodass sie das Zimmer für sich hatte. Nur weil sie sich Reiten selbst beigebracht hatte, war sie doch kein Dummchen, das nichts auf dem Kasten hatte und hier nicht hergehörte. Sie *musste* hierhinpassen! Denn einen anderen Ort hatte sie für die kommenden Wochen nicht zur Auswahl. Auf das nächste Aufeinandertreffen mit Flori würde sie vorbereitet sein!

Sie ging alles durch, was sie bisher über den Kuhstall notiert hatte. Dann gab sie im Internet Suchbegriffe zur Stallarbeit ein. Viele davon verwarf sie schnell wieder, da sie sich auf andere Stallarten bezogen. Und wenn sie speziell nach Anbindeställen suchte, waren die Ergebnisse eher politischer Art als von praktischem Nutzen. Aber ein anderes Wort ließ sich bestimmt besser googeln. Sie blätterte um und schrieb auf ein neues Blatt: „Bahnfiguren".

Bald hatte Iris all ihre bisherigen Erkenntnisse zum Oswaldschen Stall memoriert, zwei Seiten mit Bahnfiguren befüllt sowie die

Definitionen von Versammlung und Anlehnung aufgeschrieben. Jetzt stand sie einigermaßen wiederhergestellt im Kuhstall und zog die Blicke der Familie Oswald und vereinzelter Tiere auf sich.

Iris atmete durch. „Welche Arbeiten kann ich übernehmen?"

# 12 PIPPA

Während die anderen ihre Zeit im Stall verplemperten, warf sich Pippa in ihr feinstes Strandoutfit und suchte nach einer Fotokulisse. Sie begutachtete die Wanne im Badezimmer aus allen Winkeln. Eines musste man dem Oswaldhof lassen: Diese freistehende Wanne war womöglich 100 Jahre alt und versprühte einen gewissen Retro-Charme. *Wenn ich mich im Bikini geschickt platziere ...*

Sie hörte die Tür und steckte den Kopf aus dem Badezimmer. Blitzschnell musterte sie ihre Zimmergenossin. „Iris, wie siehst du denn aus? Was hast du an?" Sie hielt sich die Nase zu. „Und wonach um Himmels willen riechst du?"

Iris wich einen Schritt zurück und zupfte an ihrem verwaschenen Shirt. „Das hat mir Eva gegeben, weil ich den Stall-Overall in der Schmutzschleuse ausgezogen hab, aber natürlich nicht nackt hochkommen wollte."

„Overall? Schmutzschleuse? Wovon sprichst du?"

„Ich hab bei der Stallarbeit geholfen. Da kann man sehr schmutzig werden. Zum Beispiel, wenn die Kuh, hinter der man gerade den Mist wegmacht, danach nochmal ... muss."

Pippa starrte sie an.

„Und damit man danach nicht in dreckiger Kleidung durchs Haus läuft, gibt's zwischen Stall und Wohnbereich eine Schmutzschleuse", fuhr Iris fort. „Das ist ein Raum, indem man die Stallklamotten lässt."

„Und dort hättest du nicht gleich duschen können?"

Iris lief rot an. „Da duscht Flori. Ich kann ja hier oben ins Bad. Oder brauchst du es jetzt?"

Pippa lehnte sich in den Türstock und verschränkte die Arme. „Nun ja, ich brauche es tatsächlich. Aber weißt du was? Du hilfst mir, meinen nächsten Post zu planen, und ich lass dich ins Bad." Ihre Nase hatte sich vom schlimmsten Schock erholt und Pippa winkte Iris zu sich ins Badezimmer.

Zögernd kam Iris näher. Pippa strich mit der Hand über den Rand der Wanne. „Weißt du, auf meinem Account präsentiere ich Bademode. Das Problem hier ist: kein Meer in Sicht, kein See, nicht mal ein Pool. Aber ich hab das hier!" Sie löste eine Schleife am Ausschnitt ihres Kaftans. „Ein Bikini ohne Wasser wirkt lächerlich, oder? Wie lächerlich wirkt ein Bikini in einer Badewanne?"

Iris räusperte sich. „Nun, sie hat zumindest mit Wasser zu tun, wohingegen der Garten, indem du dich im Bikini gesonnt hast, völlig trocken war."

„Alles klar", entgegnete Pippa geduldig und ließ den Kaftan zu Boden gleiten.

Sie war nicht auf Iris' Reaktion gefasst. Denn Iris hauchte: „Wie ein Bond-Girl! Du siehst wunderschön aus!"

Pippa sah weg. „Danke, das könntest du auch." Betont gelassen stieg sie in die Wanne. „Bevor wir hier Wasser einlassen, sagst du mir, ob irgendeine Pose gut aussieht. Denk dran, der Bikini mitsamt der Schnürung am Bauch muss im Vordergrund stehen!"

Iris schien an der Türschwelle festzukleben. „Wenn du in der Wanne liegst, sieht man den Bikini nicht mehr."

Pippa setzte sich auf. „Deshalb brauch ich ja deine Meinung. Du musst einschätzen, wie ich mich positionieren muss und aus welchem Winkel die Bilder gemacht werden."

„Willst du nicht doch lieber einen See suchen gehen?"

„Ich suche nicht, ich lasse finden!", erklärte Pippa. „Irgendein Einheimischer wird mich zu grandiosen Kulissen führen, da bin ich ganz sicher! Aber bis dahin darf ich meine Follower nicht warten lassen." Sie streckte die Hand nach Iris aus. „Komm näher. Von da hinten kannst du nicht beurteilen, wie die Bilder aussehen werden. Jetzt komm schon! Ich merk deinen Stallgeruch gar nicht mehr."

Iris kam näher und Pippa beugte sich über den Beckenrand. „Fotografieren wir von oben, sind die extravaganten Füße der Wanne nicht auf den Bildern. Aber von der Seite sieht man den Bikini nicht. Vielleicht wenn ich mich rausbeuge? Was meinst du?"

Ratlos sah Iris erst sie, dann die Wanne an.

„Ach Mensch, es ist einfach zu blöd, dass du keine Erfahrung mit sowas hast!", stöhnte Pippa und fischte ihr Handy aus einer Tasche des Kaftans. „Geh du in die Wanne und ich sag, wie es von außen aussieht. Aber zieh mal dieses alte T-Shirt aus. Dann kann ich mir besser vorstellen, wie viel man von einem Bikini sehen würde."

Iris schlang den Arm um ihren Oberkörper und protestierte: „Das kannst du auch mit T-Shirt!" Nur widerwillig ließ sie sich in die Wanne ziehen.

*Sie muss sich locker machen. Womöglich würde allerhand Interessantes zum Vorschein kommen, wovon sie noch nichts ahnt,* vermutete Pippa und beschloss: „Wir brauchen Musik für die Stimmung!" Sie wählte ein Partylied von ihrer Playlist und begann mit geschlossenen Augen, ihren Oberkörper zum Rhythmus zu bewegen. Verdammt, sie hatte nicht daran gedacht, dass sie zu diesem Lied zuletzt mit ihrer Clique getanzt hatte! Samt Ashley, die sich jetzt an einem Sandstrand räkelte und Instagram mit Aufnahmen befeuerte, die Pippa so gern für sich selbst gehabt hätte!

Sie blinzelte und wünschte sich plötzlich sehnlichst eine richtige Freundin. Eine, auf die sie sich verlassen konnte und die hier war! Doch Iris saß nur stocksteif und mit hochrotem Kopf da. „Fühl die Musik und zieh endlich dieses dumme T-Shirt aus", forderte Pippa und zupfte an Iris' unvorteilhaftem Oberteil.

Sie hielt in der Bewegung inne, als sie Flori in der Tür stehen sah.

# 13 IRIS

Pippas Finger verharrten weiter an dem T-Shirt, doch ihr Blick ging an Iris vorbei. Verwundert wandte Iris den Kopf und hüpfte bei Floris Anblick erschrocken aus der Wanne.

„Das ist ein Badezimmer, Herr Oswald, und es ist besetzt!" Pippas Protest klang mehr kokett als verärgert.

Flori sah zwischen Iris und Pippa hin und her. Dabei färbten sich allmählich seine Wangen. „Ich hab geklopft."

„Die Musik war wohl zu laut", vermutete Pippa.

Iris verging vor Verlegenheit.

Da endlich erwachte Flori aus seiner Starre und streckte Iris ihr Handy hin. „Das hast du in der Schmutzschleuse liegen lassen. Es hat geklingelt."

Wasser tropfte ihm aus dem Haar auf sein weißes T-Shirt. Mit ein paar Sekunden Verspätung fuhr ihre Hand nach vorne und sie nahm das Handy entgegen. „Danke fürs Bringen." Sie wand sich unter seinem Blick und hätte gleichzeitig am liebsten ein Handtuch genommen und ihm die Haare getrocknet.

Floris Blick streifte Pippa. „Gern", murmelte er und ging.

Iris hätte sich am liebsten geohrfeigt.

„Bei manchen Jungs reicht wirklich schon ein einfaches T-Shirt und eine Jeans, nicht wahr?" Pippa hatte ein Bein auf dem Wannenrand abgelegt und betrachtete ihre Fingernägel.

Iris wandte sich ab. „Kann ich jetzt das Bad für mich haben, bitte?"

Sie wusch sich die Haare und schrubbte ihren ganzen Körper. Danach blieb sie in der Wanne liegen und rief ihre Eltern zurück. Sie nahmen sofort ab und schalteten auf Lautsprecher.

Ob die Familie weiterhin so nett sei, wollte ihre Mutter wissen. „Auf jeden Fall."

Ob ihr das Zimmer nach wie vor gefiele. „Ja, tolle Aussicht auf den Hof und die Berge."

Und die Tiere? „Super."

Dann stellte ihr Papa vorsichtig die Frage, die ihm wahrscheinlich die ganze Zeit unter den Nägeln gebrannt hatte: „Und, wie oft brauchst du das Internet?"

„Sehr oft", antwortete Iris.

Die Antwort war betretenes Schweigen.

Iris erlöste ihre Eltern: „Um Bahnfiguren zu googeln. Wusstet ihr, dass es für all diese Kreise, Bögen und Linien in einem Dressurviereck Namen gibt? Ich bin heute *ganze Bahn* geritten. Das heißt: einmal den Zaun abgehen. Zirkel: ein großer Kreis. Volte: ein kleinerer Kreis. Dank Wikipedia werde ich morgen nicht wieder wie ein Idiot dastehen."

Sie konnte förmlich spüren, wie ihre Eltern erleichtert aufatmeten, und gönnte ihnen die Illusion.

Doch kaum, dass sie aufgelegt hatten, wurde Iris von ihrer Sehnsucht überrollt. So lange hatte sie durchgehalten. Streckenweise war es ihr nicht einmal schwergefallen; das musste man dem Oswaldhof lassen.

Sie öffnete Google Maps. Näher und näher zoomte sie die Karte heran, bis sie Straßenzüge und Häuser erkannte. Google Street View spuckte nicht viel aus. Doch jedes der wenigen Bilder inhalierte sie wie die Luft zum Atmen und verlor sich in Erinnerungen. Sie verschob die Karte immer weiter, bis auf dem Bildschirm nur noch Grün, dann Berge und schließlich Wasser zu sehen war. Der tiefste und älteste See der Erde. Iris legte das Handy beiseite, schloss die Augen und sank unter die Wasseroberfläche. *Ich will zurück,* dachte sie.

# 14 PIPPA

Pippa sah seit einer halben Stunde immer wieder zur Badezimmertür. War Iris in der Wanne eingeschlafen? Dabei hätte sie jemanden zum Reden gebraucht! Wütend blickte sie ein weiteres Mal auf den Handybildschirm. Von dort strahlte sie Ashley mit einem 32-Zähne-Lächeln an. Bildunterschrift: *Happy as the sun*. „Die Sonne hat genauso viel Gefühle wie du. Nämlich keine!", tippte Pippa ins Kommentarfeld. Ihr Finger schwebte über dem Senden-Button. Im letzten Moment zog sie ihn zurück und öffnete stattdessen WhatsApp. Sie wollte sich gehörig auskotzen. Dafür und für vieles mehr gab es den Gruppenchat ihrer Clique. Aber den konnte sie nicht benutzen, da Ashley Teil der Gruppe war. „Ich dreh durch!", schimpfte Pippa und steckte ihr Handy ein. Sie tigerte vor dem Fenster herum und bemerkte eine Silhouette am Koppelzaun. Nur Kathi. Ein letzter Blick zur geschlossenen Badezimmertür. „Besser ein kleines Mädchen als überhaupt niemand", beschloss sie und ging nach unten.

Kathi pflückte Gänseblümchen und steckte sie ihrem Wallach in die Mähne. Sobald er jedoch den Kopf schüttelte, fielen sie zu Boden. Sie schlug die Hände vors Gesicht.

Pippa ignorierte die offenkundige Verzweiflung der Kleinen und meinte lapidar: „So lose kann deine Deko nicht halten!"

Das Mädchen wischte sich über die Augen und sah zu ihr auf. „Ohne deine Klapperschuhe hört man dich überhaupt nicht kommen."

„Hier draußen auf dem unbefestigten Boden könnte ich mich sogar in High Heels unbemerkt anschleichen", entgegnete Pippa. Sie ging in die Hocke und begann, Gänseblümchen ineinanderzustecken. „Der Fingernagel sticht ein Loch ins Ende des Stiels. Da fädelst du das nächste Blümchen durch und immer so weiter. Hat dir das deine Mama nie gezeigt?"

Kathi verfolgte jede Bewegung von Pippas Fingern. „Meine Mama hat mir gezeigt, wie man ein Bett bezieht, Haare flicht und Pfannkuchen backt."

„Auch alles sehr nützlich", fand Pippa und verknüpfte die Enden ihrer Blumenkette. „So, jetzt kannst du dein Pferd damit schmücken."

Strahlend rappelte Kathi sich hoch und hängte Pippin die Blumen um den Hals. Tatsächlich sahen Pferd und Besitzerin zusammen ziemlich niedlich aus.

„Unfair, wenn nur das Tier geschmückt ist, oder?", fragte Pippa und knüpfte mit flinken Fingern eine zweite Kette, die sie Kathi aufs Haar legte.

Das Mädchen drückte sich an ihr Pferd und frohlockte: „Jetzt sind wir im Partnerlook, oder wie das heißt!"

Pippa schmunzelte. „Darf ich Fotos von euch schießen?"

Sie knipste die beiden zuerst von vorn und ein zweites Mal, als Kathi sich zu Pippin drehte und nur ihr Hinterkopf zu sehen war. Der Braune blickte mit gespitzten Ohren in die Kamera und beide Blumenketten waren deutlich zu erkennen. Pippa postete das Bild mit der Unterschrift: *Schönheit findet man auch im Verborgenen.*

Spontan lud sie Kathi ein, mit hoch aufs Zimmer zu kommen, um ihr dort die Haare neu zu flechten.

Als sie oben waren, wusste Pippa bereits nicht mehr, was sie geritten hatte, etwas zu posten, das null mit ihrem Account zu tun hatte. Aber die Aussicht, die Kleine frisieren zu dürfen, lenkte sie ab.

„Du hast echt coole Haare", schwärmte Pippa und schlang lange Strähnen übereinander. „Feuerrot schaut bei Mädchen so toll aus!"

„Bei meinem Bruder etwa nicht?", fragte Kathi empört.

Pippa beugte sich vor und zwinkerte ihr zu: „Ich glaube, ihm ist ziemlich egal, wie seine Haare aussehen, oder was meinst du?“ Sie ließ die Zöpfe los, die jetzt keine französischen mehr waren, sondern im Fischgrätenmuster frisiert waren.

Kathi holte sich die Zöpfe nach vorn und betrachtete sie mit einem breiter werdenden Grinsen. „Sie schauen viel feiner aus als vorher! Du kannst ja meinen Bruder ebenfalls mal kämmen.“

Pippa schmunzelte. „Bereits die Wikingermänner haben sich die Haare geflochten. Wer weiß, vielleicht verpasse ich Flori wirklich mal eine neue Frisur.“

In dem Moment kam Iris aus dem Badezimmer. Ihre Locken standen wirr zu allen Seiten ab, aber ihr eigentümlicher Blick hielt Pippa von einem Kommentar ab. „Hey Iris“, sagte sie stattdessen und wechselte einen verschmitzten Blick mit Kathi, „Was hältst du davon, Flori so eine Frisur wie seiner Schwester zu verpassen? Motto: *die scharlachroten Wikingergeschwister*.“

Kathi kicherte.

Anstatt lockerer zu werden, schien Iris weiter zu versteifen. Pippa seufzte. „Es ist schwierig mit dir, wenn du mir ständig das Gefühl gibst, was falsch zu machen!“

Iris starrte sie an. „Wie kommst du darauf, dass es um dich geht?“

„Na, Kathi hat mit Sicherheit nichts falsch gemacht“, meinte Pippa.

„Oh oh, dicke Luft“, stellte das Mädchen fest und gähnte übertrieben. „Leider muss ich in mein Bett! Tschüss und danke für die Frisur!“

Pippa sah ihr nach und wandte sich dann Iris zu. „Ich hab sie vorhin bei ihrem Pferd gefunden. Da wirkte sie total bedrückt. Aber ein paar Blumen und ein bisschen Haare flechten haben gereicht, um sie aufzuheitern. Ist sie nicht goldig?“

Iris nickte verhalten.

„Ich hätte sie gern zur Schwester“, fuhr Pippa fort. „Stattdessen bin ich mit einem kleinen Bruder bestraft. So einen Freak, der ein paar Dutzend Stellen der Kreiszahl PI aufsagen kann, aber nicht weiß, dass man gestreifte Pullis besser nicht mit karierten Hosen kombiniert.“

Iris' Blick lag irgendwo zwischen traurig, verärgert und verwirrt.

„Hallo, sprichst du mal mit mir?", ärgerte sich Pippa. „Ich hab keine Zauberkräfte, mit denen ich in deinen Kopf schauen kann! Sei nicht so komisch!"

„Ich bin müde", erwiderte Iris leise und legte sich ins Bett. Sie drehte Pippa den Rücken zu und zog die Decke so hoch, dass lediglich ein paar Locken darunter hervorlugten.

„Echt jetzt?", murrte Pippa. Sie sah lange Sekunden zu Iris' Bettseite, doch dort rührte sich nichts mehr. Sie stöhnte entnervt und warf sich auf ihre eigene Matratze. Wütend öffnete sie ihren Instagram-Account. Das Bild von Kathi und Pippin hatte tatsächlich schon etliche Likes eingefahren, aber ihre Followerzahlen waren rückläufig! Sie hatte so viel Energie investiert, um Reichweite zu gewinnen, doch Instagram honorierte nicht die Vergangenheit, sondern war in seinen Algorithmen gnadenlos, wenn man nachließ. Pippa konnte nicht anders: Sie musste den Account Nixe_Ashley besuchen, statt nur dessen Storys ansehen. Im nächsten Augenblick stieß sie einen Wutschrei aus.

Iris fuhr herum.

„Mindestens 100 Follower mehr als vor den Ferien!" Pippa scrollte wie von Sinnen. „Seit der Ankunft auf Mallorca täglich ein neuer Post! Palmen! Traumstrand! Cocktails! Darf sie die mit 16 überhaupt so ungeniert öffentlich posten? *#alkoholfrei* Wer's glaubt!"

„Was ist denn los?"

Wild gestikulierend schilderte Pippa die ganze Geschichte: Wie wichtig es war, dass sie entdeckt wurde, weil sie daheim niemand verstand und sie dort nicht glücklich werden würde! Sie musste auf eigenen Beinen stehen und ein Modelvertrag wäre der erste Schritt. „Bei mir zu Hause konzentriert sich alles nur auf meinen Bruder, diesen Nerd!" Am Rande realisierte Pippa, dass Iris' Blick sich schon wieder verschloss, aber sie war zu sehr in ihrem eigenen Film, um darauf zu reagieren. *„Paul ist so intelligent, Paul hat so viel Potential, Paul muss gefördert werden*. Paul, Paul, Paul!" Pippa steckte sich den Finger in den Rachen. *„Warum bist du nicht wie dein Bruder? Nimm dir ein Vorbild! Immer dieser oberflächliche Kram mit den sozialen Medien. So* *eine gefährliche Zeitverschwendung. Influencer ist doch kein Beruf. Und Models vermitteln falsche Werte! Schönheit kommt von innen!"*

Iris, die die ganze Zeit über still gewesen war, warf leise ein: „Sie kommt wirklich von innen."

„Eine Ausrede derer, die zu faul sind, sich um ihr Äußeres zu kümmern!", behauptete Pippa.

Iris fuhr hoch und setzte zum Protest an.

Pippa stöhnte. „Mann! Ich mein damit nicht, dass man selbst schuld ist, wenn man eine krumme Nase hat. Ich kritisiere niemanden für etwas, wofür er oder sie nichts kann. Aber wenn man nicht das Beste aus sich herausholt, ist das Faulheit und Nachlässigkeit. Und die bemängele ich, soviel ich will!"

„Dein Bruder kann also was für seine Art der Intelligenz, und deshalb darfst du ihn kritisieren?", hakte Iris nach.

Dieses Mal war es Pippa, die nicht auf Anhieb eine Antwort wusste.

# 15 IRIS

Es war einer dieser lauen Sommerabende, an denen die Grillen zirpten und die Luft nach frisch geerntetem Heu duftete. Am Himmel funkelten die ersten Sterne und der Mond. Die Oswalds entzündeten ein Lagerfeuer, um das sich die Familie und die beiden Gäste versammelten.

Der Duft gegrillter Würstchen stieg Iris in die Nase. Doch sie blieb standhaft. Immer weniger beteiligte sie sich an den Gesprächen. Denn je lauter Pippa auftrumpfte, desto stiller wurde Iris. Sie wickelte eine Miniportion Teig um einen Stock und hielt ihn ins Feuer. Dabei warf sie verstohlene Blicke hinüber zu dem Trio: eine lachende, wunderschöne Pippa in der Mitte, umrahmt von Flori und Kathi.

„Bist du dir sicher, dass du kein Würstchen magst?", fragte Eva und bot ihr einen Teller an. „Du hast fast nichts gegessen. Dabei hattest du in den ersten Tagen so einen gesunden Appetit."

Iris verzog gequält das Gesicht. Ihr Magen knurrte zwar, aber Faulheit und Nachlässigkeit ließ sie sich nicht nachsagen. *Das Beste aus mir herausholen.* „Nein, danke, heute habe ich keinen großen Hunger", behauptete sie tapfer.

„Wirklich?", staunte Eva. „Dann haben wir in Rogenau wohl wilde Bären."

Pippa, die gar nicht am Gespräch beteiligt gewesen war, zuckte und fragte mit weit aufgerissenen Augen: „Bären?"

Iris warf einen sehnsuchtsvollen Blick auf die Würstchen. Ihr Bauch knurrte ein weiteres Mal, und zwar so laut und deutlich, dass Pippa ihn anstarrte. Dann begann sie zu lachen und deutete auf Eva. „Du hast mich dranbekommen. Bären!" Sie schüttelte amüsiert den Kopf und ihre Haare wogten um den schlanken Hals. Sogar Eva sah fasziniert hin. Zumindest interpretierte Iris den Blick so.

Flori machte eine leise Bemerkung, und dieses Mal lachte Pippa nicht nur, sondern legte ihm obendrein die Hand auf den Oberschenkel. Und Flori schien das gar nicht zu stören.

Da kam Maxi zum Lagerfeuer. Sein getigerter Schwanz umgarnte ein Menschenbein nach dem anderen, bis Kathi den Kater auf den Schoß hob. Zum ersten Mal fand Iris sein lautes Schnurren aufdringlich.

Sie holte ihr Stockbrot aus dem Feuer und knibbelte ein winziges Stückchen davon ab. Dabei dachte sie an Alexej und ihren Eiertanz. Wochenlang hatten sie sich vorsichtig taxiert, bevor es zur ersten Berührung gekommen war. Haut auf Stoff, später Haut auf Haut, es war so besonders gewesen! *Ob Pippa Berührungen annähernd so viel bedeuten?*

Flori hatte einen Krümel an der Backe und Pippa wischte ihn weg. Beide lachten. Iris konnte nicht mehr hinsehen. Nicht hinzuhören war wesentlich schwieriger.

„Na, hast du bisher eine schöne Zeit bei uns?“, fragte Eva.

„Hmm, ja“, murmelte Iris.

„Das klang anfangs begeisterter“, wunderte sich Eva. „Wenn es doch nicht in Ordnung ist, dass ihr das Zimmer teilt, musst du es sagen. Du warst als Erste hier.“

„Nein, nein, das passt schon“, antwortete Iris halbherzig.

Jetzt erzählte Pippa von Fotoshootings in einem Infinity Pool und Kathi klebte an ihren Lippen.

„Deine Flasche ist leer“, bemerkte Eva. „Ich hol eine neue Runde Getränke.“

„Ich geh schon“, sagte Iris. „Bleib ruhig sitzen.“

Bevor Eva etwas einwenden konnte, stand Iris auf.

„Bringst du mir einen Spezi mit?“, fragte Flori.

„Bekomm ich ein Fanta?“, bettelte Kathi.

„Ich hab noch“, sagte Pippa.

Iris war froh, als sie in der Scheune mit den Getränkekisten allein war. Sie setzte sich auf einen Träger und atmete durch. Stimmen,

Gelächter und Flaschenklirren drangen zu ihr hinüber wie von weiter Ferne. Wie gelähmt betrachtete Iris ihre Beine in den langen Jeans. Hotpants besaß sie nicht mal. Dann kniff sie in ihren Bauch. *Fotoshootings in einem Pool. Hahaha!* Sie hatte einen einzigen schwarzen Badeanzug und selbst den trug sie nur, wenn es sich nicht vermeiden ließ. Schulschwimmen: Es schüttelte sie allein bei dem Gedanken.

Am liebsten wäre sie hier in der Scheune geblieben, aber dann sah sie Findus auf der anderen Seite des Lagerfeuers sitzen. Ganz allein verharrte er unter einem Baum und betrachtete die Szene, in der sein Bruder sich auf Kathis Schoß einen abschnurrte und sich liebkosen ließ. Iris suchte die Getränke zusammen, verteilte sie einsilbig an alle, die etwas bestellt hatten, und trottete zu dem Baum.

„Was machst du?", rief Pippa. „Setz dich wieder zu uns ans Feuer!"

„Ich will Findus zu uns holen", antwortete Iris.

Flori warf ein: „Der kommt schon, wenn er Lust hat."

„Das bezweifle ich", murmelte Iris und ging vor dem Kater in die Hocke. „Hey, Kleiner, keine Angst", flüsterte sie.

Findus beobachtete sie mit riesengroßen Augen, rührte sich aber nicht einen Zentimeter. Als sie die Hand nach ihm ausstreckte, flüchtete er unter die Büsche.

„Zu einem Lagerfeuer gehört eine Gitarre!", rief Pippa in die Runde. „Spielt jemand von euch?"

Obwohl sie *euch* sagte, sah sie dabei nur Flori an.

Als niemand sich meldete, wandte sich Eva zu Iris um. „Deine Eltern haben am Telefon erzählt, dass du Gitarre lernst. Du kannst das alte Instrument meines Vaters benutzen."

„Wieso erzählen meine Eltern sowas?", fragte sie überrascht.

„Ich ratsche bei der Anmeldung gerne ein bisschen." Eva lächelte unbefangen. „Man lebt hier recht eng zusammen und da will ich wissen, wer auf uns zukommt."

„Lagerfeuermusik wäre wunderbar!", jubelte Kathi.

Plötzlich waren alle Blicke auf Iris gerichtet. Ihr wurde heiß. „Ich hab gar keine Noten dabei", wand sie sich.

„Auswendig macht ohnehin mehr Spaß!", verkündete Kathi.

Hilfesuchend sah Iris zu Eva, doch die stand auf und meinte: „Wir haben ein Liederbuch. Ich komm gleich wieder."

Kathi setzte Maxi auf den Boden, nahm eilends Holzscheite aus dem Lagerfeuernachschub und bastelte daraus eine Fußbank. Eva kam mit einer Gitarre und einem Notenbuch zurück und überreichte Iris beides. Zögernd installierte Iris sich auf dem vorgesehenen Platz und strich mit hochrotem Kopf einmal über die Saiten.

„Leider verstimmt", sagte sie und wollte die Gitarre wieder weglegen.

„Das macht nichts, dafür habe ich eine App!" Eva klang ziemlich stolz.

„Ich bin der Notenständer!", bot sich Kathi an.

Kurz darauf war die Gitarre gestimmt und es gab kein Zurück mehr. Iris schlug die Anfangsakkorde von *Country Roads* an und alle stimmten ein. Die ersten Zeilen wagte sie nicht, den Kopf zu heben, sondern konzentrierte sich ganz auf die Noten. Doch dann merkte sie, wie leicht ihr das Spielen fiel und sah auf. Dabei begegnete sie Floris Blick - ein offener und freundlicher Blick, an dem sie sich festhalten konnte.

Plötzlich scherte Pippa aus und schmetterte über den bislang einstimmigen Gesang ein viel höheres „Take me home, country roads". Und zwar an einer Stelle, wo diese Zeile überhaupt nicht dran war. Pippa schloss die Augen und untermalte die Höhe der Noten mit einem Finger, den sie in die Luft schraubte. Alle Köpfe fuhren zu der selbsternannten Solistin herum und Iris vergriff sich. Ein völlig misslungener Akkord zerstörte die Harmonie. Iris zuckte, griff den nächsten, doch der ergab ebenfalls einen furchtbaren Misston. Hektisch versuchte sie, sich wieder in den Noten zurechtzufinden und spielte einen Akkord aus der Zeile, die Pippa hineingeschmettert hatte. Damit warf sie alle vollends aus der Bahn. Der Gesang verstummte.

„Ich bin aus der Übung", stammelte Iris.

„Quatsch, der Anfang war super", sagte Eva aufmunternd.

Flori und Kathi hatten nur noch Augen für Pippa.

„Du kannst Sängerin werden!", schwärmte Kathi.

„Ja, deine Stimme ist echt der Wahnsinn!“, bestätigte Flori.

Iris biss sich auf die Lippen, nahm Kathi das Notenbuch aus den Händen und klappte es zu.

„Ich glaub, ich geh schlafen“, entschuldigte sie sich. Sie legte die Gitarre mit dem Buch auf die Bank und warf die improvisierte Fußstütze aus Holzscheiten ins Lagerfeuer.

Eva machte ein bedauerndes Gesicht. „Schade, dass du nicht mehr magst. Es ist schön, wenn Gäste musizieren.“

„Vielleicht ein anderes Mal. Ich bin ziemlich müde.“

„Kein Wunder, du warst wirklich fleißig im Stall. Du hättest nicht den ganzen Mist rauskarren müssen“, sagte Eva.

„Morgen zeig ich dir das Melken“, warf Flori ein. „Das ist die schönere Arbeit. Aber natürlich nur, wenn du magst.“

„Klar“, antwortete Iris, ohne ihn anzusehen.

Vor der Haustür wartete Findus. Iris nahm ihn auf den Arm und wollte ihn am liebsten mit in ihr Zimmer tragen. Doch der Kater wand und wehrte sich, sobald sie die Tür geöffnet hatte. Seufzend ließ sie ihn hinunter und er verschwand im Haus.

Iris schloss ihre Zimmertür, lehnte den Rücken dagegen und rutschte zu Boden. Endlich allein. Ihre Eltern hatten es nur gut gemeint damit, ihr einen Sommer auf einem Bauernhof mit Reitgelegenheit zu ermöglichen. Das wusste sie. *Du bist so abwesend, seit wir zurück nach Deutschland gezogen sind. Wir wissen, wie wohl du dich am Baikalsee und bei unseren Forschungsreisen durch Sibirien gefühlt hast. Und uns ist bewusst, dass du dort deine erste Liebe gefunden hast. Aber du bist noch so jung. Glaub uns, du wirst wieder glücklich werden,* hatte ihr Vater beteuert. Bei der Erinnerung schloss sie die Augen und kniff sich in die Nasenwurzel. Vor der Abreise aus Sibirien hatte Iris gebettelt und gefleht, für immer dortzubleiben. Doch der befristete Forschungsauftrag ihrer Eltern war ausgelaufen und ihr Arbeitgeber hatte die zwei zurück nach Deutschland bestellt.

Sie wollte sich in die Weite der Taiga zurückdenken, doch immer wieder schob sich Pippa in ihre Gedanken. Selbst als sie ins Bad ging, sich die Zähne putzte und sich umzog, blieb Pippa präsent.

Blendende Makellosigkeit kannte Iris nur aus dem Fernsehen und den sozialen Medien. Dabei hatte sie sich stets gefragt, wo solche Menschen in der Wirklichkeit herumliefen.

Pippa hatte weder Zuspruch noch Noten oder Proben gebraucht, um bei *Country Roads* ein Solo zu erfinden und herauszuschmettern. Sie selbst hätte sich das niemals getraut. Und die Sache war die: Pippa hatte nicht nur den Mut gehabt, sondern auch die Stimme. *Ich werde nie mit ihr mithalten können,* dachte Iris verdrossen. Sie fühlte sich auf Noten angewiesen und beim Singen auf Stimmen, mit denen die ihrige verschwimmen konnte.

Ihr Herz zog sich zusammen. *Wenn Pippa in der Nähe ist, genüge ich nicht,* grämte sie sich. Sie rollte sich auf die Seite, griff nach ihrem Handy und rief Alexejs Profil auf. Ihm hatte sie alles bedeutet. Für ihn war sie genau so richtig gewesen, wie sie nun einmal war. Beim Heranzoomen des ersten Bildes lächelte sie wehmütig. Sie zeichnete seine Brauen nach, seine Nase und schließlich seine Lippen. Wie oft hatte sie das in Wirklichkeit gemacht, wenn sie aufgewacht waren oder kurz bevor sie eng umschlungen eingeschlafen waren? Vor Monaten hatte sie sein Gesicht ein allerletztes Mal unter ihren Fingern gespürt. Danach hatte der Flieger sie für immer fortgerissen. Hatte sie vorschnell Schluss gemacht? Hätten sie die Distanz und mögliche Probleme, ein deutsches Visum zu bekommen, doch überwinden können, so wie er es beteuert hatte? Sie hatte es als aussichtslos empfunden. Ein Kampf ohne Zukunft. Inzwischen war sie unsicher, ob das ihre eigene Stimme oder die ihrer Eltern gewesen war.

„Hey, kleine Musikerin!"

Iris ließ vor Schreck das Handy fallen und fuhr auf.

Pippa lehnte sich vergnügt ans Schuhregal. „Du bist ja schreckhaft. Schade, dass du so schnell abgehauen bist. Uns wären noch dutzende Lieder eingefallen!"

„Ich kann wirklich nicht gut Gitarre spielen."

Pippa drückte sich vom Regal ab und löste die Riemchen ihrer Sandaletten. „Sei nicht so bescheiden. Du hast dich nur ablenken lassen." Sie legte den Kopf schräg. „Von mir oder von Flori?"

Iris hustete. „Ich war nicht auf deine Soloeinlage gefasst."

Pippa streifte ihre Hotpants ab und erklärte beiläufig: „Du meinst: *Take me home, country roads*?" Mit allerhand Verzierungen trällerte sie die paar Worte in den Raum hinein. Im nächsten Moment zog sie sich ihr Top über den Kopf und entblößte pastellfarbene Spitzenunterwäsche.

Iris war wie vor den Kopf gestoßen. Der unscheinbare, rein funktionale BH unter ihrem T-Shirt war ihr schmerzlich bewusst. Ebenso wie die Formen ihres Körpers, die sie niemals so ungeniert präsentiert hätte.

Pippa warf Hotpants und Top in den Wäschekorb und stolzierte ins Bad. Über die Schulter rief sie: „Ein bisschen Improvisation hat noch niemandem geschadet. Probier's auch mal."

Pippa kam in einem Spaghettiträgerhemdchen und Shorts aus dem Bad zurück, setzte sich auf den Teppich und klickte im Handy auf ihre Playlist. „Stört dich die Musik? Dann benutz ich Kopfhörer."

„Passt schon, aber was hast du vor?"

„Abendsport natürlich." Pippa drehte sich auf den Bauch, legte ihre Unterarme ab, stellte die Zehen auf und stemmte den restlichen Körper waagrecht wie ein Brett in die Luft. „Willst du mitmachen?", fragte sie. „Der Unterarmstütz ist eine Übung, die den ganzen Körper kräftigt. Super für die Tiefenmuskulatur und die Haltung!"

Iris horchte auf. Diese Begriffe waren bereits in der Reitstunde gefallen. Flori hatte betont, wie wichtig Körperbeherrschung sei, um ein Pferd fein zu steuern. Kurzentschlossen legte Iris sich neben Pippa auf den Boden, stützte nacheinander die linken und die rechten Zehen auf und drückte sich hoch. Überrascht keuchte sie auf. „Warum tun meine Arme so weh?" Sie konnte die Position nicht halten.

„Aller Anfang ist schwer", verkündete Pippa. „Hoch mit dir. Nicht durchhängen! Dein Körper muss gerade sein wie ein Brett."

Ratlos beobachtete sie Pippa, die jetzt abwechselnd das linke und das rechte Bein nach außen und wieder zurück setzte. Iris probierte das Gleiche und platschte stöhnend auf den Boden. „Was mach ich falsch?"

Pippa hob gleichzeitig den rechten Arm und das linke Bein. Ihr Körper zitterte dabei nur minimal. „Konzentrier dich auf ein Ziel und geh an deine Grenze. Jeden Tag. Nach und nach wird sich die Grenze verschieben."

„Wie philosophisch", murmelte Iris, befolgte dann aber, was Pippa gesagt hatte. Sie konzentrierte sich darauf, die Position wenigstens fünf Sekunden lang zu halten. Eins. Zwei. Drei, vier, fünf! Keuchend brach sie zusammen. Die letzten drei Zahlen hatte sie eher in Millisekunden heruntergezählt, aber immerhin.

Pippa drehte sich auf den Rücken und begann mit Situps.

Verständnislos schüttelte Iris den Kopf. „Wieso tust du dir das an? Bist du nicht müde?"

Pippa fuhr mit einer Hand an ihrem Körper entlang und fragte: „Glaubst du, das hier kommt von ungefähr?" Sie stand auf, presste die Handflächen vor der Brust zusammen und stemmte eine Fußsohle in die Oberschenkelinnenseite des anderen Beines.

Iris versuchte, die Haltung zu imitieren.

Als sie umzukippen drohte, stützte Pippa sie. „Leg deine Fußsohle erst mal an den Knöchel des anderen Beins. Wenn du das stabil halten kannst, steigern wir die Schwierigkeit." Pippas Haare kitzelten Iris und ein blumiger Duft stieg in ihre Nase.

„Kam dir Eva heute nervös vor?", fragte Pippa unvermittelt.

„Eva? Nein", gab Iris zu.

Pippa nahm wieder ihren Stand auf einem Bein ein. „Ich sag dir, irgendwas stimmt nicht bei den Oswalds. Eva hat ständig an ihren Fingernägeln geknibbelt und war übertrieben fröhlich."

„Vielleicht waren die Nägel schmutzig von der Arbeit. Und dass ein Gastgeber seinen Gästen gegenüber gut gelaunt auftreten will, ist nicht ungewöhnlich."

„Bei Kathi liegt ebenfalls etwas im Argen!", beharrte Pippa. „Am ersten Tag dachte ich noch, sie würde am liebsten die Welt aus den Angeln heben. Aber jetzt wirkt sie manchmal wie ein Häufchen Elend."

Iris wechselte beschämt das Bein. Sie hatte sich beim Lagerfeuer mehr Gedanken um Pippas Hotpants gemacht als darum, wie es der

Familie Oswald ging. „Jetzt, wo du es sagst. Sie hat mich mal gefragt, ob Erwachsene lügen dürfen." Sie überlegte. „Bei Eva und ebenso bei Flori hört man schon raus, wie viel Arbeit es ist, einen Hof zu führen, und unter welchem finanziellen Druck sie stehen. Vorteilhaft ist eine Mischkalkulation. Wenn zum Beispiel der Milchpreis sehr niedrig ist, kann einem Hof ein höherer Holzpreis helfen."

Pippa hob die Brauen. „Du Stadtpflanze führst mit der Hofbesitzerin und ihrem Sohn Gespräche über die Verkaufspreise ihrer Produkte und über Mischkalkulation?"

Verlegen ging Iris zu ihrem Nachttischkästchen und hielt Pippa das Buch *Landwirtschaft für Dummies* unter die Nase. „Da steht außerdem drin, dass schlechte Ernten, unerwartete Reparaturkosten oder Tierarztrechnungen vor allem kleinere Betriebe schnell in Bedrängnis bringen können." Iris senkte die Stimme. „Du meinst hoffentlich nicht, dass der Hof ernste Probleme hat. Er sieht so schön und gepflegt aus."

Pippas Brauen hoben sich bis zum Anschlag. „Hier fehlt's an allen Ecken und Enden! Wäre ich an der Stelle der Oswalds, hätte ich längst renoviert!" Sie nahm ein Bein und streckte es im rechten Winkel seitlich vom Körper weg. „Ich dachte, ihnen wäre das Aussehen des Hofes schlichtweg egal. Aber wenn sie kein Geld haben, ist es etwas Anderes. Das mit den Reparaturen könnte schon stimmen. Flori schraubt ständig an irgendetwas herum."

Auch Iris versuchte, das Bein weg zu strecken, geriet aber sofort ins Schwanken.

„Kathi hat also den Verdacht, dass Erwachsene lügen", überlegte Pippa weiter. „Bestimmt meint sie ihre Mutter, weil die einen auf fröhlich macht! Aber die Kleine weiß es besser! Vielleicht hat sie ein Gespräch mitgehört oder Flori hat ihr etwas erzählt. Die Geschwister halten zusammen, das hab ich schon bei meiner Anreise bemerkt!"

„Die Familie könnte Geld mit dem zweiten Ferienzimmer verdienen, weil wir eines teilen", fiel Iris ein.

Pippas Mundwinkel hoben sich. „Ha! Das heißt, du glaubst daran, dass wir während des ganzen Urlaubs in einem gemeinsamen Zimmer miteinander auskommen werden!"

„Äh, das war eine rein finanzielle Überlegung."

Pippa grinste triumphierend. „Quatsch! Du teilst gern ein Zimmer mit mir! Du weißt es nur noch nicht." Sie knuffte Iris in die Seite. „Wir sollten mal feiern gehen. Das täte uns beiden gut!"

Iris schloss kurz die Augen. „Keine Ahnung, wie du jetzt auf feiern kommst. Und was hat das mit möglichen finanziellen Problemen zu tun?"

„Mensch, wir müssen uns mal unter die Leute mischen. Nur so kriegt man mit, was läuft, und knüpft die richtigen Beziehungen." Sie zeigte auf *Landwirtschaft für Dummies*. „Ein Buch allein bringt dich nicht weiter! Hast du noch nichts von dem Dorffest gehört, das bald stattfindet? Da müssen wir hin!"

„Na gut, wir könnten hin radeln", versuchte sich Iris entgegenkommend zu zeigen.

„Auf den ollen Drahteseln aus dem Schuppen? Ne, wir werden eine Mitfahrgelegenheit haben, keine Sorge."

Am nächsten Morgen klingelte Iris' Wecker um fünf Uhr. Sie hatte ein straffes Programm zu absolvieren. Zuerst wiederholte sie alle Übungen des Vorabends, allerdings im Bad, um Pippa nicht zu wecken. Ihr Bauch brannte bei den Situps, der ganze Körper zitterte beim Unterarmstütz und die Liegestütze schaffte sie nur auf den Knien. Doch sie hörte mit allem erst auf, nachdem sie die Leistung vom Abend wenigstens minimal übertroffen hatte. Anschließend stützte sie sich mit beiden Händen am Waschbeckenrand ab, um wieder zu Atem zu kommen. Danach holte sie ihr Notizbuch unter dem Kopfkissen hervor, fragte sich selbst die Bahnfiguren ab und wusste alle. Sie überflog, was sie darüber hinaus notiert hatte und fand, dass es saß. Am Ende öffnete sie eine neue Seite und schrieb: *Konzentrier dich auf ein Ziel und geh an deine Grenze. Jeden Tag. Nach und nach wird sich die Grenze verschieben.* Darunter notierte sie alle Übungen, die sie von Pippa abgeschaut hatte. Zu guter Letzt fühlte sie sich bereit für die Stallarbeit.

Um diese Uhrzeit wirkte der Hof besonders friedlich. Sogar die Hühner schienen noch zu schlafen. Iris betrat den Kuhstall und betätigte einen der Lichtschalter. Im vorderen Bereich des Gebäudes flammten die Lampen auf. Vereinzelte Kühe rappelten sich hoch, andere wandten nur träge die Köpfe. Die braun-gescheckten Tiere strahlten Ruhe und Wärme aus. Iris kniete sich vor die liegende Arabia und streckte ihr die Hand hin. Die Nase fühlte sich feucht an, das Fell fast so weich wie bei einem Pferd. Iris befühlte die großen, seitlich abstehenden Ohren, an denen lange Haare wie Lametta herunterhingen. Die Kuh wedelte mit dem Ohr und Iris kicherte leise.

„Berührungsängste hast du echt keine, oder?" Flori war in Blaumann und Gummistiefeln neben sie getreten. „Ihre liebste Stelle fürs Kraulen ist an der Halsunterseite."

Sobald Iris den Hals liebkoste, leckte ihr Arabia über den Arm. Iris gluckste. „Warum macht sie das?"

„Als Dank für dein Kraulen."

Innerhalb kürzester Zeit war Iris' Arm ziemlich feucht und sie zog ihn behutsam weg. „Sorry, Arabia, nicht falsch verstehen: Dein Freundschaftszeichen ist mir zu nass."

Flori sah sie von der Seite an. „Du wusstest ihren Namen, ohne hochzuschauen."

Sie erhob sich. „Ich kenne sie alle."

„Niemals."

„Berta, Brunhilde, Brauna, Agave, Arabesque, Britta, Selina, Soraya, Amalie, Bonnie ..." Den Blick auf Arabia gerichtet, zählte sie deren Artgenossinnen in der Reihenfolge auf, wie sie angebunden waren.

„Wow!“, entfuhr es Flori. „Nicht schlecht! Ich weiß gar nicht, ob ich selbst das könnte.“

Das ging runter wie Butter. Aber sie wollte sich ihre Freude nicht zu sehr anmerken lassen. „Bestimmt!“, sagte sie. „Ich bin schon gespannt aufs Melken. Zeigst du es mir?“

„Wir zahlen aber nichts! Und das Zimmer gibt's auch nicht umsonst“, rief Kathi dazwischen, die sich unauffällig dazugesellt hatte. Sie war wie ihr Bruder gekleidet und trug dazu ein buntes Kopftuch, das ihre Zöpfe versteckte.

„Die Bemerkung war unnötig“, rügte ihr Bruder.

„Ich mein ja nur“, erwiderte Kathi ungeniert. „Sonst sind die Gäste kleiner und füttern nur nachmittags ein bisschen die Kälber. Aber wenn Iris so weiter macht, wird sie noch besser als du!“

Er gab seiner Schwester einen angedeuteten Klaps.

Iris strich sich eine Strähne hinters Ohr und stammelte: „Natürlich will ich kein Geld. Es geht mir nur um die Tiere. Und wenn ich den kompletten Sommer hier verbringe, kann ich mich ruhig nützlich machen.“

Was sie nicht sagte, war, dass sie es nicht nur konnte, sondern musste. Denn mit zu viel Leerlauf wurde es in ihr drinnen immer dunkler.

Eine Tür ging auf und Eva erschien behangen mit zwei Geräten voller Schläuche.

„Lass uns die restlichen Melkmaschinen aus der Milchkammer zu den Kühen tragen“, sagte Flori und Iris folgte ihm. Wo Eva hergekommen war, stand ein großer, silberfarbener Tank in der Ecke. Daneben führte eine Tür ins Freie. Etliche Rohre verliefen an den Wänden und waren an Vorrichtungen mit allerhand Schläuchen und vier Zitzenbechern angeschlossen. Flori nahm mehrere solcher Apparaturen aus ihren Halterungen und verteilte sie auf Iris und sich selbst.

Auf dem Weg zu den Kühen folgte ihnen Kathi auf Schritt und Tritt.

„Schwesterherz, warten nicht die Kälber auf dich?“, fragte Flori.

„Och, ich will erst zusehen", entgegnete sie unschuldig und begleitete sie zu Brauna.

Flori wandte sich an Iris: „Sprich mit den Kühen, wenn du dich von hinten näherst. Damit sie bei deiner Berührung nicht erschrecken." Er hängte die Maschinen an ein Seil, das wie eine Wäscheleine über den Kuhschwänzen gespannt war. Danach tätschelte er Braunas Rücken.

„Warum sind Schnüre in die Kuhschwänze eingeflochten und weshalb sind die an einer Wäscheleine befestigt?", wunderte sich Iris.

„Das hat sich so eingebürgert bei uns, damit die Schwänze nicht schmutzig werden, während die Kühe schlafen."

Nahm er sie auf den Arm?

„Außerdem ist so die Gefahr geringer, dass sie dir beim Melken die Schwänze um die Ohren hauen."

„Klingt einleuchtend", entgegnete Iris unsicher.

Er kniete sich neben das Euter, holte aus der Hosentasche Papier, das etwas dicker war als Küchenrolle, und gab Iris ein paar Blätter ab. „Damit putzen wir die Zitzen ab."

Er machte es vor. Mit geübten Bewegungen entfernte er Stroh und Schmutz von der rosa Haut.

„Tut ihr das nicht weh?", fragte Iris erschrocken.

„Dann würd ich es nicht machen", erwiderte Flori.

Iris ging vorsichtig neben ihm in die Hocke. Vor und hinter sich jeweils eine Kuh, von denen vermutlich jede mindestens eine halbe Tonne wog. Wenn beide gleichzeitig in die Mitte drängten ... Ein beklemmendes Gefühl machte sich in ihr breit und sie schielte zu Flori. Der missverstand ihr Zögern und nahm ihre Hand. Ein Kribbeln durchfuhr Iris. Sie blickte in sein Gesicht und dann schnell wieder weg.

„Du spannst das Tuch so um deine Finger und wischt von oben nach unten", erklärte er. „Das regt den Milchfluss an und verhindert, dass Schmutz vom Euter in die Rohre gesaugt wird." Er führte ihre Finger und der Druck seiner Hand übertrug sich auf die ihre. Iris vergaß zu atmen. Die Wärme, der intensive Kuhstallgeruch, Floris

Nähe, sein Gesicht quasi an ihrem Nacken, dazu diese lästigen Fliegen, die die Haut der Kuh zittern ließen und Iris ablenkten. So viele Sinneseindrücke, dass etwas in ihr zu explodieren drohte.

„Und jetzt probier's allein", ermunterte er sie.

Tapfer biss sich Iris durch und wischte die nächste Zitze ab.

„Ruhig ein bisschen fester. Sonst kitzelst du sie nur, anstatt sie sauber zu bekommen."

Sie gab sich alle Mühe. Es war nicht einfach, das richtige Maß an Druck zu finden, das Brauna weder kitzelte noch ihr wehtat. Und die gebeugte Haltung, halb unter dem Leib des Rinds, war nicht die bequemste.

Als Iris fertig war, kam Kathi zwischen die beiden Kühe, bückte sich und begutachtete Iris' Werk. Dann grinste sie ihren Bruder an. „Sie macht das sorgfältiger als du. Du bist raus!"

Flori sah Iris anerkennend an. „Ja, ich glaub langsam, an dir ist eine Landwirtin verloren gegangen."

*Kann ich immer noch werden*, dachte Iris unwillkürlich und wunderte sich über sich selbst. Daran hatte sie bislang nie gedacht. Sie hatte ihr Leben lang reiten wollen, aber auf diesem Hof realisierte sie, dass es ihr um die Tiere im Allgemeinen ging, nicht um Pferde im Speziellen. Ihre Eltern mussten das vor ihr geahnt haben. Oder wieso hatten sie ihr einen Bauernhof statt eines Reitstalls empfohlen?

Flori richtete sich auf und zeigte ihr, wie die Melkmaschine an die Rohre anzuschließen war. Er musste Iris' Gesichtsausdruck bemerkt haben, denn seine Augen leuchteten auf. Kurz geriet er aus dem Takt und verhaspelte sich. „Am Schluss drückst du diesen Knopf", brachte er heraus und drückte den Knopf, ohne dabei den Blick von Iris loszureißen.

„Du wirst ja ganz rot, Bruderherz!", feixte Kathi vergnügt.

„Und deine Kälbchen werden verhungern, wenn du sie nicht bald fütterst", konterte er.

„Ich eile, ich fliege." Kathi grinste und schlenderte pfeifend davon.

Flori kratzte sich am Hinterkopf. „Probier' mal, Agave allein zu melken. Aber ich bleib natürlich neben dir."

Iris war ihm dankbar, dass er so tat, als hätte es Kathis Neckerei nicht gegeben. Dabei hoffte sie, dass er ihr wildes Herzklopfen nicht bemerkte.

Sie drehte sich zu dem Rind, redete ihm gut zu und spannte ein frisches Tuch über die Finger. Dann begann sie sorgsam, das Euter zu putzen. Sie ignorierte die Fliegen und den Geruch. Stattdessen konzentrierte sie sich voller Willenskraft auf die Aufgabe. Als sie fertig war, nickte Flori zufrieden. Beim Anschließen der Maschine hingegen stockte Iris. Wie funktionierte das nochmal? Flori trat hinter sie, streckte einen Arm über ihre Schulter und verband einen Stecker mit dem Rohr. „Da wird die Milch durchgepumpt bis in den Tank in der Milchkammer, wo sie gekühlt wird. Und in ein paar Stunden kommt der Tankwagen, holt die Milch und bringt sie zur Molkerei."

Iris wandte sich um und sie standen fast Nase an Nase. Flori fuhr sich verlegen durch die Haare. „Eng zwischen den Kühen, oder?"

„Ja, und warm." Schüchtern lächelten sie sich an.

Zwei Stunden später waren die Tiere versorgt, die Menschen umgezogen und alle saßen auf der Terrasse um den Frühstückstisch. Es gab frische Brezen und Semmeln. Iris hatte einen Bärenhunger und bestrich ihre Semmel dick mit Butter.

„Iris und ich freuen uns schon so auf euer Dorffest!", sagte Pippa. „Verratet uns mal, was man da anzieht."

„Dirndl und Lederhosen!", antwortete Kathi. Über ihrer Lippe thronte ein Kaba-Bart. Sie leckte mit der Zunge darüber und weg war er.

„Ein Dirndl!", rief Pippa und klatschte in die Hände. „Das ist ja wie auf dem Oktoberfest! Wie gut, dass ich eines mitgenommen habe."

„Du hast ein Dirndl dabei?", staunte Flori.

„Natürlich, bei euch Bayern weiß man ja nie." Sie nippte an ihrem eigens gemixten, grünlichen Getränk und strahlte Flori über den Glasrand hinweg an.

Iris sah missmutig auf ihre Buttersemmel hinab, die sie eigentlich mit Marmelade hatte bestreichen wollen. Ihr Magen knurrte ungeduldig. Dennoch kratzte Iris jetzt fast die gesamte Butter ab und schmierte sie an den Tellerrand.

„Hast du denn eine richtige Lederhose?", fragte Pippa.

„Selbstverständlich! Die hat in Rogenau wohl jeder Mann, vom Bub bis zum alten Opa."

Pippa trällerte: „Oh, ich bin schon so gespannt darauf, wie ihr in eurer Tracht ausseht! Ihr geht hoffentlich alle mit."

Eva winkte ab. „Aber nein. Das ist vom Alter her was für Flori, Iris und dich. Ich telefonier später mit euren Eltern und wenn die einverstanden sind, kann Flori das Auto nehmen und euch fahren, oder?"

Pippa klatschte in die Hände. „Das wird großartig! Ich interessiere mich so für die bayrische Kultur!"

„Wirklich?", fragte Flori.

Lustlos knabberte Iris an ihrer Semmel. Ein Dirndl musste her. *Und wahrscheinlich zwei Größen größer als das von Pippa,* vermutete sie verdrossen. Auch davon, das Fest zu dritt zu besuchen, war sie nicht begeistert. Denn sie befürchtete, das fünfte Rad am Wagen zu sein. Iris legte die Semmel zurück auf den Teller und sah zur Seite. Sie entdeckte Findus, der neben einem Blumentopf hockte und regungslos die Menschen beobachtete.

„Miez, miez!", flüsterte Iris und lockte ihn mit der Hand. Der Kater legte den Kopf schräg und sah sie an. Da trabte Maxi um die Hausecke und war mit einem Satz auf Iris' Schoß.

Überrumpelt wisperte sie: „Deinen Bruder hab ich zuerst gesehen." Als Findus sich weiterhin nicht vom Fleck bewegte, seufzte Iris und begann, mit Maxi zu schmusen. Mit seinem anschwellenden Schnurren im Ohr wurde es wenigstens leichter, Pippas Flirterei an sich vorbeiziehen zu lassen.

Nach dem Frühstück war Reitunterricht angesagt. Iris holte Horst eine geschlagene Stunde vorher von der Koppel, um Zeit zum Streicheln und Kraulen zu haben. Er genoss es, wenn sie ihm die Ohren ausstrich. Seine Lider waren auf halbmast und er ließ tiefenentspannt seine Unterlippe hängen. Für eine Massage an einer besonderen Stelle am Bauch revanchierte er sich, indem er mit seinem Maul Iris' Rücken bearbeitete. Das Putzen selbst erledigte sie zügig und ohne Anspruch auf Perfektion. Die Sattel- und Gurtlage war wichtig, der Kopf, wo die Riemen des Zaumzeugs auflagen, und die Hufe.

Iris sattelte Horst und zäumte ihn auf, dann hielt sie kurz inne und blickte zu den Bergen. Wie verheißungsvoll sie aufragten, manche fern mit kahlen Gipfeln, andere ganz nah und mit Bäumen. Überhaupt die Wälder. Iris liebte sie ebenso sehr wie offene Felder und rundherum schien es beides im Überfluss zu geben. Nur nicht für sie. Sie streichelte Horsts Fell und seufzte. „Na komm, Zeit fürs Dressurviereck."

Je näher sie dem Reitplatz kamen, desto trüber wurde ihre Stimmung.

Flori war dabei, den Bodenbelag mit einer Harke zu bearbeiten. Eine Stirnfalte erschien auf seiner Stirn, als er Pferd und Reiterin herantrotten sah.

„Was ist denn das für ein Trauermarsch?", rief er. „Treib Horst mal an, geh gerade und schwungvoll, strahl Energie auf ihn ab!"

„Du willst uns schon wieder hier einsperren", stöhnte Iris. „Wie lange soll das denn so weitergehen?"

Flori verschlug es kurz die Sprache. „Das klingt, als wäre es irgendwann vorbei!"

Iris starrte ihn an und Horst blieb mit ihr stehen. „Was willst du mir eigentlich sagen? Etwa dass du mich die kompletten Ferien nicht ins Gelände lässt?" Ihr war zum Heulen zumute, sodass sie protestierte: „Ich kann reiten!"

„Reiten kann man nicht, reiten …"

„… lernt man", unterbrach ihn Iris, die seinen Lieblingsspruch inzwischen in- und auswendig kannte. „Du reitest doch selbst aus!"

Flori legte die Harke außerhalb des Platzes auf eine Schubkarre. „Im Gelände reiten heißt aber nicht: Rauf aufs Pferd und los geht's. Dressurarbeit ist die Basis für alles! Und von Dressur hast du keine Ahnung!"

„Aber du?", empörte sich Iris. „Wie viele Turniere hast du denn schon gewonnen?"

„Es geht mir nicht um Wettkämpfe! Ich habe mehrere Ausbildungen der *VFD* absolviert und weitere werden folgen."

„Wofür steht die Abkürzung? *Verein für Diktatur*?"

Flori seufzte. *„Vereinigung der Freizeitreiter und -fahrer in Deutschland.* Ich bin geprüfter Übungsleiter Assistent und will mich eines Tages ganz offiziell Reitlehrer nennen dürfen." Er hob beschwichtigend die Hände. „Ich wollte dich nicht angreifen. Du hast ein gutes Gespür für Pferde und machst vieles intuitiv richtig. Aber schau, Pferde sind nicht dazu geboren, Reiter zu tragen. Wir müssen sie gymnastizieren und korrekt reiten, damit sie ihren Job lange ausüben können, und dabei gesund bleiben. Und da musst du eben noch viel lernen."

Etwas brodelte in Iris. Sie war bereits durch die Weiten Sibiriens galoppiert und hatte die Berge am Baikalsee auf dem Pferderücken erklommen! „Die Tiere, die ich bisher geritten bin, wurden nicht in einem umzäunten Viereck gymnastiziert!" Es tat ihr selbst weh, wie trotzig sie klang, aber sie konnte nicht anders. Der Umzug ihrer Familie zurück nach Deutschland hatte ihr genug genommen. Sie weigerte sich, dass ihr obendrein die Reitkenntnisse abgesprochen werden sollten!

Flori sah sie lange an, bevor er ruhig weitersprach: „Lass es mich anders erklären: Wenn du hin und wieder für eine Weile in krummer Haltung am Handy spielst, wird dir dein Körper das verzeihen. Wenn du aber zehn Jahre und länger tagtäglich von morgens bis abends am Bildschirm arbeitest, solltest du aufrecht sitzen und unterstützende Übungen machen. Sonst bringt dich dein Rücken irgendwann um. Horst und Pippin werden jeden Tag geritten. Glaub mir, da summieren sich Haltungsfehler. Du als Reiter bist verantwortlich, dass das Tier keinen Schaden nimmt. Und sag jetzt nicht, es weiß selbst, wie es sich zu bewegen hat. Die Natur hat nicht vorgesehen, dass ein Pferderücken Gewicht schleppen muss. Damit er trotzdem selbst nach zehn, zwanzig Jahren nicht zwickt, müssen Reiter Hilfestellungen leisten."

Iris schluckte. So lange am Stück und so eindringlich hatte sie Flori bislang nie reden hören.

„Ich verstehe", räumte sie kleinlaut ein.

Etwas schien ihm auf der Zunge zu liegen. Doch statt es auszusprechen, ließ er seinen Blick nachdenklich über die Felder schweifen.

„Ich schlag dir einen Kompromiss vor", sagte er schließlich. „Du lässt dich auf meinen Unterricht ein und ich verlege ihn dorthin, wo du dich wohlfühlst." Er kratzte sich am Kinn. „Gymnastizierung im Gelände. Das klingt gar nicht schlecht. Warte einen Moment auf mich. Ich frag Kathi, ob ich Pippin von ihr ausleihen kann, und dann probieren wir das aus."

Iris sah ihm dankbar nach, als er davoneilte. Er hatte die Situation gerettet. Sie kuschelte sich an Horsts Hals und flüsterte: „Weißt du, welches Glück du mit deinem Besitzer hast?"

Horst stupste sie mit der Nase an.

Sie legte den Kopf schräg. „Heißt das ja oder nein?" Es folgte ein weiterer Stupser. „Ah, verstanden. Du hast keine Lust auf Rumstehen." Sie schnalzte mit der Zunge und die beiden schritten die ganze Bahn ab. Iris legte den Kopf in den Nacken und sog die warme Sommerluft ein. „Herrlich! Riechst du schon das Gras und die Blätter? Freust du dich auf das Gelände, durch das wir gleich reiten werden? Von mir aus auch mit Gymnastizierung. Klang ja alles logisch, was dein Besitzer gesagt hat."

Sie hatten ein paar Runden gedreht, da kam Flori mit Pippin und rief gut gelaunt: „Pack ma's! Diese Reitstunde wird auch für mich ein Experiment."

Sie führten die Pferde vom Hof, zogen die Gurte nach und schwangen sich in die Sättel.

Leben strömte durch Iris' Adern. Erwartungsvoll schaute sie zu Flori hinüber. „Horst könnte schon warm sein, aber Pippin muss sich noch einlaufen", sagte er.

Sie sah sich um: Wiesen, Felder, Äcker, Wälder, Berge. Dieses Aufwärmen verlief ganz nach ihrem Geschmack.

Sie waren bereits eine Weile unterwegs, als Iris klar wurde, dass Flori sie beobachtete. Ihre Blicke kreuzten sich und sie kam aus dem Konzept. „Mach ich was falsch?"

„Nein, überhaupt nicht. Du hast während des ganzen Wegs über beide Ohren gestrahlt. Es macht Spaß, dir beim Glücklichsein zuzusehen."

Etwas bewegte sich in ihrem Bauch – wie der Flügelschlag eines Schmetterlings.

„So, und jetzt nehmen wir die Zügel auf." Flori deutete nach vorn. „Siehst du den Steinblock dort an der Abzweigung? Um den reiten wir einen Zirkel."

Sie warf ihm einen belustigten Blick zu. „Echt, so wird das laufen? Bei der Allee da hinten könnten wir Schlangenlinien um die Bäume reiten."

Er nickte. „Und entlang der Büsche da vorne üben wir Schenkelweichen."

Beide grinsten und legten los.

Im Laufe der nächsten Stunde machte Iris alles, was sie auf dem Reitplatz in den Wahnsinn getrieben hätte. Hier draußen hingegen fühlte es sich richtig gut an.

„Du hast's wirklich drauf!", platzte sie heraus.

Flori blinzelte überrascht und brummte etwas Unverständliches, ohne sie anzusehen. Plötzlich fragte er munter: „Zum Abschluss ein Galopp?"

„Oh ja!", freute sich Iris.

Auf das kleinste Zeichen galoppierten die Kabardinerbrüder an. Bei jedem Galoppsprung schwang die Mähne auf und ab. *Schön, aber noch nicht das Wahre.* Iris sah ihn fragend an.

Er deutete ihren Blick richtig und sagte: „Genug gearbeitet für heute, lass ihn laufen!"

Glücklich ließ Iris die Zügel etwas länger, ging in den leichten Sitz und reckte ihr Gesicht der Sonne entgegen. Die Strahlen streichelten ihre Haut. Am liebsten hätte sie die Arme ausgestreckt und gerufen: „Ich fliege." Es war ihr Zugeständnis an Flori, dass sie die Zügel in den Händen behielt und den Rest in ihrer Fantasie geschehen ließ. Die war sowieso ihr mächtigstes Werkzeug.

Als sie durchparierten, hatte sich etwas zwischen ihnen verändert. Wiederholt warf er ihr verstohlene Blicke zu und fragte schließlich: „Hast du Lust auf eine Abkühlung?"

„Was hast du vor?"

Seine Augen funkelten. „Lass dich überraschen."

Flori lenkte Pippin durchs Unterholz auf einen kleinen Pfad und Iris folgte ihm. Sie musste sich ducken und Zweige hochhalten, damit sie ihr nicht ins Gesicht schnalzten. Doch der Anblick, der sich bald auftat, belohnte sie reichlich. Vor ihnen lag ein sprudelnder Bach mit moosbewachsenen Steinen. Pippin senkte den Kopf und trank. Horst stampfte und grub mit dem Vorderhuf so eifrig im Wasser, dass es bis zu Iris' T-Shirt hoch spritzte. Sie quietschte. Er wurde immer ausgelassener und bald war sie klatschnass. „Du Clown!", kreischte sie.

Hilfesuchend sah sie zu Flori. Der kämpfte tapfer mit seinem Gesichtsausdruck, konnte letztlich aber nicht verhindern, loszulachen. Unwillkürlich stimmte sie mit ein. Erst als Horst sich ein paar Meter bachaufwärts eine Stelle zum Trinken suchte, beruhigten sie sich.

Später stiegen sie ab und hakten die Gebisse aus den Wanderreithalftern. Andere Zaumzeuge existierten auf dem Hof nicht. Die Pferde begannen zu grasen und die Reiter setzten sich in die Sonne.

Flori malte mit der Stiefelspitze Kreise in den Boden. Endlich räusperte er sich. „Du, Iris?“

„Hmm?“

„Willst du es ihr eigentlich irgendwann sagen?“

Sie blinzelte. „Wem will ich was sagen?“

Er gestikulierte unbeholfen. „Na Pippa, dass du sie magst.“

„Wie kommst du denn jetzt auf Pippa?“ Nachdem er nicht antwortete, gab sie zu: „Es ist schwierig, sie zu mögen. Aber sie zu hassen, schaff ich erst recht nicht. Warum fragst du?“

Er machte eine ungeduldige Kopfbewegung. „Nicht dieses Mögen. Ich meine, dass du sie *sehr* magst.“

Als sie begriff, worauf er hinauswollte, wurden ihre Augen riesig. „Du meinst doch nicht ... Warum ...? Wirklich nicht!“

„Es wäre ja nichts Schlimmes.“

Sie fuhr zu ihm herum. „Darum geht es nicht! Sondern darum, wie du darauf kommst!“

Er lief rot an. „Na ja, erst hattet ihr zwei verschiedene Zimmer, dann teilt ihr plötzlich eins und schlaft zu allem Überfluss im Doppelbett.“

Ihr Mund klappte auf. „Pippa hat Angst vor Spinnen! Deshalb wollte sie nicht in den Keller. Und natürlich schläft sie im großen Bett, oder soll sie das Kinderstockbett benutzen?“

Er überhörte den Einwand. „Und seit sie da ist, passt du voll auf, was du isst. Am ersten Tag war Kathi so begeistert, dass du mit ihr Süßigkeiten geteilt hast. Inzwischen ist alles mit Zucker oder Fett tabu. Hast du das Gefühl, für Pippa zur Gazelle werden zu müssen? Falls ja: Überleg dir, ob du bei ihr gut aufgehoben bist.“

„Ernährung ist eine Frage der Gesundheit“, kramte Iris die erstbeste Verteidigung heraus.

Er hob die Braue. „Wie du meinst. Du brauchst dich vor mir nicht zu rechtfertigen. Aber ebenso wenig sollst du mir etwas vorspielen.“

„Ich spiele nichts vor!“ Natürlich tat sie das und ergänzte deshalb: „Was Pippa betrifft.“

„Und was war im Garten? Oder in eurem Zimmer?“

Sie verstand nur Bahnhof.

Er fuhr fort: „Ich hab Augen im Kopf! An der Liege, im Badezimmer oder oben nach dem Lagerfeuer, als in eurem Zimmer noch Licht brannte? Ich hab draußen aufgeräumt und durchs Fenster gesehen wie ihr … Na, jedenfalls berührt ihr euch bei jeder Gelegenheit."

„Das war alles ganz anders!", protestierte Iris. „Und warum hast du uns beobachtet?"

„Das war nur ein zufälliger Blick hoch zu deinem Fenster." Die Figuren, die Floris Stiefelspitze malte, waren krumm und schief. Er drehte seinen Kopf in Iris' Richtung, sah aber an ihr vorbei. Dann sprach er widerwillig weiter: „Immer, wenn sie in der Nähe ist, sprichst du kaum ein Wort mit mir. Stattdessen gehst du mir aus dem Weg und siehst mich nicht mal an."

Sie war absolut sprachlos. In ihrer Fantasie streckte sie die Hand nach ihm aus, berührte seine Schulter, erklärte ihm, wie es tatsächlich war, und erlöste ihn von seinen abstrusen Gedanken. Aber in der Wirklichkeit saß sie nur da wie vom Donner gerührt und starrte ihn mit offenem Mund an.

Er atmete einmal tief aus. „Es ist deine Sache. Ich finde es nur schade für dich, wenn du den ganzen Sommer an sie denkst und dich danach fragst, wie's gewesen wäre, wenn du ihr was gesagt hättest. Aber vielleicht bin's auch ich, der nichts hätte sagen sollen." Er drückte sich hoch. „Reiten wir zurück? Heut Abend ist das Dorffest und bis dahin ist viel auf dem Hof zu tun."

Die Gedanken in Iris' Kopf überschlugen sich. Floris Unterstellungen gingen dermaßen an der Realität vorbei, dass es wehtat. Weshalb sie kaum mit ihm sprach, wenn Pippa in der Nähe war? Na, weil Pippa alles und jeden überstrahlte und es überhaupt keinen Sinn hatte, da den Mund aufzumachen.

Und auf einmal glaubte Iris zu begreifen, warum er nicht nur leise beobachtet und geurteilt hatte, sondern sie darauf angesprochen hatte. Es fiel ihr wie Schuppen von den Augen. Wie verdreht das alles war! „Hast du mich wegen Pippa gefragt, weil du wissen willst, ob ich dir Probleme machen werde?", presste sie hervor.

Er runzelte die Stirn. „Wie meinst du das?"

Nur mit Mühe rang sich Iris weitere Worte ab. „Im Grunde fragst du, ob ich Pippa für mich haben will. Ob ich versuchen werde, mit dir zu konkurrieren oder dich gar auszustechen.“ Sie lachte bitter. „Als bestünde überhaupt eine Chance für mich. Keine Sorge, du hast freie Bahn!“ Ihr wurde übel.

Als Flori nur verständnislos dreinschaute, wandte Iris sich ab. Heuchelei hatte sie ihm nicht zugetraut.

## 16 PIPPA

Pippa strich über den glatten Stoff ihres Dirndlkleides und betrachtete es, wie es an der Vorhangstange baumelte und in der einfallenden Sonne golden schimmerte. Außerdem hatte ihr Eva auf Nachfrage einen Ganzkörperspiegel gebracht, der perfekt neben das Bücherregal passte.

Die heimkehrenden Reiter weckten ihre Aufmerksamkeit. Neugierig beobachtete sie die beiden und die Fragezeichen in ihrem Kopf wurden immer mehr. Die zwei schwangen sich aus den Sätteln. Flori sprach kurz mit seiner Schwester, drückte ihr die Zügel in die Hand und flüchtete regelrecht. Iris eilte mit dem zweiten Pferd in die andere Richtung.

Pippa schüttelte den Kopf und legte sich Schmuck für den Abend zurecht.

Als sie das nächste Mal aus dem Fenster sah, schrubbte Iris beinahe manisch an einem Sattel herum. Pippa seufzte. *Wie man sich selbst so im Weg stehen kann!* Kopfschüttelnd legte sie sich auf den Teppich und startete ihre Bauchübungen.

Nach einer Ewigkeit kam Iris endlich ins Zimmer.

Pippa hatte sich bereits geduscht und die Haare geföhnt. „Da bist du ja! Verschwitzt und schmutzig. Willst du nicht zum Fest?"

„Das ist kein Schmutz, sondern Lederfett. Und ob ich da hinwill!", brummte Iris. „Dort werd ich nämlich was klarstellen!" Ohne ein weiteres Wort verschwand sie im Bad.

„Freak", murmelte Pippa.

Sie schlüpfte in das Dirndl, drehte sich vor dem Spiegel und überlegte, ob sie ihre Haare flechten sollte. Da kam Iris in ein Handtuch gewickelt aus dem Bad.

„Na, was sagst du?" Pippa vollführte eine elegante Pirouette. Der glänzende Rock und die hüftlangen Haare schwangen um ihren grazilen Körper.

Iris schluckte. „Das Kleid ist echt ... golden!"

„Offensichtlich. Findest du meine Haare offen oder als Zopf hübscher?"

„Kommt aufs Gleiche raus", murmelte Iris und verzog sich hinter ein Regal, um sich anzuziehen.

Pippa setzte sich an ihren improvisierten Schminktisch. „Was bist du denn so mies gelaunt? Heute wird unser Abend! Endlich lernen wir andere Leute kennen. Ich brauche Aufmunterung, einen Hoffnungsschimmer, einen Lichtblick!"

Von Iris war nur ein kurzes Auflachen zu hören.

Pippa wandte sich um. „Das ist nicht lustig! Seit ich hier bin, habe ich netto lediglich fünf Follower gewonnen!"

Sie nahm einen erstickten Laut wahr. „Unterdrückst du etwa ein Lachen?", fragte sie misstrauisch.

„Mann, es geht nicht immer nur um dich!", schimpfte Iris und trat hervor.

Pippa riss die Augen auf. „Oh wow, wo hast du das denn her?"

Ihre Mitbewohnerin trug ein graues Kleid mit feinen, weißen Punkten und einem dezenten Blumenmuster. Die Farben der Blüten passten perfekt zur pinkfarbenen Schürze.

„Warum knöpfst du es nicht fertig zu?", fragte Pippa.

Iris kniff die Augen zusammen. „Mach dich nicht lustig!" Sie warf sich auf einen Stuhl. „Ein Mädel aus dem Dorf leiht es mir und hat es vorhin extra vorbeigebracht. Eva hat das in die Wege geleitet. Aber das Kleid geht nicht zu, weil mein Bauch zu dick ist!" Bei den letzten Worten funkelte sie Pippa an, als sei es deren Schuld.

Pippa legte ihren Puderpinsel beiseite und erhob sich. „Komm her und lerne!"

Iris musterte sie misstrauisch, folgte dann aber der Anweisung.

Mit raschen Griffen löste Pippa die Knöpfe an Iris' Ausschnitt. Iris hüpfte einen Schritt zurück. „Was soll das? Genau wegen sowas denkt Flori …" Mit knallrotem Kopf brach sie mitten im Satz ab.

Ungerührt entgegnete Pippa: „Ich sag dir, was Flori heute denken wird: dass er verdammtes Glück hat! Ich glaube nämlich nicht, dass andere Jungs an jedem Arm ein Mädel auf das Fest führen." Beherzt zog sie Iris' Dirndl vorne zusammen und knöpfte es zu. „Das macht man von unten nach oben, damit alles gleich an die richtige Stelle gedrückt wird. Hast du vorab keine Tipps auf YouTube angeschaut?"

Iris sah mit überraschter Miene erst die Knopfleiste, dann Pippa und schließlich wieder die Knöpfe an. „Alle zu!", staunte sie und trat vor den Spiegel. Bei jeder Drehung leuchtete ihr Gesicht mehr. „Es sitzt perfekt!"

„Klar tut es das! Du hast eine hervorragende Dirndlfigur!"

Iris hielt inne. „Was bedeutet das?"

„Dass du dir die Kleiderform *A-Linie* merken solltest", entgegnete Pippa.

# 17 IRIS

Sie gingen hinunter auf den Hof. Pippa schwebte auf ihren schwindelerregend hohen Stilettos voraus und verwandelte die festgetretene Erde in einen Catwalk. Iris sah auf ihre geliehenen Trachtenschuhe mit niedrigem Blockabsatz hinab und seufzte.

Kater Maxi lief herbei und umschmeichelte Iris' Beine. Wo war denn sein Bruder? Suchend sah sie sich um, doch statt Findus bemerkte sie Flori. Er lehnte am Auto und steckte sein Handy weg, als die Mädchen näherkamen.

Ihr blödes Herz machte einen Satz.

Den wirklichen Satz aber machte Pippa: Sie vollführte einen eleganten Sprung, sobald sie Flori entdeckte.

„Ossi, Ossi, wie fein du aussiehst!", neckte sie begeistert. Sie legte die Hand auf seine Schulter und gab ihm ein Bussi links und eines rechts.

Iris blieb wie vor den Kopf geschlagen stehen. Weshalb traute Pippa sich so etwas? Jetzt zupfte sie obendrein an seinem weißen Hemd und bewunderte die Stickerei an der Lederhose. Dann betrachtete sie seine Frisur und lobte: „Das Gel in den Haaren steht dir!"

Er winkte ab. „Quatsch, was hab ich mir da nur von dir einreden lassen." Er wollte sich durch die Haare fahren und hielt im letzten Moment inne, da ihm offenbar einfiel, dass das eine klebrige Angelegenheit werden würde. Er ließ die Hand sinken und rief: „Hey, Iris, komm, wir müssen los."

Die paar Meter bis zum Auto erschienen ihr unendlich weit. Wie ferngesteuert legte sie die Strecke zurück. Ein Wirbelsturm in ihrem

Kopf lähmte jeden vernünftigen Gedanken, fegte alle Vorsätze weg und raubte ihr die Worte.

„Gut schaust du aus", sagte Flori.

„Oh Dankeschön", flötete Pippa und ließ ihren Rock schwingen.

„Ich meinte eigentlich ... ja, du natürlich auch. Sehr ... gewagt."

Pippas Blick schoss blitzschnell zwischen Flori und Iris hin und her, doch sie fing sich gleich wieder und lächelte. „Danke, langweilig kann ja jeder", sagte sie.

Er lachte auf. „Du mit Sicherheit nicht."

Sie streckte die Hand nach dem Griff an der Beifahrertür aus, entschied sich dann aber, hinten einzusteigen.

Iris setzte sich ebenfalls auf die Rückbank.

„Ich hab dir extra vorn den Platz freigelassen", zischte Pippa.

„Hättest du nicht gemusst", entgegnete Iris lahm und schnallte sich an.

Pippa stöhnte und begann, ihre Social-Media-Kanäle zu checken. Währenddessen sah Iris aus dem Fenster. Doch immer wieder glitt ihr Blick zu Flori, zumindest zu dem, was zwischen Fahrersitz und Kopfstütze von ihm zu sehen war. Im Nacken berührten seine Haare den weißen Hemdkragen. Ausgerechnet Pippa hatte ihm zu seiner Frisur geraten. Iris wandte den Kopf und stierte wieder aus dem Fenster.

Flori sah ein paar Mal in den Rückspiegel, ohne einen Blick der Mädchen aufzufangen. Schließlich schaltete er das Radio ein und summte leise mit.

Je näher sie dem Festzelt kamen, desto mehr Leute waren auf den Straßen unterwegs. Die Jungs trugen die gleiche Tracht wie Flori: mit Hemd, Lederhose, gestrickten grauen Kniestrümpfen und schwarzen Haferlschuhen. Iris legte die Hand an die Fensterscheibe und sah einigen Mädchen nach. Ihr Herz klopfte schneller. Sie trugen Baumwollstoffe wie sie selbst und bei keiner endete der Rock über dem Knie. Die Gruppe verschwand aus dem Sichtfeld, dafür überholten sie nun mehrere Mädchen, die sich untergehakt hatten:

Niemand in High Heels, eine trug sogar nur Ballerinas. Eine unverhoffte Erleichterung durchströmte Iris.

Sie erreichten die Wiese, aus der mit Bänderabsperrungen und einem einweisenden Feuerwehrler ein Parkplatz abgesteckt worden war. Pippa fluchte beim Aussteigen, weil ihre Pfennigabsätze tief im Boden versanken. Sie stakste ums Auto herum und hakte sich bei Iris unter. „Ich dachte, schlimmer als auf dem Hof könnte der Untergrund nicht werden", flüsterte sie.

Iris bewegte sich auf ihren Blockabsätzen sicher übers Gras. Sie nickte dem jungen Mann in Uniform zu, der dafür sorgte, dass die Autos in Reih und Glied parkten. Doch der übersah Iris völlig, ebenso wie die Fahrzeuge, die heranfuhren. Sein Blick klebte an Pippa und seinem Mund entfuhr ein Laut, der nach „Öha!" klang.

Flori grüßte den Burschen per Handschlag und sagte irgendetwas in so tiefem Dialekt zu ihm, dass Iris kaum ein Wort verstand. Als Flori weiter ging, wandte sich der Mann wieder den Autos zu.

Flori rieb sich die Hände. „So, Mädels, freut ihr euch schon?"

Iris nickte.

Pippa suchte befestigten Untergrund. Dann holte sie aus ihrem Umhängetäschchen ein Taschentuch, hielt sich an Iris fest und zupfte Gras und Erde von den Absätzen. Erst danach antwortete sie: „Klar freue ich mich."

Pippa wurde von allen Seiten angestarrt. Sogar Leute in vorbeifahrenden Autos drehten sich nach ihr um. Iris' Fingerspitzen bohrten sich in die Handflächen. Nur mit Mühe klammerte sie sich daran, dass geschätzt 99,9 Prozent der anderen Mädchen, die auf das Zelt zugingen, ihr glichen statt Pippa.

Sie betraten das blau-weiß gestreifte Festzelt und Iris wurde mit dem Schauen nicht fertig. Die Biertischreihen waren mit weißen Tischdecken bezogen. Eine Gruppe Musiker in Lederhosen und moosgrünen Westen spielte auf einer mit Blumen geschmückten Bühne. Frauen in Dirndlkleidern mit einheitlichen Schürzen trugen riesige Körbe mit Wasser und Wein von Biertisch zu Biertisch, andere verteilten immense Platten mit Essen. Und wie aufwändig frisiert sie waren: geflochtene und hochgesteckte Haare, verziert mit filigranen Blüten aus Silber und Perlen. Der Begriff *aufgekränzt,* den sie im Reiseführer gelesen hatte, kam ihr in den Sinn.

„Was ist das hier?", raunte sie Flori zu.

Der war damit beschäftigt, diese und jene Gruppe Leute zu begrüßen. „Servus Ossi" hier „Habe die Ehre Ossi" da. Trotzdem fand er Zeit, zu antworten: „Das ist ein Weinfest!"

„In Bayern?", rutschte es ihr heraus.

Er lachte. „Noch nie von fränkischem Wein gehört? Aber keine Sorge, wir finden öfter was zu feiern und da gibt's dann Bier."

Iris biss sich auf die Lippen. Da brachte sie kaum ein Wort heraus, und wenn, dann ein Vorurteil.

Flori steuerte einen der vorderen Tische an. Nur Jungs in Tracht. Auf den ersten Blick sahen sie alle gleich aus mit ihren weißen Hemden und dunkelgrünen Westen, unter denen bestickte Hosenträger hervorblitzten. Doch nun hatten sie die Neuankömmlinge bemerkt und ausnahmslos alle am Tisch drehten sich zu ihnen. Der Großteil der Blicke blieb an Pippa kleben – zumindest war es das, was Iris wahrnahm.

„Genug geschaut!", rief Flori seinen Freunden vergnügt zu. „Man könnte meinen, ihr hättet noch nie zwei hübsche Mädels gesehen."

*Was sicher nicht stimmt, so schick wie allein schon die Bedienungen in ihren bunten Kleidern und den aufwändigen Frisuren aussehen,* dachte Iris.

Flori setzte sich zu seinen Freunden an den Tisch und winkte Iris und Pippa, sich dazu zu gesellen.

„Wenn das deine Gäste sind, Ossi, machen wir auch mal bei dir Urlaub!", rief einer.

Es löste ein seltsames Gefühl in Iris aus, dass der Fremde nicht nur Pippa, sondern auch ihr schmeicheln wollte. Seinen Spruch fand sie zwar nur mittel originell, trotzdem half er ihr, sich ein bisschen weniger unscheinbar zu fühlen.

Es wurden Wein, Wasser und Brotzeit bestellt. Ein junger, bärtiger Mann kam mit zwei Weingläsern von einem anderen Tisch herüber und reichte eines davon Pippa. Sie nahm es entgegen und ließ sichtbar zerstreut eine Geschichte über einen Koffer und Kühe über sich ergehen. Iris fiel auf, dass Pippas Blick immer wieder zu einem auffällig attraktiven Burschen huschte. Er hätte mühelos das Covermodel eines Trachtenmoden-Katalogs abgegeben und unterhielt sich gerade. Am auffälligsten fand Iris seine grünen Augen, die dunkelblonde Haartolle und die Tatsache, dass er sich von Pippa ablenken ließ. Iris unterdrückte ein Lachen. Da hatten sich die Richtigen gefunden: Pippa und der Model-Typ, beide von anderen in Beschlag genommen und trotzdem immer wieder mit Blicken verbunden. Vermutlich nur eine Frage der Zeit, bis die zwei miteinander ins Gespräch kommen würden.

Da nahm ein Fremder neben ihr Platz. „Griaß di, scheene Unbekannte!", sprach er sie in tiefstem Dialekt an. Sie schätzte ihn etwa auf ihr Alter.

„Hallo", entgegnete sie überrascht. „Wer bist du?"

Er beugte sich an ihr Ohr; so nah, dass sein Atem sie kitzelte. Sie versteifte.

„Viel interessanter ist doch, wer du bist. Ich hab dich hier noch nie gesehen." Seine dünne Stimme passte nicht zum markanten Gesicht.

Iris drehte ihren Kopf von seinem Ohr weg und richtete sich die Haare, obwohl sie alle an ihrem Platz lagen. Sie räusperte sich. „Ich bin Iris."

Der Junge musterte sie aus eisblauen Augen so eindringlich, dass sie schlucken musste.

„Iris", wiederholte er bedeutungsvoll. „Wie Kate Winslet in dem Häusertauschfilm."

Hitze stieg ihr ins Gesicht. „Genau. Magst du den Film?"

„Magst du ihn denn?" Er rückte noch näher.

Plötzlich fing das gesamte Publikum im Zelt zu singen an.

„Ein Prosit, ein Prosit der Gemütlichkeit", sangen die Gäste und auf der Bühne die Musiker.

Der Klarinettist hob sein Glas in Richtung der Tische und wünschte übers Mikro allen: „Prost beinand."

Auch vor Iris stand mit einem Mal ein Getränk. Flori nickte ihr kurz zu.

„Danke!", murmelte sie.

Gläser klirrten. Pippa stieß mit dem Modeltypen an. Daneben wartete wie bestellt und nicht abgeholt der Bärtige, der ihr das Glas gebracht hatte.

„Prost", riss Iris' Nachbar sie aus ihren Beobachtungen. „Auf unser Kennenlernen."

Fahrig nahm sie ihr Getränk und stieß mit ihm an. Über das Gläserklingen hinweg meinte sie: „Aber ich kenn dich doch gar nicht."

„Ich bin Toni."

„Angenehm."

„Und die Blonde ist deine Freundin?"

Iris fasste es nicht und protestierte: „Ist sie nicht! Ein für alle Mal: Ich stehe nicht auf ..." Während sie sprach, dämmerte ihr, dass er die Frage ganz anders gemeint hatte. Sie verstummte.

Pippa hatte währenddessen ihr Glas leergetrunken und zwei Jungs überschlugen sich, ihr nachzuschenken.

„Wir machen beide Urlaub bei Flori", erklärte Iris kurz angebunden.

Toni legte den Kopf schräg. „Hat dein Freund gar nichts dagegen, wenn du ohne ihn in den Urlaub fährst?"

Wie gerne hätte sie geantwortet, dass ihr Freund sie furchtbar vermisste. Aber die Bezeichnung stimmte schon seit zweihundert ... Sie stockte. Wie lange war es her, dass sie Schluss gemacht hatten? Zum ersten Mal hatte sie nicht auf Anhieb die exakte Tageszahl parat.

„Ich habe keinen Freund", gab sie zurück und stellte mit größtem Erstaunen fest, dass die tausend Stiche beim Gedanken an Alexej nur noch ein erträgliches Ziehen in der Magengegend waren und sich das Bild eines anderen Jungen vor ihr inneres Auge schob. Verstohlen schielte sie in Floris Richtung, erstarrte aber, als sie Tonis Hand an ihrer Hüfte spürte.

„Wie kommt's?", fragte er.

*Es kann doch hier nicht Brauch sein, so wenig Berührungsängste zu zeigen,* wunderte Iris sich. *Hätte ich meinen Reiseführer nur bis zum Ende gelesen.*

Sie versuchte zu lächeln und zuckte die Schultern.

Er nahm mit der freien Hand sein Weinglas und deutete damit Richtung Pippa. „Weißt du, das Kleid deiner Freundin, das passt überhaupt nicht hierher. Die schaut ja aus wie Paris Hilton auf der Wiesn." Dann warf er einen unverhohlenen Blick auf Iris' Outfit. „Aber du bist echt fesch, wie eine von uns."

Ihr Lächeln gefror. „Findest du das nicht traurig?", fragte sie, weil es sie wirklich interessierte. „Dass nicht mal jemand wie Pippa gut genug ist?"

Toni sah sie verständnislos an. Sie drehte sich weg und warf einen Blick auf ihre wunderschöne Mitbewohnerin. Wenn jemand sogar Pippa kritisierte, konnte es Perfektion dann überhaupt geben?

Flori drehte sich zu ihr und deutete auf Toni: „Hey, dem da drüben brauchst du fei nicht alles glauben! Der redet ganz viel Schmarrn."

Offenbar war es als Witz gemeint, doch Iris lachte nicht.

Flori stupste sie an. „Was ist los? Amüsierst du dich nicht?"

*Was ist der Flori für eine Wahnsinnsmischung aus Verlässlichkeit, guter Laune und Einfühlsamkeit,* dachte sie und ihr Blick verlor sich im Nirgendwo zwischen seinen Augen und den ungewohnt zur Seite gekämmten Haaren. Sie verspürte das dringende Bedürfnis, ihm eine eigenwillige Strähne zurückzustreichen, die sich dem Gel widersetzte. Jedoch war es für sie undenkbar, das wirklich zu tun. *Wäre ich nur ein klitzekleines bisschen wie Pippa!,* überlegte sie und sah sehnsuchtsvoll zur Zimmergenossin hinüber.

Flori folgte ihrem Blick und sah dann wieder sie an. Sein Gesicht war nachdenklich und schließlich beugte er sich an ihr Ohr. „Ich will dich damit nicht nerven, aber meinst du nicht, es ginge dir besser, wenn du mit ihr darüber redest? Außerdem würdest du dann Toni leichter los. Der hat eindeutig ein Auge auf dich geworfen."

Er nahm seinen Kopf wieder zurück und sah sie mit seinen braunen, von dichten Wimpern umrahmten Augen an. Etwas in ihr vibrierte. Wie konnte er an dieser an den Haaren herbeigezogenen Geschichte festhalten? Und weshalb war sie zu blöd, um ihm zu beweisen, dass er mit Pippa auf der völlig falschen Spur war?

Sie steigerte sich in ihren hilflosen Ärger, bis eine Sicherung in ihr durchbrannte. Ohne zu begreifen, was sie tat, fuhr Iris herum und legte dem überrumpelten Toni die Hände auf die Wangen. Sie küsste ihn mitten auf den Mund. Am Tisch wurde es dominoartig still. Einer rempelte den anderen an, um auf die beiden zu deuten. Toni erholte sich in Sekundenbruchteilen von seiner Überraschung, umschlang Iris' Taille und küsste zurück. Erst als seine Zunge Einlass suchte, wurde Iris schlagartig nüchtern und rückte von ihm ab. Sie starrte eine Stelle zwischen Tonis Kinn und seinem Hemd an. Was hatte sie getan?

## 18 PIPPA

Verblüfft ließ Pippa ihr Glas sinken. Schräg gegenüber wurde bestes Kino geboten: Erst flirtete ein hübscher Dunkelhaariger mit Iris, dann ignorierte sie ihn plötzlich und schmachtete stattdessen Flori an. Nur um im nächsten Moment heftig mit dem Dunkelhaarigen zu knutschen. Am Ende sprang sie wie vom Blitzschlag getroffen auf und rannte auf dem Weg nach draußen fast eine Bedienung um.

Pippa hob ihre Weinschorle wieder an und beobachtete über den Glasrand hinweg die Reaktion der zwei Burschen.

Der Knutscher rief Iris nach: „Wo willst du hin? Wir haben doch erst angefangen."

Ein paar der Kerle am Tisch rissen blöde Sprüche, zwei johlten sogar. Pippa rümpfte die Nase. Manchmal waren Männer schwer zu ertragen. Marcel neben ihr beugte sich zu ihr und fragte: „Möchtest du nach deiner Freundin sehen?"

Er war ihr gleich aufgefallen: das feine Hemd, eine Weste aus besticktem Samt und seine Haare von einem Friseur geschnitten, der wusste, was er tat. Ihr erster Eindruck hatte sie nicht getäuscht: Er hob sich auch sprachlich von den anderen ab. Astreines Hochdeutsch und er ließ sich nicht zu zotigen Sprüchen hinreißen. Dankbar schenkte sie ihm ein Lächeln.

„Ich bin mir nicht sicher, ob ich die Richtige dafür bin", antwortete sie und sah zu Flori. Er erwachte aus einer Schockstarre und sein Gesicht verwandelte sich in Zeitlupe in eine verärgerte Grimasse.

Der Knutscher stand auf, grinste in die Runde und sagte: „Besser, ich schau mal nach ihr. Wir sind gerade erst warm geworden."

Ein paar wandten sich ab, andere feuerten ihn an. Pippa hätte am liebsten gekotzt. Sie bückte sich kurz unter den Tisch, zielte und kickte Flori mit voller Wucht gegen das Schienbein.

„Au!" Er fuhr herum und suchte mit blitzenden Augen den Übeltäter.

Pippa funkelte zurück und nickte in Richtung Ausgang. „Geh hinterher!", zischte sie.

Er schüttelte den Kopf.

Pippa trat ihn abermals.

„Lass das!", schimpfte er. „Sie hat ihn freiwillig geküsst!"

Pippa beugte sich über den Tisch zu Flori. „Was schätzt du, welche Art Mann dein Kumpel ist? Wenn du nicht nach ihnen siehst, mach ich es. Aber dann bist du bei mir unten durch!"

In seiner Miene spiegelte sich binnen Sekunden ein Wirbelwind an Emotionen und Pippa hatte den Eindruck, dass Flori ihr eine ganze Menge sagen wollte. *Später.* Auffordernd nickte sie abermals zum Ausgang.

Floris Augen sprühten Funken und er schnaubte, aber er erhob sich und ging hinaus. Pippa sah ihm nach, bis er durch die Zeltöffnung verschwunden war, dann wandte sie sich wieder Marcel zu. „Wo waren wir stehen geblieben?"

Er steckte sein iPhone ein und schenkte ihr ein gewinnendes Lächeln. „Willst du mit mir tanzen?"

Eine Kapelle mit Klarinette, Trompete, Horn, Bass und Schlagzeug sorgte für die musikalische Unterhaltung. Zwischen der Bühne und den Biertischreihen war genügend Platz, um eine flotte Sohle aufs Parkett zu legen. Ein Angebot, das bereits etliche Pärchen nutzten.

„Ich kenne eure traditionellen Tänze leider nicht", bedauerte Pippa. Darüber hinaus trug sie nicht die idealen Schuhe.

Marcel fasste nach ihrer Hand. „Keine Sorge, ich führ dich."

Pippa zögerte.

Marcel holte wieder sein iPhone hervor und hielt ihr ein Bild vor die Nase. „*Ein* Tanz! Und morgen fotografiere ich dich an diesem Ort mit meiner Spiegelreflexkamera."

Sie hatte ihm von der Herausforderung erzählt, im Urlaub passenden Content für ihre Accounts zu produzieren, und er hatte sie zu 100 Prozent verstanden.

Pippa legte zwei Finger auf den Bildschirm und zoomte das Foto heran. Ihre Laune hob sich schlagartig. „Wo ist das?“

Er schmunzelte: „Geheimtipp – den ich aber gerne mit dir teile, meine Social-Media-Prinzessin.“

Irgendwie schaffte er es, dass es aus seinem Mund nicht schmierig klang. Pippa hatte Kopfkino von sich im Bikini an diesem Ort. *Ach was, nicht nur! In allen Badesachen, die ich dabeihabe, soll er mich ablichten. #bikinigirl #swimwear #nature #mountainlover*

Pippas Blick huschte zum Ausgang. *Iris, such dir um Himmels willen den Richtigen aus und mach keinen Mist,* betete sie. Dann wandte sie sich an Marcel: „Okay, *ein* Tanz!“

Der Weg zur Tanzfläche glich einem Schaulaufen. Manche musterten Pippa von Kopf bis Fuß und tuschelten. Andere zogen die Augenbrauen hoch und wandten sich kopfschüttelnd ab. Sie erntete die ganze Bandbreite an bewundernden, amüsierten und kritischen Reaktionen. Nur egal schien sie keinem zu sein. Sie reckte das Kinn und begegnete selbstbewusst den Blicken.

Vorne angekommen begab sie sich in Marcels Hände. Es war leicht, seiner Führung zu folgen, und nach wenigen Schritten merkte Pippa, dass sich auf die Musik ein Discofox tanzen ließ. Nur drehten sich die Stilettos nicht so mühelos auf dem Holzboden wie die Trachtenschuhe vieler anderer Mädchen. Sie fand jedoch, das glich sie locker damit aus, dass ihr Kleid funkelte und sie mit ihrem Tanzpartner bestimmt die beste Figur von allen Anwesenden machte.

Er tanzte perfekt. Seine linke Hand führte und seine rechte lag mit genau dem richtigen Druck auf Pippas Rücken. Immer fand er eine Lücke zwischen all den Pärchen, sodass sie kein einziges Mal angerempelt wurden. Obwohl sie die meisten Tänzerinnen überragte, musste sie zu Marcel hochsehen. Ein Lächeln huschte über ihr Gesicht. Vielleicht fing heute ihr Urlaub erst richtig an.

Trotz allem blieben Zweifel und sie konnte die Tänze mit Marcel nicht in vollem Umfang genießen. Wegen Iris. Hatte sie sich wieder im Griff? War sie diesem obskuren Typen entronnen? Wie verhielt sich Flori? Jedes Mal, wenn ein Tanzschritt ihr die Gelegenheit bot, spähte Pippa zum Ausgang.

„Alles okay?", fragte Marcel.

Genau darauf suchte sie eine Antwort.

Das Stück endete und der Klarinettist verkündete eine kurze Pause.

„Moment", bat Pippa und tippte Marcels Frage in ihr Handy. Nur zur Sicherheit. Sie drückte auf *Senden* und sah ihn an. „Ich denke schon."

Er legte den Kopf schräg. „Warten wir kurz hier auf den nächsten Tanz oder möchtest du zurück an unseren Tisch?"

Plötzlich tauchte der Helfer vom Bahnhof in ihrem Blickfeld auf und schob sich gegen die Paare, die die Tanzfläche verließen, zu ihr durch. Was wollte er denn noch, nachdem er ihr vorhin an den Tischen schon etwas zu trinken gebracht und die ganze Geschichte der Kutschfahrt rekapituliert hatte? Als wäre sie nicht selbst dabei gewesen.

Es berührte sie peinlich, dass er in Lederhose und Trachtenhemd erst recht wie ein übergroßer Almöhi aussah. „Hallo Sepp", grüßte sie.

Seine Augen leuchteten auf. „Du erinnerst dich an meinen Namen. Den hab ich dir vorhin gar nicht nochmal gesagt."

„Mit Sepp hat man in Rogenau eine hohe Trefferquote", kommentierte Marcel.

Sepp überhörte den Einwurf. Überhaupt ignorierte er Marcel vollständig. „Magst mit mir tanzen?", fragte er.

„Ich habe schon einen Tanzpartner“, antwortete Pippa möglichst freundlich.

„Mit dem wirst keine Freud' haben“, behauptete Sepp.

*Wie anmaßend kann man sein?*, ärgerte sie sich.

Sie erwartete einen Gegenangriff von Marcel, doch als nichts geschah, entgegnete sie an seiner Stelle: „Lass das mal meine Sorge sein. Marcel und ich verstehen uns prächtig.“

Sepp schob seine Hände in die Taschen der Lederhose und stand breitbeinig da. „Magst nicht trotzdem mit mir tanzen? Wirst es nicht bereuen.“

„Ich möchte nicht, okay?“ Es klang ein wenig zu schroff, aber zum Zurücknehmen hatte sie trotzdem keine Lust. Klar hatte er sich am Bahnhof äußerst hilfsbereit gezeigt. Jedoch änderte es nichts daran, dass er nicht ihr Typ war. Das musste er doch merken. Demonstrativ schmiegte sie sich an Marcel.

Sepps Augen weiteten sich. „Du bist nicht von hier und weißt nicht, was das für einer ist!“

„Danke, du musst nicht darauf herumreiten, dass ich eine Auswärtige bin!“, entgegnete sie schmallippig. Es reichte, dass ihr ihre Familie das Gefühl vermittelte, nicht dazuzugehören.

Er wirkte verwirrt. „So meinte ich das nicht. Du sollst nur aufpassen, dass …“

Ihre Geduld war erschöpft. „Danke, dass du mir mit dem Gepäck geholfen hast“, sagte sie verbindlich. „Und jetzt entschuldige mich.“

Unendliche Sekunden vergingen, in denen sein Gesicht einen immer grimmigeren Ausdruck annahm. „Verschätz dich nicht!“, warnte er unheilvoll, bevor er sich endlich verabschiedete.

„Dachte schon, der lässt sich überhaupt nicht mehr abwimmeln“, kommentierte Marcel abfällig.

„Wieso hast du ihm vorhin kein Kontra gegeben“, fragte sie in neckischem Ton. „War es dir nicht wichtig, weiter mit mir zu tanzen?“

Ein Lächeln breitete sich in seinem ebenmäßigen Gesicht aus. „Eben weil ich mit dir tanzen wollte, habe ich keinen Ärger provoziert.“ Eh sie sich versah, hauchte er einen Kuss auf ihren

Mund. Es ging so schnell, dass Pippa sich über die Lippen leckte, um nachzuspüren, ob das gerade wirklich passiert war.

Die Musiker kehrten zurück und spielten ein langsameres Lied. Pippa ließ sich treiben. Bunte Kleider, glitzernde Haarnadeln, aufwändige Halsketten, Lederhosen, Westen, alles verschwamm zu einer exotischen Masse. Sie schmiegte sich an Marcels teuer duftendes Hemd, sah zu ihm auf und bat: „Erzähl mir mehr von deinen Plänen für meinen Account.“

# 19 IRIS

Iris' Kleid klebte an ihrer Haut. Ihre lockere Hochsteckfrisur hatte sich aufgelöst. Je näher sie dem Fest kam, desto enger legte sich der Ring um ihre Brust. All die Gäste, die sich um den Eingang herum oder an der Außenbar tummelten. Zu viele Menschen! Sie sehnte sich danach, allein durch die sternenklare Nacht zu laufen. Doch Flori drängte Iris unnachgiebig ins Zelt.

Der Geräuschpegel traf sie wie eine Wand und sie torkelte rückwärts wieder hinaus. Flori schob sie sofort zurück. „Wir sind mit Pippa zu dritt da drin, oder zusammen draußen!", zischte er. „Man verlässt nicht einfach die Leute, mit denen man unterwegs ist!"

Die bunten Farben, der Geruch nach Wein, Käse, Speck und Schweiß, der Lärm von hunderten Menschen, klirrenden Gläsern und über allem die flotte Tanzmusik. Gnadenlos prasselten die Sinneseindrücke auf Iris ein, sodass ihr schwindelig wurde. „Ich will heim!", flüsterte sie.

Pippa löste sich aus der Menge und fiel ihr unvermittelt um den Hals. „Na endlich, da bist du ja!" Ihre Miene spiegelte Vorwurf und Erwartung. „Ich hab dir geschrieben! Was ist passiert? Wo ist der Typ? Was hat dich geritten, ihn so zu ermutigen? Iris? Hallo! Erde an Iris!"

„Wir fahren besser nach Hause", sagte Flori.

Pippa warf ihm einen ungläubigen Blick zu. „Sie ist doch wieder da! Wir trinken ein Gläschen und ihr erzählt, was ihr da draußen getrieben habt."

„Holt eure Jacken", unterbrach Flori sie barsch.

„Aber ..." Pippa sah zwischen ihm und Iris hin und her und ihre Stirn wurde dabei immer runzliger.

„Da sind ja die Verschollenen!", mischte sich der Modeltyp mit der Haartolle ein. „Ich komme gerade von der Bar, die draußen ums Eck aufgebaut ist. Iris, du hast es richtig gemacht, rechtzeitig von Toni zum Junior Oswaldbauern zu wechseln. Toni ist inzwischen ziemlich betrunken und versucht, bei einer 20-Jährigen zu landen." Er bot Pippa ein Cocktailglas an.

Sie wollte das Getränk entgegennehmen, doch Flori kam ihr zuvor und drückte es dem Kerl gleich wieder in die Hand. „Behalt das. Pippa ist erst 16. Außerdem bringe ich die Mädchen jetzt heim."

„Ach Quatsch!", widersprach Pippa und brachte es fertig, ihm zuzuzwinkern. „Brich ruhig mit Iris auf und mich fährt später Marcel."

Flori ging auf die vertrauliche Geste nicht ein. „Du bist ein minderjähriger Feriengast. Ich habe dich hierhergebracht und ich bringe dich auch wieder zurück."

Pippa rümpfte die Nase. „Spießer!"

Um Unterstützung heischend sah sie zu Marcel auf. Doch der hob beschwichtigend die Hände. „Mit dem künftigen Chef vom Oswaldhof werde ich mich nicht anlegen." Seine grünen Augen funkelten eigentümlich, als er hinzufügte: „Falls es den Hof noch lange genug gibt. Ich hole eure Jacken." Weg war er.

„Was sollte das denn heißen?", wollte Pippa von Flori wissen.

„Nichts, worüber du dir Sorgen machen müsstest", meinte er kühl. „Deine Ferien sind gesichert."

Sie rollte mit den Augen. „Na, so ein Glück!"

# 20 PIPPA

Kurz darauf war das Oswaldhof-Trio auf dem Weg zum Parkplatz. Pippa strich sich über die Wangen, die Marcel bei seinen angedeuteten Abschiedsküssen gestreift hatte. Ein würdiger, aber verfrühter Aufbruch. Sie schloss zu Flori auf, um ihn zu schimpfen. „Du bist wirklich ein Spielverderber!"

„Ach ja?", fragte er grimmig. „Dafür kommt man mit mir immer sicher nach Hause! Ich hoffe, du musst nie spüren, was das wert ist."

Sie machte ein spottendes Geräusch und nickte bedeutungsvoll Richtung Iris, die die Arme eng um sich geschlungen hatte und vorauseilte. „Wie sah es denn vorhin mit Iris' Sicherheit aus?", stichelte Pippa. „Sie kommt nur sicher nach Hause, weil ich dich ihr hinterhergeschickt habe. Dabei hättest du von selbst nach ihr sehen müssen!"

„Ist das so?" Er warf ihr einen scharfen Blick zu, dem sie standhielt. „Und wenn mir der Stolz im Weg stand?", zischte er endlich. Seine Augen wurden schmal. „Was hat dich abgehalten, selbst nach ihr zu sehen, du treusorgende Kameradin?"

Sie reckte das Kinn. „Meine Gutmütigkeit!"

„Das ist das Blödeste, was …"

„Ich habe *dir* die Chance gegeben, ihr Retter zu sein", erklärte Pippa großmütig. „Offenbar hast du es vermasselt."

Pippa ließ für Iris wieder die Beifahrerseite frei, doch Iris kletterte erneut auf die Rückbank. *Hoffnungsloser Fall,* konstatierte Pippa, wollte sich davon aber nicht runterziehen lassen. Nicht, nachdem der Abend für sie selbst so positiv verlaufen war. Marcel hatte sie den ganzen Abend nicht ein einziges Getränk selbst bezahlen lassen und seinen Brotzeitteller mit ihr geteilt. *Ein wahrer Gentleman.* Und für den folgenden Tag hatte er ihr die höchsten Versprechungen gemacht. Sie bezweifelte nicht, dass er sie einhalten würde. Er musste!

Das Zelt verschwand in der Ferne und Pippa ließ sich gegen die Lehne sinken. „Feiert ihr hier öfter Feste, Flori?"

„Manchmal."

Vom sternenklaren Himmel strahlte der Vollmond.

„Ist das nicht eine traumhafte Nacht?", fragte sie.

„Wundervoll", entgegnete er knapp.

Pippa seufzte und sah hilfesuchend zu Iris. Die stierte jedoch mit verschränkten Armen aus dem Fenster und drehte nur kurz den Kopf, um „Mhm" zu murmeln.

„Spüre ich negative Schwingungen in diesem Auto?", neckte Pippa.

„Nein", antwortete Flori und drehte das Radio laut.

„Okaaay", sagte Pippa gedehnt. „Mein Handy ist eine unterhaltsamere Gesellschaft als ihr."

Sie rief die Instagram-App auf. Nur vier neue Leute, die ihr folgten, und deprimierend wenige Likes für ihr letztes Reel, obwohl sie Geheimwaffe Maxi mit in die Kamera gehalten hatte. Um wie viel besser Ashley wohl performte?

Den Vertrag als Markenbotschafterin bekam diejenige aus der Endrunde, deren Account sich bis zum Ende des Sommers am positivsten entwickelte. Pippa erinnerte sich nicht mehr genau an das Geflecht aus Reichweite, Abonnenten und Interaktionsrate, das über den Sieg entschied, und orientierte sich an der Followerzahl. Die einfachste Messgröße.

Sie checkte den Account ihrer Konkurrentin und ihre Miene gefror. Das Shooting mit Marcel musste glatt laufen, sonst konnte sie sich den Sieg abschminken! Sie scrollte durch den Feed: Ashley räkelte sich im Sand, kniete in der Brandung oder lief strahlend am Strand entlang. Die Fotos bekamen Likes ohne Ende und lockten massenhaft neue Follower an. Natürlich! Deshalb hatte Pippa solchen Content ja für sich selbst gewollt. Sie hatte Rino die Idee eines Shootings auf Mallorca zugeflüstert und Ashley wusste nur durch sie von dem Wettbewerb. Alles war Pippas Recherchen und ihrem kreativen Kopf zu verdanken. Die Früchte hingegen erntete eine andere.

Da traf eine Nachricht ein. Ausgerechnet von dieser sogenannten Freundin!

„Hey, du liebe Daheimgebliebene!"

*Verhöhnen lasse ich mich nicht, du Verräterin!*

„Na, wie läuft's bei den Hinterwäldlern? Kannst du dich überhaupt unterhalten trotz des Dialekts?"

Pippas Blut kochte. „Und du? Wie viel Spanisch verstehst du?"

„Touché." Gefolgt von zwei Lachsmileys. „Wir vermissen dich hier so sehr! Zu schade, dass du diesen Sommer keine Strandfotos bekommst."

„Das macht mir überhaupt nichts! Die spektakulärsten Kulissen gibt es in den Alpen!" *Ha, damit hast du nicht gerechnet, was?*

„Oh, ich liebe die Berge. Aber du bist eher am Rand als mittendrin, nicht?"

„Ja, ich habe von allem etwas! Wiesen, Wälder, Gipfelpanorama!"

„Reizend. Nur blöd, dass du Bilder in Bademode schießen wolltest."

*Na warte.* Pippa ballte die Faust. *Du hast meinen Platz im Flieger eingenommen, aber den Werbevertrag sacke ich ein!* „Du solltest wissen, dass ich eine Improvisationskünstlerin bin!"

„Das heißt?"

Sie zog ihren Joker aus dem Ärmel. „Morgen habe ich ein exklusives Fotoshooting an einem Wasserfall mit Naturpool! Strand kann schließlich jeder."

„Haha, nein, nur die, die es ans Meer geschafft haben."

*Rindvieh!*

Pippa sperrte den Bildschirm.

„Ist was passiert?", fragte Iris zerstreut.

*Habe ich so laut geknurrt?* „Alles gut!", beteuerte sie.

„Okay." Iris drehte sich wieder zum Fenster.

Flori steuerte den Wagen in den Hof und die Außenstrahler flammten auf. Im Offenstall hoben die Pferde die Köpfe und Maxi und Findus hüpften hinter der Scheune hervor, als hätten sie nur auf jemanden gewartet, mit dem sie ins Haus schleichen konnten.

Sobald Flori geparkt hatte, sprang Iris wie von der Tarantel gestochen aus dem Auto, stieß ein kurzes „Danke fürs Fahren. Gut Nacht!“ aus und weg war sie.

„Nacht“, brummte Flori, ohne ihr nachzusehen.

Pippa hatte keine Lust mehr auf diesen Zirkus. Sie stieg aus und baute sich vor Flori auf. „Welche Laus ist euch beiden über die Leber gelaufen?“

Er verriegelte das Auto und schob sich an ihr vorbei. „Was du zu viel hast, hat sie zu wenig. Und andersrum genauso.“

„Hä? Was?“, fragte Pippa und versuchte, Schritt zu halten.

Flori wartete an der Haustür, um hinter Pippa abzusperren.

„Wovon bitte hab ich zu viel?“, hakte sie nach.

„Ach, vergiss es.“ Ungeduldig stand er im Türrahmen.

Pippa verschränkte die Arme. „Ich muss die ganze Nacht mit Iris ein Zimmer teilen! Wenn sie wegen dir mies drauf ist, will ich wenigstens wissen, was passiert ist!“

„Herrschaftszeiten, du hast ein eigenes Zimmer! Das kannst du nicht spontan stornieren. Dafür gelten Fristen.“

„Was interessiert mich irgendein Storno?“, fragte sie pikiert. „Und spar dir deine bayrischen Flüche. Das hier ist mein Urlaub und ich will gute Stimmung. Kannst du Iris bitte einfach sagen, dass du sie magst?“

Ihm verschlug es die Sprache. „Hast du sie noch alle?“, platzte er endlich heraus.

Nun war es an Pippa, sich überrumpelt zu fühlen. „Wie jetzt, magst du sie etwa nicht? Warum gibst du ihr dann am laufenden Band Zeichen?“

Er rang die Hände und rief aus: „Danke!“

Pippa hob die Brauen. „Ossi, du benimmst dich heute sehr seltsam.“

„Pippa?“

„Ja?"
„Trinken wir ein Bier?"
Sie starrte ihn an. „Was, jetzt? Wir beide?"
„Meinetwegen auch ein Radler oder Limo, ist mir egal. Komm mit in die Küche."
Sie war viel zu verdutzt, um Nein zu sagen und trat ein. Er sperrte die Haustür zu und sie folgte ihm durch den dusteren Flur in eine überraschend heimelige Wohnküche.
„Ich nehme Tee", entschied Pippa.
Wortlos kochte er Wasser, stellte Tassen auf den Tisch und goss eine Kanne Pfefferminztee auf.
Pippa fand die Situation surreal.
Dann saßen sie sich gegenüber. Flori verschränkte die Arme und lehnte sich zurück.
Sie lachte unsicher. „Du hast den Wein nicht vertragen."
„Ich bin in der Probezeit und halte mich an die Null-Promille-Regel. Mit Wein intus wäre ich nicht gefahren."
„Ergibt Sinn."
Er sah ihr in die Augen. „Könntest du aufhören, Iris das Gefühl zu vermitteln, unsichtbar zu sein?"
Ihre Kinnlade kippte herunter. „Hat sie sich bei dir beschwert, oder was?" Sie brauchte einen Moment, um den Vorwurf zu verdauen. „So hätte ich sie nicht eingeschätzt! Rennt sie echt zu dir, statt mir ins Gesicht zu sagen ... Aber was hab ich denn bitte gemacht? Und was ist das Problem zwischen euch beiden, wenn ..."
Er hob bremsend die Hand. „Schlussendlich ist jeder selbst dafür verantwortlich, ob er sich unsichtbar fühlen will oder nicht."
Pippa kniff die Augen zusammen. „Sehr richtig!"
Er gestikulierte unbeholfen und wollte damit wohl allumfassend ihr Gesamtbild umreißen. „Du bist aber nun mal eine Erscheinung und Iris scheint das Gefühl zu haben, neben dir unterzugehen."
Das musste sie erst mal sacken lassen. Von Flori war sie Anerkennung für ihr Äußeres nicht gewohnt. Sie räusperte sich und schlug die Beine übereinander. „Erzähl mir, was da draußen passiert

ist, nachdem Iris sich kurz dieser Geschmacksverirrung hingegeben hat."

Flori horchte auf. „Toni ist nicht dein Typ?"

„Sobald er den Mund aufgemacht hat, konnte ihn auch sein blendendes Aussehen nicht retten", entgegnete Pippa.

Lachend spähte Flori in die Teekanne.

Pippa wartete, während Flori seelenruhig einschenkte. Sie wiederholte nicht gerne eine Frage. Deshalb sagte sie nur: „Also?"

Er wischte unsichtbare Krümel vom Tisch. Dann endlich räusperte er sich. „Hör zu, ich erzähl dir das nur, weil ich will, dass Iris sich schnell wieder fängt und du ihr dabei vermutlich besser helfen kannst als ich. Aber versprich mir, dass du nichts, was du erfährst, gegen sie verwenden wirst."

„Hallo, für wen hältst du mich?", erwiderte Pippa ehrlich empört.

„Ich weiß noch nicht genau", sagte Flori. „Du sendest widersprüchliche Signale."

Ihre Brauen schnellten in die Höhe. Dieser Kerl war eine harte Nuss. Er hatte das Potential, zu ihrem allerersten männlichen Kumpel zu werden.

„Also?", fragte dieses Mal Flori.

„Ich verwende überhaupt nichts gegen sie und es liegt in meinem Interesse, dass sie rasch wieder normal wird – sofern sie das je war."

Jetzt hob Flori die Brauen.

Pippa legte den Kopf schräg. „Komm schon, wer kann nach ein paar Tagen einen Stall voller Kuhnamen in der richtigen Reihenfolge aufsagen und merkt sich jeden einzelnen Handgriff hier auf dem Hof quasi aufs erste Mal? Weiß ich von deiner Schwester. Als würde Iris mitschreiben und es auswendig lernen, während ich schlafe."

„Ich sag ja, wovon du zu wenig hast, hat sie sehr viel und andersherum." Er nahm einen Schluck, dann sagte er: „Wovon Iris wenig hat, ist Selbstvertrauen. Das dürfte dir schon aufgefallen sein, oder?"

Pippa fühlte sich plötzlich sehr, sehr alt. „Ey, wir sitzen hier wie ein seit 20 Jahren verheiratetes Ehepaar, das sich um die verklemmte Tochter sorgt."

Er musste vor Lachen seine Tasse abstellen. „Willst du lieber eine Cola?“, fragte er prustend.

„Wäre ein Schritt in die richtige Richtung, jedoch schadet Zucker meiner Haut.“ Sie grinste. „Stimmt, Iris könnte sich mal locker machen. Aber lenk nicht ab! Ich sitz hier nicht mitten in der Nacht rum, nur um nicht zu erfahren, was draußen vor dem Zelt los war.“

Er nahm noch einen Schluck. „Sie wollte zurück zum Hof laufen.“

„Wie, laufen?“

„Querfeldein.“

„Das ist kalt und schmutzig, das ist ... Iris völlig egal.“

„Richtig. Sie wollte einfach nur weg und allein sein.“

Pippa nahm die Teetasse, um sich die Finger daran zu wärmen. „Und dieser Toni?“

„Hat entweder nicht mitten auf den Feldern nach ihr gesucht oder er wollte ihr nicht so weit hinterherlaufen. Ich weiß es nicht.“

Sie erschauerte. „Mitten in der Nacht auf irgendwelchen Feldern unterwegs! Mir wär das viel zu gruselig!“

„Das war's für Iris wohl auch, als sie gemerkt hat, dass sie verfolgt wird.“

Keuchend schlug Pippa die Hand vor den Mund.

„Von mir, Herrgott!“, sagte Flori. „Ich hab von Weitem die Silhouette gesehen und mir gedacht, welche einzelne Gestalt würde denn sonst in Richtung unseres Hofes unterwegs sein.“

Sie ließ die Hand sinken.

„Ich bin ihr hinterher. Musste ganz schön rennen, um sie einzuholen. Sie wurde immer schneller. Ich hab nach ihr gerufen und als sie meine Stimme erkannt hat, ist sie endlich stehen geblieben.“

„Deshalb seid ihr so verschwitzt ins Zelt zurückgekommen!“, begriff Pippa.

Flori rümpfte die Nase. „Woran hast du denn gedacht?“

„Jedenfalls nicht an eine Hetzjagd querfeldein.“

Er schnaubte und wippte mit dem Fuß.

„Und dann?“, fragte Pippa.

„Das ist alles“, behauptete er, ohne sie anzusehen.

„Ja klar“, höhnte Pippa. „Du hast sie zurückgebracht und ihr lebtet friedlich bis an euer Lebensende!“ Sie beugte sich vor. „Offensichtlich nicht! Warum herrscht zwischen euch Funkstille?“

„Bin ich hier in einem Verhör?“, wehrte sich Flori und versteckte sich schon wieder hinter der Tasse.

Pippa fand sein Verhalten zum Mäusemelken und gleichzeitig hochinteressant. Der ausgeglichene Flori war heute aus dem Takt. Was hatte Iris da draußen mit ihm angestellt?

Ihre Stimme wurde sanfter. „Was genau wünschst du dir denn eigentlich von mir?“, fragte sie.

Flori sah sie über den Tassenrand hinweg an. „Hilf ihr, sich selbst zu helfen.“

Pippa schürzte die Lippen. „Schlaue Antwort. Womöglich schwierig in der Umsetzung, aber nicht dumm.“ Sie nahm ihn ins Visier. „Und weißt du, wer ebenfalls nicht dumm ist? Ich! Und deshalb sagst du mir jetzt, warum ihr nicht miteinander sprecht!“

Ihm war anzusehen, dass er protestieren wollte, doch schließlich ließ er ergeben die Schultern fallen.

Pippa nippte an ihrem Tee und war ganz Ohr.

„Sie denkt, ich kann nur auf *dich* stehen.“

Pippa verschluckte sich und brach in Gelächter aus.

Flori sah immer unzufriedener aus. „So lustig ist das auch wieder nicht. Oder bin ich unter deiner Würde?“

Sie wischte sich die Lachtränen aus den Augen und japste: „Wenn jemand nicht auf mich steht, dann ja wohl du. Das habe ich schon am allerersten Tag auf der Kutsche bemerkt.“

„Echt jetzt?“

„Definitiv.“

„War ich unhöflich zu dir?“

Die plötzliche Besorgnis in seiner Stimme amüsierte und rührte sie. Sie legte ihm die Hand auf die Schulter. „Siehst du, was ich da mache?“, fragte sie und staunte über sich selbst. „Ich berühr dich wie einen Kumpel! Tatsache!“ Sie schüttelte den Kopf und nahm die Hand wieder weg. „Du warst nicht unhöflich. Sogar sehr anständig! Das bist du immer. Na ja, außer heute. Heute bist du komisch.“

Er öffnete den Mund, hielt jedoch angesichts ihres breiten Grinsens inne.

„Iris macht mich fertig!“, erklärte er endlich.

Sie nickte vielsagend. „Wenn das kein wunderbarer Anfang ist.“

# 21 IRIS

Nach den turbulenten Ereignissen des Vorabends schlief Iris schlecht.

*So schnell ihre Füße sie trugen, rannte sie durch die Nacht. Obwohl ihre Lungen vor Anstrengung bereits heftig pumpten, kam sie dem Ziel nicht näher. Wie auf einem Lauftrainer verpuffte ihr Tempo im Niemandsland. Ihr Verfolger hatte das Problem nicht. Unaufhaltsam schwoll das Trommeln seiner Schritte an. Sie wagte nicht, sich umzudrehen. Wenn sie ihn ignorierte, würde er hoffentlich verschwinden.*

*„Bleib stehen!"*

*Ihr Herz hämmerte gegen die Brust. Was machte Floris Stimme hier draußen? Sie hielt an.*

*Er schloss zu ihr auf. Sein Gesicht wirkte fahl im Mondlicht, sein kupferfarbenes Haar fast schwarz. „Warum läufst du vor mir weg?", keuchte er.*

*Verzweiflung machte sich in ihr breit. „Nicht vor dir. Alles verstehst du falsch!" Sie schüttelte heftig den Kopf.*

Von ihrem Kopfschlagen wurde sie wach. Orientierungslos schlug sie die Augen auf und machte die Umrisse der Einrichtung aus. Neben sich hörte sie Pippas gleichmäßigen Atem. Sie ließ sich einlullen von dem friedvollen Geräusch und dämmerte erneut weg.

*Sie befanden sich im freien Fall. Vor einer unendlichen Sternenkulisse stürzten sie in die Tiefe. Einander zugewandt und doch unerreichbar voneinander entfernt.*

*„Ich will zurück auf den Hof!", beteuerte Iris. Sie ruderte mit Armen und Beinen wie eine Schwimmerin in der Vertikalen.*

*Auch Flori strampelte sich ab, ohne damit das Geringste auszurichten. „Das geht so nicht! Und was sollte die Aktion im Zelt?"*

*„Du musst endlich begreifen, dass ich nicht auf Mädchen stehe!"*

*„Sondern auf Toni, den du wie lange kennst? Eine Stunde?", höhnte er.*

*„Als würde ich dich so viel länger kennen!", konterte sie trotzig.*

*Verständnislos runzelte er die Stirn. „Was hab denn ich damit zu tun?"*

*„Ach, vergiss es! Ich steh nicht auf Pippa. Punkt." Sie war so müde. „Auf Toni ebenso wenig."*

*„Und weshalb kannst du nicht normal mit mir umgehen, wenn sie in der Nähe ist?"*

*Ihre Kehle verschloss sich. Es kam nichts mehr raus oder rein. Sie würde ersticken.*

Röchelnd fuhr sie hoch. Welche Streiche mussten ihr ihre überreizten Nerven noch spielen? Sie massierte ihren Hals und traute sich nicht, ein weiteres Mal einzuschlafen. Flori hatte in der Nacht eine vermeintlich einfache Frage gestellt und ihr waren ein Dutzend ehrliche Antworten auf der Zunge gelegen. Über die Lippen gekommen war ihr keine davon.

Es gab einen einzigen Jungen, dem sie ihre Gefühle offenbart hatte, und sie kam nicht damit klar, dass es je einen zweiten geben sollte.

Anfangs war ihre gemeinsame Sprache mit Alexej ihrer beider Schulenglisch gewesen und sie waren dabei geblieben, selbst als Iris längst Russisch lernte. Englisch begegnete ihr außerhalb des Unterrichts vor allem in Büchern, Musik und Hollywoodfilmen. Deutsch hingegen war Alltag. Und im Alltag erklärte sie keinem Jungen ihre Gefühle. So war damals die Sprachbarriere zum Gegenteil geworden: zum Türöffner. Ein *I love you* fühlte sich unverfänglicher an, als ein *Ich liebe dich.*

Ein zufriedener Seufzer riss sie aus ihren Erinnerungen. Durch Schlafmaske und Ohropax abgeschottet schien die Zimmergenossin von Iris' Unruhe nichts mitzubekommen. Im sanften Licht der Dämmerung zeichnete sich ein Lächeln auf Pippas Lippen ab. Ob sie von diesem Marcel träumte?

Iris schnaubte ärgerlich. Es war so ungerecht! Wenn überhaupt jemand auf diesem Hof Gefühle in ihr wachrief, dann Flori und nicht Pippa! Dass er das nicht von alleine begriff!

Sie rekapitulierte den Schlagabtausch, den sie und Flori sich auf dem Feld geliefert hatten. Vergeblich suchte sie den Punkt, an dem sie falsch abgebogen war. Sie fand nicht heraus, was er ihr dermaßen übelnahm, dass er am Ende so reagiert hatte.

„Welches Verhalten erwartest du denn bitte, wenn ich mit Pippa und dir zusammen bin?“, hatte sie sich aufgeregt. „Neben ihr bin ich doch sowieso unsichtbar!“

„Das ist Schwachsinn!“

„Ich bin kleiner, dicker, weniger taff und nicht so schlagfertig! Jeder steht auf sie – außer Toni!“

„Ich stehe auch nicht auf sie!“, hatte Flori behauptet.

Sie hatte ihn ausgelacht. „Natürlich nicht! Das schönste Mädchen der Welt wohnt bei dir, flirtet mit dir ... Es ist völlig normal, dass du auf sie stehst.“

Er hatte einen auf unschuldig gemacht. „Hä? Was hab ich denn bitte getan? Wie sie aussieht, sagt nichts über mich.“

Mit etwas Abstand musste sie seiner letzten Behauptung sogar recht geben. In der Nacht hingegen hatte sie Flori als Heuchler beschimpft. Beim Gedanken daran krümmte sie sich innerlich. Wie er sie im Mondlicht angesehen hatte, sein Gesicht vor Wut und Enttäuschung verzerrt!

Sie wusste nicht mehr im Detail, was sie sich alles an den Kopf geworfen hatten, und bestimmt war die fehlende Erinnerung eine Gnade. Irgendwie hatten sie auf dem Feld nur aneinander vorbeigeredet und Iris hatte sich komplett überfordert gefühlt.

Im Bett hielt sie es nicht mehr aus. Sie schälte sich aus der zerwühlten Decke und trat ans Fenster. Das Farbspektakel der aufgehenden Sonne brachte sie sofort auf andere Gedanken. Der Feuerball schob sich über die Berge, färbte den Horizont orange und tauchte den Hof in goldenes Licht.

Leise kippte sie das Fenster und atmete tief die frische Luft ein. Vielleicht hatte nichts, was auf und nach dem Dorffest passiert war, eine Bedeutung. Schließlich war sie hier, um über einen Jungen hinwegzukommen und nicht, um einen neuen kennenzulernen. *Und trotzdem ...*

Direkt unter ihr wurde die Haustür aufgerissen. *Um die Zeit?* Iris stutzte. Sie sah hinab und erstarrte. Mit Gepäck beladen stürmte Flori aus dem Haus! Fieberhaft versuchte sie, sich den exakten Verlauf ihres Wortgefechts ins Gedächtnis zu rufen. Womit hatte sie ihn so verärgert, dass er sich sang- und klanglos in der Morgendämmerung aus dem Staub machen wollte?

Sie drückte die Hand an die Scheibe und kämpfte gegen das aufsteigende Schwindelgefühl. „Warte!", kam es erstickt aus ihrem Mund. Genau in dem Moment wurde die Tür erneut aufgerissen. Iris zuckte zurück.

„Versuch nicht, mich aufzuhalten, Mama!", erklang Floris Stimme. „Du weißt, dass es richtig ist, wenn ich jetzt gehe!"

Iris' Herz schlug bis zum Hals. Er war aus dem Haus gestürmt ohne einen Blick zurück. Offenbar ohne den geringsten Gedanken daran, sich zu verabschieden.

„Es ist zu gefährlich!", rief Eva. „Das kannst du nicht ausblenden!"

„Und du willst nicht wahrhaben, dass die Milchwirtschaft kaum Geld einbringt!" Flori sprach so gepresst, dass Iris wieder an das gekippte Fenster treten musste. Mit verwuschelten Haaren und in Arbeitskleidung, wie sie ihn am besten kannte, stand Flori mitten auf dem Hof. Sein Gepäck neben sich auf dem Boden. Der Gesichtsausdruck voll grimmiger Entschlossenheit.

Im Morgenmantel trat Eva ihrem Sohn gegenüber. „Wir haben zusätzlich zwei Ferienzimmer und ich verkaufe Eingewecktes im Selbstbedienungsregal! Wir kommen schon klar."

Iris verstand auf die Entfernung nicht jedes Wort, doch anhand der Bruchstücke konnte sie sich den Sinn zusammenreimen.

Flori rang die Hände. „Wirf einen Blick in die Buchführung, und du wirst verstehen, dass ich gehen muss! Das ist momentan die einzige Möglichkeit."

Iris schlug sich die Hand vor den Mund. Was auch immer der wahre Grund für den Aufbruch war, sie musste Flori aufhalten und sich wenigstens mit ihm versöhnen, bevor er fortging.

Ein kurzer Blick auf Pippa, die im Schlaf zufrieden seufzte, dann rannte Iris aus dem Zimmer. Auf der Treppe prallte sie gegen Kathi, stolperte und landete auf dem Hosenboden.

„Woah!", rief Kathi und schnappte in der Luft nach einem Mini Milk, das ihr beim Aufprall offenbar aus der Hand geflutscht war. „Schnarcht Pippa so laut oder vor wem flüchtest du?"

Iris rappelte sich hoch und rieb sich die Augen. „Was machst du hier um die Uhrzeit?" Das Mädchen trug zwar einen Schlafanzug, doch es wirkte zu munter, um eben erst aus dem Bett gefallen zu sein. Eine Welle des Mitgefühls überrollte Iris: Die Kleine würde am Boden zerstört sein, wenn sie erfuhr, dass das Geld so knapp war und ihr Bruder sie verließ.

Kathi zuckte die Schultern und erklärte arglos: „Bei Vollmond schlaf ich schlecht. Da konnte ich genauso gut Brote schmieren und Getränke einpacken."

„Wovon redest du?"

Sie drehte den Mini Milk Stiel zwischen den Fingern und fügte unbekümmert hinzu: „Im Wald wird man schnell hungrig und durstig!"

„Ich verstehe kein Wort."

Kathi legte den Kopf schräg und musterte Iris. „Mach dir nichts draus. Meine Mama ist morgens auch schwer von Begriff. Willst du was von ihrem Wundermittel?"

Ratlos kratzte sich Iris an der Schläfe.

Kathi nickte wissend und stand auf. „Ich mach dir Kaffee. Komm mit in die Küche!"

„Ich brauche keinen."

„Sicher? Ältere Menschen kommen damit leichter in die Gänge." Beiläufig leckte sie ihr Eis. „Mein Bruder hat vorhin auch rasch einen getrunken."

Iris starrte sie an. „Du hast Flori getroffen? Heute Morgen?"

Kathi kniff die Augen zusammen. „Klar, ich hab ihm doch Brotzeit hergerichtet für den Wald."

Das wurde immer abstruser. „Was macht er dort?"

„Heute müssten Hackschnitzel dran sein. Bestimmt fällt er auch ein paar Bäume, die den anderen das Licht nehmen. Die kommen später ins Sägewerk und werden zu Brettern."

Iris atmete tief durch und versuchte, die Informationen zu ordnen. Vorsichtig hakte sie nach: „Aber eure Mutter hätte lieber, dass Flori das nicht macht?"

Maxi kam die Treppe hoch und Kathi kniete nieder, um ihn mit der freien Hand zu streicheln. „Hey, nicht an meinem Eis schlecken!", gluckste sie. An Iris gewandt erklärte sie: „Mama hält es für zu gefährlich, wenn mein Bruder allein draußen ist, weil ihn dann keiner findet, wenn ein Baum auf ihn drauf fällt."

Iris keuchte.

„Ja, dem Bruder des Onkels eines Großcousins oder so ist das passiert. Erzählt Mama immer wieder."

Iris versuchte zu folgen. „Warum begleitet sie Flori dann nicht?"

„Wann denn? Sie hat genug Aufgaben. Ich würde ja mitfahren! Aber drei Mal darfst du raten: Ich bin zu klein!" Sie rollte mit den Augen.

Ein dröhnendes Geräusch von draußen ließ Iris herumfahren. Der Motor des Traktors! Iris' Entscheidung fiel in Sekundenbruchteilen. Sie schob sich an dem Mädchen vorbei und eilte die Stufen hinunter. „Packst du mir bitte auch eine Brotzeit ein?", rief sie über die Schulter.

Sie riss die Tür auf und lief nach draußen.

Flori saß in der Fahrerkabine des massigen Deutz. „Warte!", schrie Iris. Sie stutzte. Warum fuhr der Traktor rückwärts? Jetzt hielt er an und Eva spitzte dahinter hervor. Sie zog den Morgenrock über ihrem Nachthemd zusammen und rief überrascht zu Iris herüber: „Ist etwas passiert?"

„Was machst du da?", fragte Iris gleichermaßen verwundert.

„Das kann ich ebenso gut dich fragen." Sie warf einen bedeutungsvollen Blick auf Iris' blanke Füße. Zwischen zwei Zehen quoll Hühnerdreck hervor.

Iris stöhnte gequält. „Igitt, mitten reingetreten und nicht mal bemerkt!"

Die Tür des Traktors schwang auf. „Iris?“ Flori sah sie mit großen Augen an. Und wenn er ihren Einfall komplett bescheuert finden würde?

Ungeschickt versuchte sie, den schmutzigen Fuß hinter dem anderen Bein zu verstecken. „Guten Morgen“, grüßte sie möglichst unbefangen. „Du gehst Holz hacken?“

Er räusperte sich. „Ja, meine Mutter hilft mir gerade den Häcksler und den Hänger anzukuppeln.“

„Was ist ein Häcksler?“

Mutter und Sohn wandten synchron die Köpfe. Iris folgte den Blicken und betrachtete ein ungefähr drei Meter hohes Gerät mit einem klaffenden Schlund und einem Schwanenhals.

Eva klopfte auf das Gehäuse. „In diese Öffnung werden die Äste geschoben. Wenn du hier hineinsiehst, erkennst du die Einzugswalzen. Im Inneren sind Messer, die das Holz zu Hackschnitzel zerkleinern.“

Iris nickte in beklommener Faszination. Flori wies nach oben. „Über den Auswurfkanal wird das Hackgut auf den Kipper befördert, den wir gleich anhängen.“ Er klang unsicher, als glaubte er nicht daran, dass sie das tatsächlich interessieren konnte.

Iris hatte tausend Fragen zu dem Gerät. Wurde Energie vom Traktor auf den Häcksler übertragen oder hatte er einen eigenen Antrieb? War im Inneren ein Gebläse zum Abtransport der Holzteile installiert? Würde sie sich als größter Nerd outen, wenn sie nachhakte?

Sie rang sich ein freundliches Lächeln ab. „Ich habe gehört, da draußen ist es sicherer in Begleitung. Also komme ich mit, okay?“

Mutter und Sohn starrten sie an. Nur das Traktordröhnen durchdrang die Stille. Iris beschlichen Zweifel. Fanden die beiden sie anmaßend oder einfach nicht nützlich?

Die Sekunden dehnten sich in die Länge. Dann endlich zuckte Floris Mundwinkel. „Etwas eigenwilliger Aufzug für die Waldarbeit.“

Zerstreut sah Iris an sich hinunter, schlang im nächsten Moment die Arme um ihr XXL T-Shirt mit Pferdprint und schämte sich für die gepunkteten Pyjamahosen. „Ich würde mich schnell umziehen, und dann können wir los. In Ordnung?"

Er schien sich bei Eva rückversichern zu wollen. Sie schaute skeptisch drein. „Ich habe Bedenken, einen Feriengast, noch dazu ein junges Mädchen, mit dem Häcksler loszuschicken."

„Ich bin ja nicht allein", wandte Iris ein. „Und Flori eben auch nicht!"

„Das stimmt allerdings und würde mich tatsächlich etwas beruhigen." Eva rang mit sich. „Nehmt beide eure Handys mit!" Sie sah Iris eindringlich in die Augen. „Du bedienst nicht die Motorsäge! Und du hältst dich von den Einzugswalzen fern. Wenn du deine Finger da reinbekommst, sind sie weg!"

Iris hustete vor Schreck. „Ich bin vorsichtig", versicherte sie.

„Na gut." Eva schätzte kurz Iris' Größe ab. „Ich such dir Schutzausrüstung raus."

Iris wollte ihr ins Haus folgen, doch Flori hielt sie zurück. „Sag mal, haben wir nicht gestern gestritten?", fragte er.

Da waren sie wieder: die tausend Stiche, die ihr die letzte Nacht versetzt hatte. „Das ist kein Grund, dich unter einem Baum sehen zu wollen!", erklärte sie leise.

# 22 PIPPA

Am Morgen erwachte Pippa, entfernte Schlafmaske sowie Ohropax und räkelte sich ausgiebig. Die leere Matratze neben ihr überraschte sie nicht, denn die Zimmergenossin schien wortwörtlich mit den Hühnern aufzustehen.

Pippa konnte es nicht mitansehen, wie zerwühlt Iris das Bett hinterlassen hatte - sogar noch unordentlicher als sonst. Sie strich beide Laken glatt, schüttelte Decken und Kissen aus und drapierte sie so, dass der Anblick eines Hotelzimmers würdig gewesen wäre. Dieses Mindestmaß an Ästhetik musste man sich wert sein, fand sie.

Sie absolvierte ihre täglichen Yogaübungen, bevor sie eine Badezimmer-Session einläutete. Zwar hätte sie nichts dagegen gehabt, eine Mädelsveranstaltung daraus zu machen, bei der man sich gegenseitig die Nägel feilte und dabei über Jungs quatschte, aber ob Iris je dafür zu haben sein würde, stand in den Sternen.

Pippa duschte lange, rasierte sich dabei besonders sorgfältig und pfiff Melodien aus dem Festzelt. Danach cremte sie sich mit duftender Bodylotion ein, die ihre Haut golden schimmern ließ, und föhnte ihre Haare, bis sie seidig den Rücken hinunterflossen. Sie checkte auf dem Handy, wie viel Zeit ihr für Maniküre und Pediküre blieb, und konnte nicht widerstehen, kurz Instagram zu öffnen. Vielleicht hätte sie Ashley beim Chat im Auto wenigstens noch eine gute Nacht wünschen sollen, statt einfach zu verschwinden. Um Ashleys Profilbild herum leuchte ein bunter Kreis. Das bedeutete, sie hatte mindestens eine neue Story hochgeladen. Trotz allem war Pippa neugierig und klickte darauf. Die Vorschau eines neuen Reels ließ sie nach Luft schnappen. Sie spielte das Video ab. Es setzte sich aus einer Mischung aus Fotos und Clips mit einer spärlich bekleideten Ashley zusammen. Der Hintergrund war immer der gleiche: ein Wasserfall mit Naturpool. Sie hatte eiskalt Pippas Idee geklaut!

Kochend vor Wut öffnete sie den Chat. Die Verräterin hatte den Nerv gehabt, ihr zu schreiben. ‚Schade, dass du gestern plötzlich weg warst. Wunderbar, dass auch du an einer *cascada* fotografiert werden wirst. Rino hat mir extra das Material von *Es Salt des Freu* geschickt. Das hätte ich sonst erst später gepostet.'

Fassungslos überflog Pippa die Nachricht ein zweites Mal. Danach googelte sie *Es Salt des Freu.* „Natürlicher Wasserfall auf Mallorca!", las sie laut und fluchte. Sie hätte sich ohrfeigen können. Weshalb hatte sie sich provozieren lassen und Ashley die Idee auf dem Silbertablett serviert? Ganz einfach: Weil sie keine Sekunde daran gedacht hatte, dass es auf Mallorca ein ähnliches Motiv gab wie in den Alpen. Sie saß in der Zwickmühle. Marcel würde sie heute am Berg fotografieren. Sie brauchte die Bilder dringend, um beim Wettbewerb im Rennen zu bleiben. Doch keinesfalls durfte ihr Content wie eine billige Kopie von Ashleys Reel dastehen.

Genervt stieß sie mit dem Fuß gegen das Kleiderbündel, das ihre Mitbewohnerin mal wieder auf dem Boden hatte liegen lassen. Sie stöhnte auf, als unter gepunkteten Hosen Iris' unvorteilhaftes Pferde-T-Shirt zum Vorschein kam. Wie konnten für solche Klamotten genügend Käufer existieren, dass sich die Produktion lohnte?

Weil viele Menschen Pferde mochten, ganz einfach.

Ein Gedanke schoss durch Pippas Kopf und nahm in rasender Geschwindigkeit Gestalt an. Sie würde Ashley nicht kopieren, sondern übertreffen! Und jetzt wusste sie auch, wie.

Beim späten Frühstück machte Kathi große Augen. „Du siehst heute besonders hübsch aus!"

Pippa lächelte geschmeichelt. „Dieses Mal habe ich mir besonders viel Mühe gegeben."

„Ich sehe gar keinen Unterschied zu sonst", meinte Eva arglos und servierte ein Tablett mit belegten Schnitten.

Kathi schnappte sich ein Käsebrot und behauptete: „Tja, ich habe eben ein Auge fürs Detail!"

„Da haben wir etwas gemeinsam." Pippa zwinkerte ihr zu. Sie würde Ashley mit ihren eigenen Waffen schlagen und dabei einzigartig bleiben. Doch gegenüber den Oswalds musste sie behutsam vorgehen, um ihren frisch geschmiedeten Plan nicht zu gefährden.

„Isst du nichts?", fragte Eva.

Pippa schüttelte den Kopf. Sie saß nicht am Frühstückstisch, um zu essen, sondern um die Umsetzung ihres Gedankenblitzes in die Wege zu leiten.

„Ich habe mir heute eine ausgiebige Körperpflege gegönnt", setzte sie an. Sie ignorierte Evas gerunzelte Stirn und beugte sich zu Kathi. „Würdest du deinem Pferd gerne auch eine schenken?"

Kathi hielt beim Kauen inne und nuschelte: „Wie meinsch du dasch?"

„Ich meine, dass eine Dusche für Pippin eine willkommene Erfrischung wäre. Wir shampoonieren ihn ordentlich ein", antwortete Pippa strahlend. „Warum sollten meine Haarpflegeprodukte nicht auch bei Tieren wirken?"

„Er wird im Sommer tatsächlich gerne abgespritzt", stimmte Kathi zu. „Aber warum mit Shampoo?"

„Für das volle Sommer-Wellness-Programm eben."

Sie erntete einen überraschten Blick von Eva. „Ich hätte nicht gedacht, dass du auf so etwas Lust hast. Aber ich freue mich, dass ihr beide nachher Pippin verwöhnt."

*Schritt 1: Check.* Pippa lächelte in sich hinein.

Wenig später stand Pippin auf dem Putzplatz und Pippa musterte ihn kritisch. „Haben Pferde normal nicht lockige Wallemähnen?", moserte sie.

Kathi kraulte demonstrativ die abgewetzten Stoppeln in der fransigen Mähne. „Manche schon, andere nicht. Pippin ist perfekt so, wie er ist."

„Selbstverständlich! Und ich bin ein großer Fan davon, natürliche Schönheit zu unterstützen.“ Verschwörerisch senkte Pippa die Stimme: „Hat es dir nicht Spaß gemacht, als ich dir die Fischgrätenzöpfe geflochten habe?“

„Doch.“

„Und ziehst du dir nicht manchmal gerne ein hübsches Kleid an?“

Kathis Augen leuchteten auf. „Natürlich! Und das Paar hohe Schuhe meiner Mama. Und sie besitzt sogar einen Lippenstift. Den hab ich schon ausprobiert. Aber verrat mich nicht!“

„Ehrenwort“, versprach Pippa. „Warum sollen nur Menschen sich aufbrezeln?“

„Okay, dann los!“, beschloss Kathi. „Aber es wird nichts werden, wenn du Sicherheitsabstand zu Pippin hältst. Macht euch mal miteinander bekannt!“

Wieder ein Punkt, den Pippa bei ihrem Geistesblitz nicht bedacht hatte: Sie musste mit dem Pferd klarkommen. Aber das konnte nicht so schwierig sein, hoffte sie. Bei allen anderen sah es so einfach und selbstverständlich aus.

Der Braune reckte ihr den Kopf entgegen. „Huch, dem wachsen Schnurrhaare!“

„Ja, die sind gegen die blinden Flecken, die ein Pferd am Maul und um die Augen hat, sagt mein Bruder. Das sind nämlich schlaue Haare zum Tasten und Fühlen!“

„Aha.“ Vorsichtig berührte Pippa die Haut an den Nasenlöchern mit dem Finger. „Ganz samtig!“, staunte sie.

„Ja, die Stelle zwischen den Nüstern ist voll weich“, stimmte Kathi zu.

Pippa besann sich auf ihren Plan. „Also Pferdchen, äh, Pippin, wir werden dich so richtig herausputzen!“

Kathi betrachtete Pippas schneeweißes Top. „Ist dir bewusst, dass zwar er danach sauberer ist, aber du dafür dreckiger?“

„Oh.“ Pippa lächelte gequält. „Ja, klar habe ich daran gedacht.“ *Nicht.*

Sie hielt den Schlauch weitestmöglich von sich weg und versuchte zusätzlich, mit den Füßen den Abstand zu Pippin zu vergrößern, damit die Shorts keinen Spritzer abbekamen. Kathi, die eben den Putzkoffer geholt hatte, kringelte sich vor Lachen. Sogar Eva, die ihr Selbstbedienungsregal auffüllte, hielt inne und konnte sich ein Schmunzeln nicht verkneifen. „Ich kann deine Verrenkungen nicht mit ansehen. Warte, du kannst mein Ölzeug ausleihen."

Kurz darauf kam sie mit einem knalligen Overall zurück. Pippa drehte das Wasser aus und nahm das wasserdichte Kleidungsstück entgegen. „Sowas habt ihr im Voralpenland? Ich dachte, das gibt's nur an der Küste."

Eva entgegnete: „Wir reinigen regelmäßig die Wände im Kuhstall mit dem Hochdruckreiniger oder spritzen unsere Maschinen vor dem Einwintern ab. Da ist so Ölzeug praktisch, um nicht pitschnass zu werden."

„Schlau", fand Pippa.

Wenig später ging Eva wieder ihrer Arbeit nach und Pippa shampoonierte im quietscheentchengelben Overall den Kabardiner ein.

Kathi kicherte. „Und dich hab ich mal für Barbie gehalten."

Pippa warf eine Schaumflocke nach Kathi. „Hallo, ich bin viel cooler als Barbie!"

„Stimmt. Ihr seid sowieso die allerbesten Feriengäste!", fand Kathi. „Du wäschst mit mir Pippin und Iris hilft meinem Bruder bei der Waldarbeit."

„Die beiden sind zusammen im Wald?", staunte Pippa.

„Ja! Iris hat eine alte Schnittschutzhose von Flori bekommen und Stahlkappenschuhe. Wahrscheinlich bringt er ihr gerade bei, wie man mit einer Motorsäge umgeht."

„Okaaay", entgegnete Pippa gedehnt. „Jedem das Seine."

„Hihi, Pippin ähnelt einem Schaf." Kathi lachte. „Oder findest du nicht, dass der ganze Schaum wie Wolle wirkt?"

Auch Pippa musste lachen. „Stimmt, dein Pferd sieht wirklich lustig aus. Willst du ein paar Fotos mit ihm?"

„Oh ja!", jubelte Kathi und Pippa holte ihr Handy, das sie beiseitegelegt hatte.

Während die Kleine mit ihrem Schafpferd schmuste, drückte Pippa mehrmals ab. „Und jetzt mit Deko!" Sie klaute eine Fingerspitze Schaum aus Pippins Mähne und tupfte etwas davon auf Kathis Nase. Die Kleine quiekte vergnügt, bewaffnete sich mit einer Handvoll Schaum und zögerte kurz.

„Du wagst es nicht!", rief Pippa, doch sie lachte dabei.

Pippin stupste Kathi von hinten an. Sie geriet aus dem Gleichgewicht und feuerte unabsichtlich auf Pippas Ölzeug.

„Na warte!", drohte Pippa zum Spaß. Sie legte ihr Handy weg und griff mit beiden Händen in die Mähne.

Kathi lief kreischend weg.

Lachend streifte Pippa den Schaum ab. „Ich bin unbewaffnet, du kannst zurückkommen."

Als der Wallach vom Shampoo befreit war, drückten sie Mähne und Schweif aus und zogen sein Fell mit dem Schweißmesser ab.

Kathi sah zum Himmel hoch und meinte: „Mit seinem dünnen Sommerfell und der Sonne wird er schnell trocken sein. Wie war eigentlich das Weinfest gestern? Zu schade, dass ich nicht mitdurfte. Mein Bruder erzählt immer, dass da Musik spielt und man tanzen kann."

Pippa dachte unwillkürlich an Marcel und ein Lächeln legte sich auf ihr Gesicht.

Kathis Neugierde war geweckt. „Hast du getanzt?"

„Oh ja", verriet Pippa.

„Mit wem?"

Sie gab sich geheimnisvoll. „Mit jemandem, der zuvorkommend und attraktiv ist."

Die Kleine verzog das Gesicht, als röche sie ranzigen Fisch und fragte: „Habt ihr euch geküsst?"

„Du bist ganz schön neugierig."

„Ist ja nichts los hier! Unterhalte mich!"

Pippa prustete los. „Alles klar, das war eine Ansage. Nein, wir haben uns nicht geküsst. Nicht so richtig. Das macht man nicht beim ersten Mal." Außer man hieß Iris und verlor in einem Festzelt kurz die Nerven. Den Zwischenfall behielt sie lieber für sich.

Kathi drehte den Kopf weg. „Ich werd das überhaupt nie machen, weil es nämlich voll ekelig ist. Wirst du ihn wiedersehen?"

Lügen wollte Pippa nicht, aber sie konnte damit leben, einen Teil der Wahrheit zu verschweigen. „Er will mich heute Abend zu einem Geburtstag mitnehmen", sagte sie.

„Mit Girlanden und Luftballons und Kuchen?" Sofort biss Kathi sich auf die Zunge und stellte sich lässiger hin. Sie räusperte sich und fragte mit tieferer Stimme: „Ich meine, was ziehst du an?"

Pippa grinste. „Schön, dass du fragst. Willst du mein Kleid sehen, während Pippin trocknet?"

„Oh ja!" Kathi strahlte.

Sobald Kathi das Ferienzimmer von Pippa und Iris betreten hatte, blieb ihr Blick an dem Kleid kleben, das Pippa schon außen an den Schrank gehängt hatte. „Sieht das toll aus!", entfuhr es ihr und sie befühlte begeistert den gepunkteten Stoff. „Wie von Minnie Maus!"

Pippas Miene gefror für einen Moment. Dann erklärte sie: „Das ist ein Rockabilly-Kleid. Eine Stilrichtung mit Punkten, Schleifen, betonter Taille …" Sie unterbrach sich, als sie an Kathis Gesichtsausdruck ablas, dass das Mädchen nur die Hälfte verstand. „Jedenfalls ist das heute Abend eine Mottoparty und ich hatte genau dieses eine Kleid in meinen Koffern, das wie die Faust aufs Auge passt."

„Was du alles mit auf einen Bauernhof nimmst", wunderte sich Kathi und Pippa konnte nicht erkennen, ob es positiv oder negativ gemeint war.

„Man weiß nie, was der Tag bringt, beziehungsweise die Ferien", sagte Pippa.

„Warum machst du dich immer so zurecht?"

„Kennst du Coco Chanel?"

Kathi schüttelte den Kopf.

„Das war eine Frau, die großartige Mode erschaffen hat", erklärte Pippa. „Sie soll gesagt haben: ‚*Ich verstehe nicht, wie eine Frau das Haus verlassen kann, ohne sich hübsch gemacht zu haben. Sie könnte gerade an diesem Tag ihrem Schicksal begegnen.*'"

„Und hast du es schon getroffen?"

Pippa legte den Kopf schief. „Wer weiß."

Als sie später nach Pippin sahen, glänzte sein Fell seiden in der Mittagssonne. Pippa zupfte an der spärlichen Mähne. „Gibt's für Pferde keine Extensions?", murmelte sie.

Kathi verlas Pippins Schweif. Dabei separierte sie mit den Händen Strähne für Strähne, bis er etwas buschiger wirkte.

„Ikstänschns?", wiederholte Kathi und ihre Augen leuchteten auf. „Falls das ein anderes Wort für Glitzersteine ist: Ich hab welche! Die liegen seit Jahren unbenutzt herum. Warte!"

„Ich meinte Strähnen zum Einklipsen, um Haare zu verlängern oder zu verdichten", rief Pippa ihr hinterher.

Doch Kathi hörte in ihrem Eifer nicht mehr zu, sondern durchwühlte ein Regal in der Sattelkammer. Es schepperte und rumpelte, bis Kathi mit einer kleinen Tüte zurückkam. Strahlend hielt sie sie hoch und sagte: „So, Pippin, du wirst strahlen wie ein König!" An Pippa gewandt fügte sie hinzu: „Was meinst du, wie Flori geschaut hat, als ich ihm das von den Pippin-Herrschern erzählt hab? Da hat er nichts mehr gesagt, er mit seinem griechischen Pferdegott! Du hast mir wirklich einen Gefallen getan, Pippa." Sie sah über den Zaun zum zweiten Kabardiner. „Sorry, Horst, nichts gegen dich!"

Lachend zwinkerte Pippa der Kleinen zu.

Zusammen flochten sie die Glitzersteine in die Mähne. Pippa wusste eine Art, selbst die Stummelsträhnen so einzuflechten, dass die Steine darauf hielten und das Ganze eine schicke Pferdefrisur ergab.

Als sie fertig waren, klatschte Kathi vor Freude in die Hände und jubelte: „So habe ich Pippin noch nie gesehen! Schade, dass er sich auf der Koppel gleich wälzen wird."

Pippa riss die Augen auf. „Ja, das wäre ein Jammer!" Sie besann sich auf den eigentlichen Zweck der Verschönerungsaktion. „Pippin darf ruhig ein bisschen gesehen werden, bevor er sich wieder dreckig macht."

„Du hast recht! Ich werde mit ihm ausreiten", beschloss Kathi.

Pippa biss sich auf die Lippen. Sie hatte nichts Böses vor. Sollte sie Kathi einweihen?

Nein, das ging zu weit. Denn was, wenn sie mitwollte? Fünftes Rad ließ grüßen.

„Dann wird er aber nur heute bewundert", gab sie zu bedenken. „Hör zu, wie wäre es, wenn ich ein bisschen mit ihm spazieren gehe und Fotos von ihm mache? Die hast du dann für die Ewigkeit." Noch gab es ein Zurück.

„Ich reite, und du fotografierst. Das ist eine tolle Idee!"

Pippa blickte in das strahlende Kindergesicht und sah den Stolz in Kathis Augen, wenn die Kleine ihr Pferd betrachtete. Gewissensbisse nagten an Pippa. Sollte sie ihren Plan wirklich in die Tat umsetzen? War nicht das hier das echte Leben und viel mehr wert als jeder Fame?

Andererseits ging es nur um ein paar spektakuläre Fotos, die letztlich einem sinnvollen Zweck dienen würden: dem vernichtenden Stoß gegen ihre Konkurrentin im Kampf um den Vertrag als Markenbotschafterin für das Label *Beachwear.* Und der wiederum war ihr erster Schritt, um auf eigenen Beinen zu stehen. Woher das Zaudern? Hatten etwa ihre Eltern auf sie abgefärbt mit all ihren Vorurteilen gegenüber Influencern?

Sie ärgerte sich über ihren kurzen Moment des Zweifelns. Ihr Bemühen um hochwertigen Content für eine höhere Reichweite diente nicht als Selbstzweck, sondern als Hilfsmittel, um finanziell unabhängig zu werden und ihr von den Eltern nicht mehr sagen lassen zu müssen, wie sie sein sollte. Sie riss sich zusammen und machte ein geheimnisvolles Gesicht. „Ich würde dich mit den Bildern gerne überraschen. Wie bei deinem Geburtstag – wenn du weißt, dass du Geschenke bekommst, aber nicht welche."

Kathi wirkte hin und her gerissen. „Kannst du überhaupt ein Pferd führen? Obendrein, wenn du gleichzeitig fotografieren willst?"

Pippa spielte die Entrüstete: „Ich bin quasi ein Fotoprofi. Und ich hab schon mal ein Pferd geführt. Du kannst mir aber gerne einen Crashkurs zur Auffrischung geben."

Eine Stunde später brach Pippa auf. Kathi stand noch lange winkend im Hof, Vertrauen und Vorfreude ausstrahlend.

Jetzt führte Pippa den Wallach zur Kreuzung, an der sie mit Marcel verabredet war.

Zu ihrer Überraschung und Freude trottete Pippin so brav neben ihr her, dass sie nebenbei mit einer Hand auf ihrem Handy durch Pferdefotos scrollen konnte.

Sie drehte den Kopf zu dem schmächtigen Tier und seufzte. „Solange ich dich führen muss, find ich's superpraktisch, dass du von der gemächlichen Sorte bist. Schade nur, dass ich oben am Berg nicht mit dem Finger schnipsen kann und du dich in einen feurigen Araber oder einen stattlichen Friesen verwandelst."

Ein Vollblut mit edlem Kopf und kunstvoller Zäumung oder ein Friese mit pechschwarzem Fell und üppiger Lockenmähne, hätten ihren Bildern den letzten Schliff gegeben. Sie rief den Account

Nixe_Ashley auf und ein Knurren entfuhr ihr. Sie hielt Pippin das Handy hin. „Schau wie sie sich in ihrem Glitzerbikini im Sand räkelt vor diesem blöden Sonnenuntergang!" Pippa scrollte durch den Feed. „Ha, die hat vielleicht die hammermäßigsten Naturhintergründe, aber Tiere hat sie kein einziges Mal auf ihren Bildern! Mein Vorteil!"

Pippin schnaubte gelangweilt.

„Das musst du nicht verstehen, Pferd", sagte Pippa. „Hauptsache du post nachher wie ein Weltmeister!"

Sie verstummte und lächelte unwillkürlich, sobald sie Marcel samt E-Mountainbike an der Kreuzung stehen sah. Er hatte angeboten, ihr eines zu leihen. Doch dafür hätte er sie erst mit dem Auto abholen und zu sich nach Hause bringen müssen. Von dort wären sie mit zwei E-Mountainbikes aufgebrochen. Kurzum: Dass sie mit Pippin zu Fuß gehen musste, vereinfachte die Logistik. Sie hatte Marcel vorab allerdings nur den neuen Treffpunkt geschrieben und dass er gleich mit dem Rad kommen könne. Das Pferde-Detail hatte sie sich als Überraschung aufgehoben.

„Was ist das?", fragte Marcel statt einer Begrüßung und warf einen Seitenblick auf das Tier.

Es wunderte Pippa, dass sie sich von dem abfälligen Tonfall verletzt fühlte. Intuitiv drückte sie sich näher an den Wallach. Irgendwie fand sie, dass ihr das Vorrecht zustand, Pippin ein bisschen zu belächeln. Sie tat das auf eine inzwischen liebevollere Art, wie ihr in diesem Augenblick bewusst wurde.

„Hallo Marcel", grüßte sie ihn überdeutlich. „Das ist mein Alleinstellungsmerkmal! Im Bikini in einem Bergbecken, das hat's schon gegeben. Aber mit einem Pferd?"

Er zog die Augenbrauen hoch. „Das ist bestenfalls ein Pony."

„Ich traue meinen jetzigen und künftigen Followern ein besseres Auge zu als dir!" Sie streichelte demonstrativ Pippins Hals.

„Lass uns nicht streiten wegen eines Pon ... Pferdes." Seine Stimme klang versöhnlich und er küsste die Luft neben Pippas Ohren. „Ich dachte übrigens, dass du ebenfalls mit einem E-Bike kommst. Wie machen wir es denn jetzt?"

„Du schnallst meine Sachen auf dein Rad und schiebst, ich gehe mit Pippin nebenher."

Er sah an seinem hellblauen Polohemd und der beigen Chino hinunter. „Ich fürchte, die Wanderung mit Pferd kommt unerwartet für mich."

„Und ich fürchte, deine Kleidung wäre auch bei einer E-Bike-Tour nicht ideal gewesen", sagte Pippa mit einem Augenzwinkern.

Er brummte etwas Unverständliches.

Pippa reichte ihm ihre Sachen und er verschnallte sie. „Zu Fuß werden wir ewig brauchen!", meinte er.

Sie klimperte mit den Wimpern. „Das heißt, du darfst mehr Zeit mit mir verbringen."

Unter seinem Blick fühlte sie sich plötzlich seltsam verletzbar in ihren flachen Schuhen und so ganz ohne Funkeln und Glitzern. Sie ärgerte sich über sich selbst. Seit wann musste sie sich bitte vor einem Jungen beweisen? „Los geht's!", verkündete sie entschlossen.

Marcel betrachtete alle paar Meter seine schneeweißen Sneakers.

„Ein perfekter Tag, oder?", plauderte Pippa. „Sonnig, Schäfchenwolken, eine erfrischende Brise." Im Gehen legte sie den Kopf in den Nacken, ließ sich die Sonne ins Gesicht scheinen und spürte den sanften Sommerwind auf ihren nackten Armen.

„Muss das Pferd wirklich mit?", fragte Marcel. „Die Kulisse oben am Berg und du als Model, das allein ist sensationell genug."

Pippa schenkte ihm ein Lächeln. „Vertrau mir, ich hab ein Auge für das gewisse Etwas!"

Er schaute skeptisch drein, bis sich sein Blick zwischen Pippas Haaren, ihrem engen Top und den langen Beinen verfing. Sie kamen an den Waldrand, mit dem zugleich der Anstieg begann.

„Kann das Pferd dich nicht tragen und ich steig aufs Rad?", fragte Marcel.

„Natürlich könnte ich mich auf Pippin setzen, aber wir sind dafür gar nicht ausgerüstet."

„Was ist denn das für ein Name? Klingt wie ..."

Auf ihrer Stirn bildete sich eine steile Falte.

„... wie Pippa!" Er hüstelte. „Wunderschön."

„In der Tat!", erklärte sie stolz. Sie verspürte keinerlei Bedürfnis, ihn über die glorreiche Vergangenheit des Namens in Kenntnis zu setzen oder darüber, dass ihr eigener Name Pferdeliebhaberin bedeutete. Etwas sagte ihr, dass er nichts davon verstehen würde, und das störte sie mehr, als sie sich in diesem Moment eingestand.

„Kann nicht jemand diesen Pippin mit dem Hänger hochbringen, wenn er schon mitmuss?", schlug Marcel vor.

Sie hörte ihm nicht mehr zu, denn ein jähes, völlig deplatziertes Scheppern und Dröhnen lenkte sie ab. „Woher kommt das?", fragte sie und versuchte, den Krach zu orten. Da entdeckte sie ein Stück den Berg hinauf zwei Traktoren, die ihr bekannt vorkamen.

„Oh nein, dass die ausgerechnet in diesem Wald arbeiten!", fluchte sie. Dann wandte sie sich an Marcel. „Dieser Lärm ist fürchterlich! Lass uns mit großem Abstand an den Waldarbeitern vorbeigehen. Was ist mit der Abzweigung dort?" Sie deutete schräg nach vorn.

„Führt genauso ans Ziel", sagte er einsilbig.

Pippa biss die Zähne zusammen. Hoffentlich hatte Iris mit Flori mehr Spaß. Unwillkürlich lachte sie auf. In welche Dates hatten sie sich alle beide für diesen Tag hineinmanövriert?

„Was ist?", fragte Marcel.

„Nichts! Ich freu mich auf das Shooting."

Endlich huschte ein Lächeln über sein attraktives Gesicht. „Ja, es wird großartig werden! Vielleicht hast du sogar recht und der Gau... das Pferd macht was her auf den Bildern."

Sie kamen an weiteren Waldarbeitern vorbei, und auch die schien Pippin schon hundertmal gehört oder gesehen zu haben. Er marschierte unbeeindruckt voran, während Pippa mit dem Schauen gar nicht mehr fertig wurde: kleine Bagger, mit Baumstämmen beladene Wägen, riesige Greifzangen auf vier Rädern.

Als es nichts mehr zu sehen gab, merkte sie nach und nach, dass sie das lange Bergauflaufen nicht gewohnt war. Prompt hatte sie Floris freundlich neckende Stimme im Ohr: *Flachlandtouristin.*

„Da rechts geht's rein!", verkündete Marcel nach einer gefühlten Ewigkeit. Er lehnte sein Rad an einen Baum und sicherte es mit einem massiven Schloss. Ganz von selbst schulterte er den Rucksack mit Pippas Sachen plus seine eigene Fotoausrüstung. Pippa lächelte. Der Gentleman vom Vorabend kam zum Vorschein.

Marcel ging voraus. Sie selbst hätte den versteckten, schmalen Pfad wohl gar nicht gefunden. Sie kletterten über Wurzeln, Steine und umgestürzte Bäume. Unter Pippas Sohlen knisterten Kiefernzapfen vom vergangenen Herbst. Der Pfad war zu schmal, um neben Pippin zu gehen. Stattdessen führte sie ihn von vorn und sah dabei immer wieder mit steigender Sorge zu ihm zurück. Mit zwei Füßen ging der Hindernisparcours ja noch, aber um wie viel schwieriger war es, auf vier Hufen sicheren Halt zu finden?

Der Kabardiner tastete sich mit den Vorderhufen eine steinerne Stufe hinunter, den Kopf ganz tief am Boden. Der komplette hintere Teil des Pferdes schien zu zittern.

Pippa hielt den Atem an. „Oh Pippin“, flüsterte sie. „Ich hätte die Strecke vorher allein abgehen sollen. Für dich ist das hier viel schwieriger als für mich.“

Eine gefühlte Ewigkeit später wagten Pippins Hinterbeine den Schritt über die Steine und das Pferd stand wieder mit allen Hufen auf einer Ebene. Pippa atmete erleichtert aus. „Braver Junge! Du machst das klasse!“

Sie drehte sich wieder nach vorn. Dort stand Marcel mit vor der Brust verschränkten Armen und tippendem Fuß.

„Ich hoffe wirklich, es wird sich lohnen, das Pferd mitgezerrt zu haben“, sagte er.

„Und ich hoffe, dass er sich nicht verletzt“, antwortete sie so leise, dass Marcel es nicht hören konnte.

Immer deutlicher hingegen wurde das lebhafte Rauschen des Wassers. „Gleich hast du’s geschafft“, redete Pippa dem Pferd gut zu.

Dann lichtete sich der Pfad und Pippa schnappte nach Luft. Das Gesamtbild war so grandios, dass sie die Details erst auf den zweiten Blick erfasste. Ein weißschäumender Wasserfall stürzte über moosige Felsen in eine türkisblaue Gumpe. Im ruhigeren Wasser spiegelten sich die Felswände und Nadelbäume. Um das Becken zog sich ein schmaler Uferstreifen, wo Bergblumen bunte Tupfen in mageres Gras setzten und ein entwurzelter, halb im Wasser liegender Baum friedlich verrottete.

„Pippin, warst du schon mal so hoch oben?“, fragte Pippa ehrfürchtig. „Hast du diesen Ort schon mal gesehen?“

Sie drückte Marcel den Führstrick in die Hände und trat an den Rand des Plateaus. Soweit das Auge reichte, klitzekleine Häuser, Waldstreifen, Straßen mit winzigen Autos. Sogar eine Bahnlinie entdeckte sie. Vielleicht war der spielzeugbahnkleine Zug dort der, mit dem sie in Rogenau angekommen war.

„Wahnsinn!“, rief sie aus. „Ist das ein toller Ort!“ Sie streckte die Arme in die Luft und wirbelte herum.

Marcel hatte seine Kamera hervorgezaubert und knipste.

Pippa zögerte und rief: „Halt Pippins Strick!“

Marcel schaute weiter durch den Sucher. „Das Pferd steht da ganz ruhig. Wo soll es denn hin?“

Stimmte auch wieder. Pippin tat lediglich ein paar Schritte, um den Kopf ins Wasser zu senken und zu trinken. „Schnell, fotografier!“, feuerte Pippa Marcel an.

„Ich hab schon ein paar Fotos von deinem Herumwirbeln“, wandte er ein. „Jetzt machen wir die Bilder in den Outfits, die du mitgebracht hast.“

„Gleich!“, rief Pippa. Sie zückte ihr Handy und fotografierte Pippin von allen Seiten. Kathi würde die Kulisse lieben und stolz auf den kleinen Kabardiner sein, der so tapfer hierher marschiert war. Kurz durchzuckte sie der Gedanke, ob sie nicht viel zu lange wegblieb. Andererseits hatte Kathi mit ihrer Freundin videochatten wollen. Bestimmt verquatschten sich die Mädels, sodass gar nicht auffiel, wie viele Stunden sie weg war. Und wenn doch, konnte Kathi sie auf dem Handy erreichen.

Sie fotografierte Pippin trinkend, grasend und in die Weite schauend. Danach streifte sie Top und Shorts ab, denn den ersten Bikini trug sie bereits darunter. Sie schlüpfte in die High Heels aus ihrem Rucksack und schüttelte die Haare aus. Ihr Blick fiel auf die kleine Schminkschatulle im Gepäck. Sie schüttelte den Kopf. Der Wasserfall verteilte solch einen Sprühregen, dass ihre Haut ohnehin besonders frisch aussehen würde, und überhaupt hatte sie keine Lust, sich neu zu schminken. Sie lehnte sich an Pippin.

Marcel ging in die Hocke. Er drückte mehrmals ab und versicherte: „Du siehst heiß aus!"

Sie konnte es nicht erwarten, das Bildmaterial der professionell wirkenden Kamera zu sehen. Pippa spielte mit der Pferdemähne und veränderte dabei immer wieder leicht Körperhaltung und Gesichtsausdruck. Dann schlang sie Pippin die Arme um den Hals und warf dabei einen geheimnisvollen Blick in die Kamera. Pippin knabberte an ihren Haaren und sie war so überrumpelt, dass sie kurz jedes Posen vergaß. „Du Quatschkopf! Ich arbeite hier." Sie lachte und drückte sanft seine Nase weg.

„Bleib in deiner Rolle!", rief Marcel. „Du bist das sexy Bikinimodel."

Unwillig verzog sie den Mund. Zum ersten Mal kam ihr der Gedanke, dass Marcel störte. „Warte, ich hab Accessoires dabei." Sie holte ihren Strandkaftan aus dem Rucksack und ließ ihn um ihren Körper flattern.

„Der Stoff verdeckt zu viel", bemängelte Marcel. „Lass ihn weg. Ja, besser! Ich sag dir, die Bilder werden durch die Decke gehen!"

Sie stellte ein Bein auf einen moosbewachsenen Stein, rutschte aber ab. „Das grüne Zeug ist richtig glitschig!", rief sie Marcel zu. Vorsichtig platzierte sie den Fuß stattdessen auf ein Stück totes Holz. Zwischen den Ästen fand ihr High Heel Halt. Sie lehnte sich zurück, beugte sich vor, schaute in die Kamera, nach links nach rechts.

„Von dort hab ich jetzt genügend Bilder!", rief Marcel. „Geh mal ins Wasser."

Pippa zögerte.

„In der Mitte schimmert es türkis wie in der Karibik", begeisterte sich Marcel.

Das war ihr Stichwort. Sie musste ihre Konkurrentin ausstechen, die am Meer verweilte! Wenn auch nicht am karibischen. Doch kaum hatte Pippa einen Finger ins Becken getaucht, zuckte sie erschrocken zurück. „Die Farbe ist aber auch das Einzige, was entfernt an die Karibik erinnert!"

Mit geschlossenen Augen beschwor sie sich: *Tolle Bilder, viele Follower, Markenbotschafterin für Beachware, das Sprungbrett für weitere Werbeverträge.*

Sie packte das Tuch weg und zog die High Heels aus. Danach führte sie den grasenden Pippin wieder näher ans Becken und tastete sich selbst bis fast zur Taille ins Wasser. Sie fröstelte und kuschelte sich an den Pferdehals. Pippins Fell und sein sanftmütiger Blick wärmten sie. Pferdewimpern waren wahnsinnig lang, stellte sie fest. „Von so nah bist du richtig hübsch. Und herrlich warm!"

Erwartungsvoll blickte sie zu Marcel, der nach der perfekten Perspektive für die Wasserfotos suchte. „Beeil dich! Lang halt ich's im Wasser nicht aus."

Marcel drückte ein paar Mal ab, dann hielt er inne. „Die Bilder sind zwar gut, aber richtig Hammer wären sie in der Mitte des Beckens."

Sie zögerte. Allein der Gedanke, noch tiefer hinein zu waten, verursachte ihr Gänsehaut. Nichtsdestotrotz schoss ihr durch den Kopf: *Tolle Bilder, mehr Chancen beim Wettbewerb.* „Du hast recht!", rief sie. Sie atmete tief durch und nahm all ihren Mut zusammen. Dann sank sie in das glitzernde Nass. Sie keuchte auf. Das Wasser umschlang sie mit ungnädiger Kälte. Pippas Zähne klapperten. Dennoch schwamm sie zur Beckenmitte. Plötzlich fühlte sie ein Ziehen an ihrem Körper. Gleichzeitig wurde sie geschoben. Etwas lief hier falsch! Sie scannte das Becken ab und begriff. Entsetzt starrte sie zu der Lücke in den Steinen, von wo das Wasser in die Tiefe stürzte. Jetzt fröstelte sie nicht mehr nur vor Kälte, sondern aus Todesangst. In Sekundenbruchteilen spielte ihr Gehirn ab, wie sie die Strömung in den Abgrund reißen würde. Panisch schlug Pippa mit den Armen und schrie.

Marcel rief nach ihr. „Was ist das Problem? Ein Krampf? Oder hat dich ein verirrter Fisch gebissen?"

Der Wasserfall rauschte zu laut. Sie musste sich verhört haben.

„Was redest du da? Hilf mir!", kreischte sie.

Endlich kam er näher. In Zeitlupe bewegte er sich über die Steine, die in Ufernähe aus dem Wasser ragten.

„So beeil dich doch!", japste sie verzweifelt. Was balancierte er da rum? Trockenen Fußes würde er ohnehin nicht zu ihr gelangen.
„Mann", schimpfte er. „Die sind echt glitschiiii ..." Da geschah es. Sein Bein flutschte in die Luft. Er ruderte mit einem Arm. Mit dem anderen bemühte er sich, die teure Spiegelreflexkamera vom Hals zu reißen. *Platsch!* Marcel schlug auf dem Wasser auf, Fontänen spritzen hoch. Die Kamera flog durch die Luft und klatschte gegen Pippins Schulter. Der Wallach zuckte zusammen und machte einen Satz schräg nach vorn. Doch dort gab es statt sicherem Boden nur felsigen, abfallenden Beckengrund. Pippins erschrockenes Wiehern zerschnitt die Luft.
Pippas Herz blieb stehen. Sie ruderte noch hektischer.
Die Vorderhufe des Kabardiners versanken im eiskalten Becken. Er strampelte, rutschte weiter ab, stand bis zur Brust im Wasser, verdrehte die Augen und kämpfte.
„Ich komme zu dir!", versprach sie. Ihre Lungen pumpten heftig. Sie musste es schaffen, hin zu Pippin und weg vom Überlauf!
Aus dem Augenwinkel nahm sie Marcels Gestikulieren wahr. Endlich hörte sie auch, was er rief. „Du kannst stehen! Stell dich hin!"

Verzögert sickerte die Bedeutung seiner Worte in ihren Verstand. Sie ließ die Beine sinken und spürte den rettenden Boden. Erleichterung strömte durch ihre Glieder. „Ich kann stehen!"

„Natürlich, verflucht nochmal!" Marcel kletterte aus dem Becken und suchte hektisch den Grasboden ab.

Pippa kämpfte sich zum Ufer. Mit jedem Schritt weg von der Strömung kam sie leichter voran. Vor allem am Rand war das Becken nicht tief. Weshalb kletterte Pippin nicht rückwärts heraus?

Marcel funkelte sie an. „Was bist du für eine hysterische Kuh? Das Pony ist nur wegen dir erschrocken."

„Hysterisch?", fragte sie ungläubig. „Ich hätte sterben können!" Sie betrat das Ufer.

„Schwachsinn! Du hast total überreagiert!" Er schlüpfte aus seinen Schuhen und knallte sie auf den Boden, dass das Wasser nur so aus ihnen herausspritzte.

Ärger stieg in ihr hoch. „Du brauchst nicht mehr zu schreien. Ich befinde mich direkt neben dir."

Seine Augen sprühten Funken. „Ach ja? Und hättest du deinerseits nicht geschrien, hätte ich nicht versucht, dir zu helfen, und wäre nicht ins Wasser gefallen!"

Das war ja wohl die Höhe! Pippa stemmte die Hände in die Hüften. „Oh, du armer, armer Junge! Ist deine Hose nass geworden?" Sie schnaubte verächtlich.

Hass blitzte in seinen Augen auf. „Meine Hose? Frag lieber nach der Kamera! Hast du eine Ahnung, wie viel die gekostet hat?" Sein Blick flog umher und erstarrte mit einem Mal. „Nein!", stieß er aus. Der Ruf klang so verzweifelt, dass Pippa unter anderen Umständen Mitleid empfunden hätte. Marcel stürzte zum Wasser, direkt auf den Kabardiner zu.

„Sei vorsichtig!", rief sie. Pippin mochte grundsätzlich ein gelassenes Tier sein. Doch sie konnte das Weiße in seinen Augen sehen, und ohne etwas von Pferden zu verstehen, spürte sie, dass das ein schlechtes Zeichen war. „Nicht so nah an seine Beine! Willst du einen Huf im Gesicht haben?"

Marcel fuhr zu Pippa herum. „Nein! Aber das verfluchte Vieh muss meine Kamera ins Wasser gerissen haben!"

Sie schlug sich die Hand vor den Mund. „Hat er sich etwa in dem Umhängeband verheddert und kann sich deshalb nicht aus dem Becken befreien?" Wie auf Kommando schnellte Pippins Brust ein Stück aus dem Wasser heraus, tauchte aber gleich wieder ein. Sein schmerzerfülltes Quietschen ging Pippa durch Mark und Bein. „Oh nein, du Armer!", wisperte sie beklommen.

„Quatsch, versuch nicht, meiner Kamera die Schuld zu geben! Lass vor allem das Gesäusel und hilf mir, sie wiederzubekommen! Die ist wahrscheinlich mehr wert als dein Möchtegern-Modelvertrag!", brauste Marcel auf.

„Geht's noch?", fuhr Pippa ihn an. „Das ist wohl kaum der Zeitpunkt, um …"

Er spähte ins Wasser und hielt ihr dabei die Hand vor den Mund. „Still jetzt! Und der Gaul soll aufhören mit diesem nervösen Gewiehere oder Gequieke, was auch immer!"

Sie riss seine Hand weg. „Du bist ein verdammtes Arschloch!"

„Und du ein theatralisches Püppchen mit Wendy-Fantasien! Wer bitte bringt ein Pony mit zu einem Foto-Shooting für Bikinis?"

Heiße Wut rauschte durch ihre Adern. Nur mit Mühe sprang sie dem Kerl nicht an die Gurgel.

Da machte Marcel einen Satz nach vorn und sein Arm tauchte ins Wasser. Pippin erschrak.

„Pass auf!", entfuhr es Pippa.

Der Wallach riss den Kopf hoch und schlug mit einem Hinterbein aus.

Ehe Pippa sich versah, zog Marcel den Fotoapparat aus dem Wasser und wich schleunigst vor dem scheuenden Pferd zurück.

„Spinnst du?", fuhr sie ihn an. „Das hätte voll ins Auge gehen können!"

Doch Marcel hörte ihr gar nicht zu. Fassungslos starrte er das zerbrochene Gehäuse an. Er strich mit einer traurigen Zärtlichkeit darüber, als hätte etwas Lebendiges sich verletzt.

„Ist trotz allem nur ein Gegenstand", erinnerte sie ihn.

Mit Grabesmiene knirschte er: „Ich hätte dich besser nie kennengelernt!"

Ihr lief es eiskalt den Rücken hinunter. Seine grünen Augen erinnerten sie an einen Vampir, der im Begriff war, zuzubeißen. *Ich schaue zu viele schlechte Filme,* schalt sie sich und atmete tief durch. „Es hilft jetzt nichts! Pippin gelangt offensichtlich nicht allein ans Ufer. Wir müssen etwas unternehmen."

Schnaubend drehte er sich weg und ließ sie stehen. Er hatte tatsächlich den Nerv, sich aus ihrem offenen Rucksack das obenauf liegende Handtuch zu schnappen und damit seinen vermaledeiten Fotoapparat trocken zu tupfen.

„Marcel!", schimpfte sie.

Ohne sie zu beachten, verrichtete er seine Arbeit. Danach zog er sein triefnasses T-Shirt über den Kopf und wrang es aus. Pippa schluckte. Nicht der Zeitpunkt, einen makellosen Sixpack zu bewundern. „Herrgott!“, fluchte sie. „Deine Klamotten kannst du später trocknen! Versuch du, Pippin zu beruhigen und ich …“

„Oh nein, meine Liebe. Ich lasse mich nicht herumkommandieren.“ Ungerührt legte er das T-Shirt beiseite und drückte Wasser aus seinen Chinos.

„Ich verlier langsam die Geduld! Wenn dir deine Markenklamotten wichtiger sind als ein Lebewesen in Not, dann hau doch ab! Ich will dich nicht mehr sehen!“

War das Spott in seinen Augen? Oder blitzte da etwas noch Gefährlicheres auf. „Ist das so?“

Pah. Sie würde sich von ein bisschen Vampirgehabe nicht einschüchtern lassen. „Und ob!“, erklärte sie.

„Und warum zittert deine Stimme?“

Pippa schlang die Arme um ihren Oberkörper und reckte das Kinn. „Weil mir kalt ist.“

Er lächelte abfällig und packte seine Sachen zusammen. „Was hab ich gestern nur in dir gesehen? Ich dachte, du hättest Potential. Schade!“

„Komm mir nicht so!“, schnappte sie. „Der Ort hier war deine Idee. Schon vergessen?“

Er strich sich die nassen Haare nach hinten, wobei eine widerspenstige Strähne zurück in die Stirn fiel.

*Nicht ablenken lassen,* ermahnte sich Pippa.

„Ich wollte dir bei dem Wettbewerb helfen. Aber der wird dir nichts nützen, selbst wenn du ihn gewinnst. Denn du bist unprofessionell. So wie du dich heute aufgeführt hast, wird dich niemand buchen!“

Das war zu viel. Hinter ihren Augen begann es verdächtig zu brennen. „Verschwinde!“

Er hängte sich die demolierte Kamera um den Hals und schulterte seinen Rucksack. „Das werde ich. Ich wünsche dir viel Erfolg. Vielleicht reicht’s für einfachere Modelaufträge.“

Sie blinzelte die aufsteigenden Tränen weg. So weit kam es noch, dass sie sich von einem ignoranten Tierhasser fertigmachen ließ. Und doch fühlte sie sich elend wie nie zuvor.

Marcel verschwand um eine Kurve des schmalen Bergpfads. Schniefend drehte sie sich zu Pippin um. „Jetzt sind wir allein, mein Junge. Waren wir im Grunde vorher auch schon, nicht?"

Etwas hatte sich verändert. Pippin versuchte nicht mehr, sich aufzubäumen und sein Kopf verharrte still. Pippas Herz zersprang. Ein Lebewesen, das aufgegeben hatte, war härter zu ertragen als eines, das sich wehrte. Nur an den bebenden Flanken erkannte sie, wie viel Energie durch das Pferd floss.

Pippa schloss die Augen und fasste einen Entschluss. War sie wahnsinnig oder im Begriff, das einzig Richtige zu tun? Wahrscheinlich beides.

---

Ihr Körper wehrte sich gegen das, was sie vorhatte, doch ihr Wille setzte sich durch. Sie presste die Lippen aufeinander und trat mit gebührendem Sicherheitsabstand zu Pippin ins Becken. Das Rauschen der Kaskade verschwand im Hintergrund, die Umgebung verblasste. Nur noch Pippin und sie existierten. Vorsichtig streckte sie beide Arme in Richtung des Wallachs aus. Da sie keinerlei Erfahrung darin hatte, ein Pferd zu beruhigen, sprach sie sich selbst Mut zu und hoffte, dass die Wirkung auf Pippin übersprang. „Mach dir keine Sorgen, alles wird gut, wir kommen hier wieder raus!"

Er warf den Kopf.

„Wenn du stillhältst, sehe ich nach, wo das Problem liegt."

Seine Ohren spielten in ihre Richtung und ihr war, als musterte er sie misstrauisch. „Ganz ruhig, alles wird gut!", wiederholte sie. Seine Muskeln zuckten unter dem dünnen Fell. Gemächliches

Geländepferd hin oder her: Wenn er wollte, konnte er sie platt machen und sie würde von einem Pferdekörper zerdrückt ertrinken.

Beschwichtigend streckte sie die Arme vor und trat einen Schritt auf den Wallach zu. „Schau, Pippin, man kann im Wasser gehen, es ist nicht tief", sagte sie und lachte freudlos bei der Erinnerung an ihren eigenen Auftritt.

„Einen Fuß vor den anderen", leitete sie ihn an. „Aber irgendwie geht das bei dir im Moment nicht, oder?"

Er ließ sie nahe genug heran, dass sie das Problem erkennen konnte. Sie schnappte nach Luft.

„Oh nein! Du bist eingeklemmt!" Wie hatten sie das nicht bemerken können? War sie zu aufgeregt gewesen und Marcel zu sehr auf die Kamera fixiert?

Pippins Bein steckte zwischen totem Geäst. Es gehörte zu dem Baumstamm, auf den Pippa vor einer gefühlten Ewigkeit während des Shootings ihren Fuß platziert hatte.

„Wie hast du denn das geschafft?" Er musste sich beim Abrutschen verkeilt haben.

Vergeblich versuchte sie, die Äste abzubrechen. Sie waren zu dick und unter Wasser bekam sie sie nicht richtig zu fassen. Immer wieder wurde ihre Sicht durch aufgewühlte Erde behindert. „Kann der Beckengrund nicht überall der gleiche blanke Fels sein? Nein, hier muss sich natürlich Dreck angesammelt haben!"

Sie fröstelte. Wie schnell kühlte ein nasses Pferd aus, dessen Vorderbeine und untere Hälfte der Brust in diesem Wasser standen?

Allein kam sie hier nicht weiter. Sie brauchte jemanden, der analytisch dachte. „Ich kenne eine Person, die Problemstellungen mühelos begreift und löst", fiel ihr ein. „Warte hier!" Sie schüttelte den Kopf über die ungewollt höhnische Bemerkung.

Sie trat ans Ufer und ging hinüber zu ihrem Rucksack. Ihr Handtuch, mit dem Marcel seine Kamera abgetrocknet hatte, lag akkurat gefaltet daneben. Dafür hatte sich der Typ Zeit genommen! Nachdem sie es ausgeschüttelt und umgebunden hatte, stellte sie fest, dass es zu feucht war, um zu wärmen. Frustriert kramte sie ihr Handy aus dem Seitenfach. Sie zögerte. Zwar hatte sie die Nummer eines erwiesenermaßen hochintelligenten Menschen gespeichert, doch ihr wurde übel bei dem Gedanken, sie zu wählen. „Für Pippin", murmelte sie und holte tief Luft. Sie rief den Kontakt auf und drückte den grünen Hörer.

Das würde dermaßen in die Hose gehen. Besser, sie legte gleich wieder auf.

Zu spät.

„Der Name meiner Tochter auf dem Display. Wie komme ich zu der Ehre?"

Pippa raufte sich die Haare. „Papa! Ich brauche Hilfe!"

Er lachte auf. „Seit deiner Abreise hört man nichts von dir und dann benötigst du Geld. Wann wirst du endlich erwachsen?"

Sie sog scharf die Luft ein. „Ein Pferd steckt in der Zwischenstation eines Wasserfalls fest. Wenn es noch länger eingeklemmt ist, sinkt seine Körpertemperatur und es verkühlt sich. Können Pferde eine Lungenentzündung bekommen?" Sie schluckte. Pippin durfte nichts passieren!

„Ich verstehe nur Bahnhof", unterbrach ihr Vater sie. „Was macht ein Pferd an so einem Ort und inwiefern bist du involviert?"

„Es war als Fotoshooting geplant und ist schief gegangen. Papa, ich …"

Er stöhnte. „Es ist hoffentlich nicht das, was ich denke! In einem Nationalpark sind mehrere sogenannte Influencer tödlich verunglückt, weil sie sich unbedingt in einem Naturpool am Berg ablichten lassen mussten!"

Sie schluchzte auf. „Ich wollte nicht … Papa, was soll ich denn tun?" Das an diesem Ort unvermeidliche Rauschen dröhnte in ihren Ohren.

Endlich sprach ihr Vater weiter. Er presste jedes Wort zwischen den Zähnen hervor. „Nicht mal am abgeschiedensten Ort der Welt ohne deine unselige Clique hörst du auf, dich … Lassen wir das, das hat jetzt keinen Sinn! Die Ferien sind beendet und wir sprechen zu Hause! In Ruhe und gemeinsam mit Mama."

Sie sah ihre Eltern vor sich, wie sie eine Wand gegen ihre Tochter bildeten. Ihr Herz zog sich schmerzhaft zusammen. Und das hatte nichts mit ihren nassen Haaren oder dem klammen Handtuch zu tun. Sie achtete nicht auf die weiteren Worte ihres Vaters, sondern nahm ausschließlich Pippin wahr. Vertrauensvoll hatte er sie den Berg hinauf begleitet und musste jetzt so leiden. Angesichts seiner unbequemen Schräglage mit den Hinterbeinen im seichten und den Vorderbeinen im tieferen Wasser würde ihm morgen alles wehtun. *Wenn er morgen überhaupt noch …* Sie konnte den Gedanken nicht zu Ende denken.

„Ich habe gehofft, dass es mir ein einziges Mal nützt, wahnsinnig schlaue Eltern zu haben." Ihre Stimme triefte vor Verletzung und Enttäuschung. „Aber da hab ich mich geirrt. Ich lege jetzt auf!"

Sie sperrte den Bildschirm und sank kraftlos ins Gras. Am liebsten hätte sie geheult. Welch eine bescheuerte Idee, ausgerechnet ihren Vater anzurufen, mit dem sie noch nie eine gemeinsame Wellenlänge gefunden hatte. Nicht dass sie danach gesucht hätte, aber das tat jetzt nichts zur Sache.

Pippins reglose Ergebenheit erschütterte Pippa zutiefst. Die Glitzersteine in seiner Mähne hatten angesichts seiner Hilflosigkeit etwas Tragisches. „Wie kannst du so ruhig bleiben?", flüsterte sie. Da schoss ihr ein Gedanke durch den Kopf: Auf dem Oswaldhof zeigten für gewöhnlich nicht nur die Tiere Gelassenheit.

Sekunden später hatte sie die Nummer gewählt.

Als abgehoben wurde, hielt sie das Handy vom Ohr weg, so laut war das Dröhnen. Schließlich erklang ein heftiges Scheppern und am Ende lediglich Motorbrummen.

„Was gibt's?", brüllte Flori.

Sie hielt das Handy wieder näher ans Ohr. „Offenbar seid ihr noch im Wald."

„Ja, wir häckseln! Du hast Glück, dass ich deinen Anruf bemerkt hab. Ich hatte mein Handy grad in der Hand, um auf die Uhr zu sehen."

„Ich stecke in Schwierigkeiten."

„Red lauter!", rief er.

Sie hob die Stimme. „Ich hab Mist gebaut!"

„Warte mal kurz." Sie hörte, wie er im Hintergrund mit jemandem sprach, wahrscheinlich Iris. Allmählich wurde das Brummen leiser. „Ich bin jetzt weiter weg vom Traktor. Was hast du gesagt?"

„Pippin braucht deine Hilfe!", erklärte sie müde.

„Ist etwas mit meiner Schwester?", fragte er alarmiert.

„Nein, ich bin allein mit ihrem Pferd."

„Warum das denn? Und was ist das für ein Rauschen bei dir im Hintergrund?"

Sie biss sich auf die Lippen. Wie sollte sie ihm das beibringen? Sie war es nicht gewohnt, um Worte verlegen zu sein, und hatte nicht daran gedacht, sich bewusst welche zurechtzulegen. Ungeschickt legte sie los: „Kennst du diesen Naturpool ein weites Stück den Berg hoch, wo ihr häckselt? Kannst du bitte dort hinkommen? Und hast du eine Säge auf deinem Traktor?" Stille. „Flori, bist du noch dran?"

„Ja."

„Arbeitet ihr noch bei der Abzweigung, an der man links oder rechts den Berg rauf kann? Wenn du rechts …"

„Woher weißt du, wo wir ..."

„Völlig egal! Pippins Bein ist eingeklemmt! Er kann nicht aus dem Wasser raus, deshalb musst du ihn befreien. Bitte!" Wie absurd war das alles? Die Sonne strahlte, ein paar Schäfchenwölkchen dekorierten den blauen Himmel und sie stand halbnackt am Berg mit einem festgeklemmten Pferd mit Glitzersteinchen.

Wie durch einen Nebel drang Floris Stimme an ihr Ohr: „Ich kenne lediglich *ein* Wasserbecken an diesem Berg und das ist schwer zugänglich."

„Über den Trampelpfad und die Felsen, ja!", bestätigte Pippa ungeduldig.

„Was zur Hölle hat Pippin dort verloren?"

„Flori, bitte!" Ihre Stimme klang plötzlich weinerlich. Sie stellte sich vor, wie er sich die Haare raufte, bis sie in alle Richtungen abstanden.

„Okay!", antwortete er endlich. „Bleib vom Abhang weg! Da geht's mindestens 100 Meter runter."

Sie zog die Nase hoch. „Pippin ist bereits eine gefühlte Ewigkeit im Wasser! Was sollen wir machen, falls er verletzt ist und den Pfad bis zur Straße nicht mehr zurücklaufen kann? Das Gelände stellte schon auf gesunden Beinen eine Herausforderung für ihn dar."

„Das ist schließlich kein Ort für ein Pferd! Ich komme jetzt. Letzte Chance, mir zu sagen, wenn das ein mieser Scherz ist!"

Hinter Pippas Augen brannte es. „Ich wünschte, es wäre einer. Beeil dich!"

Das Freizeichen ertönte. Pippa ließ das Handy sinken. In ihrem ganzen Leben hatte sie sich noch nie so miserabel gefühlt.

# 23 IRIS

Iris ließ sich auf einen Baumstumpf sinken, nahm den Helm mit den Ohrenschützern ab und wischte sich über die feuchte Stirn. Nach der körperlichen Arbeit seit den frühen Morgenstunden war es eine Wohltat, sich kurz für eine Trinkpause zu setzen. Den halben Tag hatten Flori und sie totes Holz aus dem Wald zu den Traktorfurten gezogen und in den Schlund des Häckslers geworfen. Immer wenn ein Waldabschnitt gesäubert war, fuhr das Gespann aus Traktor, Häcksler und Kipper ein Stück weiter.

An einer Stelle, wo Flori bereits im Winter vorgearbeitet und das Holz meterhoch am Wegesrand gestapelt hatte, waren sie eine ganze Weile beschäftigt gewesen. Nun lagen dort nur noch Rindenstücke, abgebrochene Zweiglein und verirrte Hackschnitzel, die der Häcksler nicht sauber auf den Kipper geblasen hatte. Es war Zeit, weiterzufahren, doch Flori stand abseits und sprach in sein Handy. Helm und Schutzhandschuhe hatte er abgelegt. Iris betrachtete seine Rückenansicht und lächelte. Mit absoluter Sicherheit hatte dieser Junge noch nie in seinem Leben ein Fitnessstudio von innen gesehen und trotzdem hatte sein Oberkörper die perfekte V-Form. Sie blickte hoch zum halbvollen Kipper, spürte das Kribbeln in den Armen und die Erschöpfung in ihrem ganzen Körper. Nein, Leute wie die Oswalds brauchten wahrhaft keinen künstlichen Sport.

Jetzt drehte Flori sich um. Sie kniff die Augen zusammen. Nein, sie sah richtig: Sein Gesicht wirkte stockwütend. Er kickte mit dem Schuh gegen einen Baumstumpf. Sie ging innerlich in Deckung. Sie wollte nicht die Person am anderen Ende der Leitung sein. Ohne einzelne Worte zu verstehen, hatte sie keinen Zweifel daran, dass er brüllte. Sie verkrampfte. In der Nacht zuvor hatte er sie auf dem Feld vor dem Zelt so eingeschüchtert, und nun war er wieder außer sich.

„Iris!" Sein barscher Ruf holte sie schlagartig ins Hier und Jetzt zurück. „Wir kuppeln ab und fahren den Berg hoch!"

Er stampfte mit schnellen Schritten auf sie zu wie ein angreifender Stier. Obwohl er nicht sie, sondern die Treppe zur Fahrerkabine im Visier hatte, wich sie zurück.

„Steig auf!", knurrte er. „Es pressiert!"

Völlig überrumpelt gehorchte sie. Binnen Minuten hatte er eine Stelle gefunden, um Häcksler und Kipper zurückzulassen, hatte gewendet und düste, so schnell ein Traktor eben konnte, über den Waldweg. Iris wurde auf dem Behelfssitz zwischen Fahrersitz und Glasscheibe so durchgeschüttelt, dass ihr Steißbein schmerzte. Flori starrte verbissen geradeaus. Erst nachdem er in die breitere Forststraße gebogen war, wandte er sich kurz zur Seite.

„Was haben wir an Ausrüstung auf dem Traktor?", übertönte er das Motorengeräusch und suchte flüchtig den Innenraum ab.

„Äh, ich weiß nicht."

Er schien sie gar nicht gehört zu haben und wühlte in einem Fach zu seiner Rechten, wobei er zwischendurch immer wieder die Straße im Auge behielt.

Iris schluckte. Ihre Pluspunkte gegenüber Flori und das Einzige, was sie unter Kontrolle hatte, waren aus ihrer Sicht Lernbereitschaft und Fleiß. Sie riss sich zusammen und spähte hinter den Fahrersitz.

„Da liegt eine Motorsäge, eine …"

Flori bemerkte mit Verzögerung, dass sie sprach, und drehte sich zu ihr. „Was?"

Sie räusperte sich und antwortete lauter. „Wir haben eine Motorsäge, ein Dings mit einem Band, noch mehr Bänder, so ein silbriges Ding und ein grünliches Teil und ein weiteres Dings …" Sie drehte ihren Kopf, um den Rest der Fahrerkabine abzusuchen.

„Ich seh nachher selbst nach", beschloss Flori.

„Okay“, murmelte sie und hielt eine Flasche hoch. „Wasser haben wir auch.“ Das steigerte immerhin die Quote dessen, was sie mit brauchbaren Wörtern beschreiben konnte.

Es ging immer weiter den Berg hoch. Iris war enttäuscht. Ein breiter Schotterweg, karge Nadelbäume sowohl hangaufwärts als auch hangabwärts. Alpenidylle war das nicht. Dazu ein mies gelaunter Flori und für sie selbst keine Beschäftigung, die ihr das Gefühl gab, nützlich zu sein und das Richtige zu tun. Es wurde eng um Iris' Herz und Sibirien klopfte an in ihren Gedanken. *Träum dich hierher,* lockte die Erinnerung. *Galoppiere durch die Taiga und Tundra, erklimme die Berge am Baikalsee, schau hinunter aufs klare Wasser, dann brauchst du die Wirklichkeit überhaupt nicht.*

Plötzlich hielt der Traktor. „Hier ist es“, sagte Flori, zog den Schlüssel ab und beugte sich hinter den Sitz. Er fischte die Motorsäge hervor und legte sie der verdutzten Iris in den Schoß. „Nimm die mit.“

Er schnappte sich das Ding mit dem Band sowie zusätzliche Riemen und quetschte sich an ihr vorbei aus der Fahrerkabine. „Wo bleibst du? Wir müssen uns beeilen!“ Er winkte ungeduldig.

„Was ist denn los?“, rief sie und schloss zu ihm auf. Da ergriff er ihre Hand und zog sie zwischen den Bäumen auf einen versteckten Pfad. Die Hitze schoss durch Iris' Arm und sie spürte jeden einzelnen Finger, mit dem Flori sie führte.

„Pippin ist eingeklemmt! In der Gumpe eines Wasserfalls.“

Sie hoffte, sich verhört zu haben. „Das ergibt überhaupt keinen Sinn!“

„Ich weiß nicht mehr als du!“, entgegnete er. Er musste ihre Hand loslassen, um sich am Fels abzustützen, während seine Füße zwischen den Steinen Halt suchten. „Geht's mit der Motorsäge?“, fragte er. „Sonst gib sie mir.“

„Passt schon, du brauchst auch eine freie Hand“, erwiderte Iris und tastete sich über die verkarsteten Stellen. „Und hier soll Pippin entlanggekommen sein?“ Die Steine mündeten übergangslos in eine matschige Vertiefung im Schatten hoher Fichten. Iris versuchte ebenso wie Flori auf die Wurzeln statt in die Erde zu treten. „Hufabdrücke!“, keuchte sie.

„Kabardiner sind Gebirgspferde. Aber das hier …!“, sagte Flori grimmig. „Sie wird mir sehr viel erklären müssen!“ Er hielt inne.

Der Pfad schien ins Nichts zu stürzen. Doch Flori stützte sich wieder ab und tastete mit seinem Bein scheinbar ins Leere. „Wie konnte sie ihn da runterführen?“ Er fand Halt und drehte sich um, um Iris zu helfen.

„Wer ist denn *sie*?“, wunderte sich Iris. Kathi würde doch nicht ihr geliebtes Pferd in Gefahr bringen, oder?

Da bröckelten unter Floris Fuß Steine weg. Beim Sturz in die Tiefe überschlugen sie sich unzählige Male.

Die Härchen an Iris' Armen stellten sich auf. „Halt dich lieber fest! Ich komm klar.“

„Nein, nimm meine Hand!“, beharrte er. Als sie in sein Gesicht sah, wusste sie plötzlich, dass sie bei ihm immer sicher sein würde, egal ob er fröhlich war oder jemandem an die Gurgel gehen wollte. Sie legte ihre Hand in seine, machte einen Ausfallschritt hinunter und fing sich an Floris Brust ab.

Er sah ihr einen Moment zu lang in die Augen und schien zu überlegen. Ihr wurde heiß und kalt und ein Kloß bildete sich in ihrem Hals. Die Situation war surreal für Iris und sie hatte noch nicht ganz begriffen, worum es überhaupt ging. Da bemerkte sie, dass er gar nicht mehr sie anschaute, sondern an ihr vorbei sah. „Es war schon Wahnsinn, dass sie ein fittes Pferd hierher geschleppt hat“, sagte er düster. „Ein geschwächtes, vielleicht sogar verletztes Tier schafft diesen Steig nicht. Und ein Hänger kommt höchstens so weit wie der Traktor.“

Flori hingegen schien für dieses Gelände geboren zu sein: Als er wieder losmarschierte, vergrößerte sich der Abstand zu Iris mit jeder Minute. Er bewegte sich wie eine Mischung aus Wiesel, Berserker und Gämse. Bald geriet er außer Sichtweite und sie fühlte das Ausmaß ihrer Erschöpfung. Seit dem Morgengrauen war sie auf den Beinen und hatte sich bei der Waldarbeit nicht geschont. Der schmale Pfad wurde zum Balanceakt und die Motorsäge wog bleischwer. Mit der freien Hand suchte sie Halt an Baumstämmen und Ästen, während die Füße zwischen Baumwurzeln und Felsen natürliche Treppen fanden.

Sie wollte Flori einholen, doch ihr Körper wehrte sich gegen ein höheres Tempo. Schritt für Schritt, immer weiter.

Ihr Schuhband hatte sich geöffnet und sie bückte sich, um es zu binden. Als sie die Säge wieder nahm und sich aufrichtete, verschwamm ihr die Sicht. Alles drehte sich. Ein gutes Stück voraus tauchte nach einer Kurve Flori wieder auf. Iris sprach sich Mut zu und kämpfte sich voran. *Alles Kopfsache.* Wie hatte es Pippa beim Sport sinnbildlich ausgedrückt? *An die Grenze und noch ein Stück weiter: So wird man stärker.* Nach einer Weile horchte sie auf. Hatte sie Pippas Stimme gehört? Eine Halluzination, geboren aus überbordender Erschöpfung?

Jetzt hörte sie Flori und wieder Pippa. Magisch angezogen von dem unerklärlichen Stimmenwirrwar vermischt mit anschwellendem Rauschen, schleppte sich Iris weiter.

Der Pfad mündete in einer winzigen Wiese am Ufer eines natürlichen Teichs. Iris riss die Augen auf, die Szene vor sich nicht begreifend. Sie schlug sich an den Kopf, damit ihre Sicht wieder klar wurde. Aber das Bild blieb das Gleiche: Ein Pferd hing schräg ins Wasser und Flori und Pippa stemmten sich gegen einen toten Baum.

„Der Stamm ist zu schwer! Und ich finde keinen richtigen Halt!", ächzte Flori.

„Bitte lass mich jetzt nicht im Stich wie Marcel!", flehte Pippa.

Sein Gesicht färbte sich puterrot. Er stach mit dem Finger vor ihr in die Luft: „Sag nicht nochmal diesen Namen! Von euch beiden ist einer blöder als der andere!" Humpelnd kämpfte er sich aus dem Wasser und streckte eine Hand nach Iris aus. „Gib mir die Motorsäge!"

Sie reichte ihm das Gerät und fragte alarmiert: „Was ist mit deinem Bein?"

„Bin abgerutscht und umgeknickt", antwortete er knapp. „Geht beide weg von Pippin! Ich weiß nicht, wie er auf den Lärm reagiert."

Erst jetzt betrachtete Iris den Wallach genauer. Sie blinzelte. „Sind das Glitzersteine in seiner Mähne?"

Niemand antwortete. Stattdessen deutete Pippa mit aufgerissenen Augen auf die Motorsäge in Floris Hand. „Du willst das Ding hoffentlich nicht direkt neben einem Tier benutzen!"

„Haltet Sicherheitsabstand!", wiederholte er grimmig und entfernte sich rückwärts.

Die Mädchen missachteten seine Warnung. Iris streichelte Pippins Rücken, während Pippa sogar bis zum Bauch ins Wasser kletterte und die Arme um den Pferdehals schlang.

Flori schien einzusehen, dass Beistand hilfreicher sein konnte als Abstand und ermahnte sie kein weiteres Mal. Stattdessen erklärte er dem Braunen: „Keine Sorge, ich möchte den Stamm kürzen, damit er leicht genug wird, um ihn zu bewegen." Er riss an einer Schnur und der Motor heulte auf. Pippin zuckte. Iris wagte nicht zu atmen. Sie sah zu Flori und entdeckte ihre eigene Angst in seinen Augen gespiegelt. Ein Kampf spielte sich in seinem Gesicht ab. Stumm schüttelte sie den Kopf. Sie sah, wie er die Luft ausstieß. Er zog erneut an der Schnur und das Knattern verstummte.

„Das wird nichts!", erkannte er. „Wenn die Säge sich durchs Holz arbeitet, dröhnt sie um ein Vielfaches lauter. Außerdem können Holzteilchen durch die Luft fliegen. Wenn eins davon Pippin trifft?" Er ließ die Schultern hängen. „In seiner vollen Länge ist der Stamm zu schwer, um ihn anzuheben."

„Jetzt sind wir doch zu dritt", wandte Pippa kleinlaut ein.

Er schüttelte den Kopf. „Der Stamm hat sich nicht im Mindesten bewegt, als wir es zu zweit versucht haben."

„Weil ihr keine richtige Angriffsfläche hattet", sagte Iris. „Eure Kraft ist verpufft."

Flori betrachtete sie aufmerksam, während sie den Baumstamm analysierte.

Dann fragte sie: „Das silbrige Ding mit dem Band, das du vom Traktor mitgenommen hast, war das eine Seilwinde?"

Er nickte. „Eine Gurtwinde. Gleiches Prinzip."

Iris legte die Hand auf den Stamm. „Wir machen den Riemen hier fest. An dieser Stelle verhindern die Äste, dass er abrutscht, und wir haben einen Winkel, in dem die Zugkraft maximal übertragen wird. Flori, sollen wir das andere Ende an dem Baum dort drüben befestigen?"

Pippa starrte sie an. „Vorhin warst du nicht sicher, was es ist, und jetzt weißt du plötzlich, wie es funktioniert?"

Iris erwiderte: „Die Abbildung im Physikunterricht sah anders aus, aber das Prinzip scheint das gleiche zu sein."

Pippa kletterte aus dem Wasser. „Eine Winde soll das darstellen? Da ist keine Kurbel."

„Aber ein Motorantrieb und eine Fernbedienung", erklärte Flori und nahm ein kleines Kästchen von der Winde ab. Dann befestigte er den Gurt dort, wo Iris vorgeschlagen hatte. Sie machte das andere Ende am Baum fest.

„So, Pippin, gleich bist du wieder frei", versprach er und tätschelte dem Wallach den Rücken. Dann betätigte Flori die Fernbedienung. Ein leises Surren ertönte und in Zeitlupe straffte sich der Gurt.

Pippa watete zurück ins Wasser. „Ich zieh mit!" Sie bewegte sich nicht mehr mit der ihr eigenen Eleganz, sondern als würde sie gleich umfallen.

„Ruh dich lieber aus", sagte Iris. „Auf der Winde steht, dass sie mit 50.000 Newton zieht. Deine Kraft könnte höchstens 200 Newton draufsetzen."

Flori und Pippa wechselten einen irritierten Blick.

„Ich bleib trotzdem bei unserem Pferd!", beschloss Pippa.

Das Seil war so straff gespannt, dass es zitterte.

Iris hielt den Atem an. Würde die Konstruktion halten? Umfang des Baumstamms mal Länge, dazu die Dichte von totem Holz ... Zu viele Unbekannte, um das Gewicht auszurechnen, das die 50.000 Newton ziehen mussten.

Da rührte sich etwas. Jetzt nur keine falsche Bewegung, nicht dass Pippin ausgerechnet bei der Befreiung noch mehr verletzt wurde oder Pippa gefährdete. Das Herz hämmerte in Iris' Brust. Sie watete zu Flori, er zog den Stamm, sie drückte ihn, beide lenkten dadurch nur minimal seine Richtung, die eigentliche Arbeit erledigte die Seilwinde.

„Und wenn der Stamm bricht und der Rest wegschnalzt?", überlegte sie laut. „Einer stabilen Eiche würde ich mehr vertrauen als einem zerbrechlichen Nadelbaum." Sie lauschte, hörte aber nichts knacksen. Weil es wirklich kein Geräusch gab, oder weil das Wasserrauschen es übertönte?

„Er wird halten!", beschwor Flori sie. „Und ich bin froh, dass er nicht das Gewicht von Eichenholz hat."

# 24 PIPPA

Das Adrenalin pumpte in Pippas Adern und hielt sie auf den Beinen. Sie griff in Pippins Halfter und sprach ihm gut zu: „Noch ein kleines Stück und du bist frei." Doch was, wenn er sich danach zu heftig bewegte und sie umrannte oder mit einem Huf traf? Dann würde dieser Ausflug ihr letzter gewesen sein, und sie die nächste verunglückte Influencerin, über die Zeitungen berichteten und Leute wie ihre Eltern mitleidlos die Köpfe schüttelten. Sie zwang sich, ruhig zu bleiben, nur ihre Finger am Halfter verrieten sie, denn sie zitterten wie Espenlaub.

Plötzlich fasste Flori sie am Arm.

„Was machst du?", fragte sie. „Wir müssen nicht beide ..."

„Und deshalb gehst du jetzt zu Iris!" Seine Stimme duldete keinen Widerspruch. Mit letzter Kraft schleppte Pippa sich ans Ufer. Sternchen der Erschöpfung flimmerten vor ihren Augen.

„Flori kennt Pippin besser als du", sagte Iris, ohne sie anzusehen.

„Du bist nicht böse, dass jetzt Flori im Wasser ist und nicht ich?"

Iris wandte ihren Blick keine Sekunde von dem Becken ab und sagte mit der düstersten Miene, die Pippa je an ihr gesehen hatte: „Flori hat die größeren Chancen, da heil rauszukommen. Aber wenn ihm etwas passiert, bin ich fertig mit dir!"

Ein Ruck ging durch den Gurt und die Ereignisse überschlugen sich. Der Baumstamm bewegte sich, sodass Pippin sein Bein aus dem Geäst befreien konnte. Gleichzeitig schnalzte ein Stück Holz gegen seine Flanke. Er sprang vorwärts und riss Flori um, der zu spät den Führstrick losließ. Flori klatschte ins Wasser, was Pippin noch mehr erschreckte. Er suchte die Flucht nach vorn.

„Komm zurück!", kreischte Pippa und stürzte ihm hinterher.

# 25 IRIS

Ein dumpfes Geräusch bei Floris Sturz ließ das Blut in Iris' Adern gefrieren. Sein Kopf blieb unter Wasser. Ohne zu überlegen, lief sie ins Becken. Sie packte seine Schultern und drehte ihn zu sich herum. Er blinzelte.

„Wie kannst du mich so erschrecken?", schimpfte sie.

„Kurz die Orientierung verloren da unten", röchelte er. Er wischte sich über Augen und Mund und rappelte sich hoch.

„Du blutest!"

Ein rotes Rinnsal floss aus seinen Haaren, vermischte sich mit Wasser und zog eine verzweigte Spur über seine Stirn.

Mit Mühe widerstand sie dem Drang, an Ort und Stelle das Blut von seinem Gesicht zu tupfen. Mit ihren von der Waldarbeit schmutzigen Ärmeln oder dem verschwitzten T-Shirt darunter würde sie mehr Schaden anrichten, als zu helfen.

Ihre Stimme brach. „Ich helf dir aus dem Wasser."

Er winkte ab und sah sich um. Auf der gegenüberliegenden Seite des Beckens kletterte Pippin schwer lahmend aus dem Wasser. Gefolgt von Pippa.

„Dort drüben geht es nicht weiter. Kommt zurück!", rief Flori.

Wie ein Häufchen Elend stand sie auf einem schmalen Grasstreifen. „Ich geh da nicht nochmal rein. Und Pippin erst recht nicht."

Iris legte den Arm um Flori, um ihm Halt zu geben. „Komm endlich mit an Land! Mit Pippa kannst du auch im Trockenen reden!"

Er sank ins Gras. Wo sollte sie etwas Sauberes herbekommen, um seine Blutung zu stoppen? Sie formte einen Trichter vor dem Mund. Das andere Ufer war zwar nicht weit entfernt, aber der Wasserfall verschluckte die Stimmen. „Pippa, hast du Taschentücher? Wir müssen Floris Wunde versorgen!"

„Nehmt meinen Strandkaftan!"

Flori rief ihr zu: „Bist du sicher, dass eines deiner Designerteile ruiniert werden darf?" Seine Stimme triefte vor giftigem Sarkasmus.

„Was soll denn das?", fragte ihn Iris irritiert.

„Ist doch wahr!", setzte er nach. „Wegen ihres Modequatsches sind wir in diesem Schlamassel gelandet!"

Pippas unpassender Aufzug, der Kaftan im Gepäck … Langsam ging Iris ein Licht auf. „Hat das alles hier etwa mit dem Mode-Wettbewerb auf Instagram zu tun?"

„In der Tat. Das Fräulein hat mir eine wirre Zusammenfassung gegeben, bevor du am Becken angekommen bist!"

„Unglaublich!", entfuhr es Iris.

„Unglaublich dumm!", kommentierte Flori deutlich genug, dass Pippa es sicher hören konnte. „Meine Freunde haben gleich geahnt, dass sie nur Unruhe stiften wird." Er klang bitter. „*Verwöhnte, reiche Tussi* haben sie gesagt."

„Okay, später!", bremste ihn Iris. „Ich denke, du brauchst einen Druckverband."

Pippa schrie über die Gumpe: „Spart euch eure Vorurteile! Ich bekomme 40 Euro Taschengeld im Monat, keinen Cent mehr! Das meiste Geld geht an meinen Bruder für seine Mathe Plus Kurse, Chemiebaukästen und Science Camps. Alles, wofür ich mich interessiere, ist für meine Familie nichts wert!" Sie raffte das umgebundene Handtuch. „Ihr müsst mir nicht erklären, dass ich Mist gebaut habe! Ich habe Kathis Vertrauen missbraucht und Pippin in Gefahr gebracht. Dafür schäme ich mich mehr, als ihr glaubt!"

Flori rann weiterhin Blut übers Gesicht. Iris' Geduldsfaden riss. „Kannst du verdammt nochmal die Klappe halten?", brüllte sie über die Gumpe. Drohend hob sie einen Finger vor Flori. „Und du auch!"

Er wirkte verdutzt und brachte ein Grinsen zustande. „So bestimmend kenne ich dich gar nicht."

Sie ging nicht darauf ein, sondern durchwühlte Pippas Sachen und zog einen hauchdünnen Seidenstoff hervor. *Ein Baumwollhandtuch wäre mir lieber,* dachte sie grimmig.

Sie kniete sich neben Flori und suchte die Stelle, aus der das Blut sickerte.

„Komm nicht auf die Idee, mir aus Pippas Badefummel einen Verband zu basteln", mahnte er.

Ein Kloß verstopfte ihren Hals. Am liebsten hätte sie Flori an sich gedrückt und ihm zugeflüstert, dass alles gut werden würde. „Hör auf, einen auf stark zu machen!", schimpfte sie stattdessen. „Du bist blass wie ein Gespenst." Sie presste ihm den Kaftan auf die Stirn und begann, mit einem Stoffzipfel behutsam sein Gesicht abzutupfen.

„Du hast sanfte Hände."

„Mach dich nicht über mich lustig!" Das Muster des Kaftans färbte sich dunkel. „Wenn wir nur ein Erste-Hilfe-Set hätten."

Floris Gesicht wurde ernst. „Wir brauchen viel mehr als das. Hast du gesehen, dass Pippin lahmt?"

Ihr Herz zog sich zusammen. „Es ist offensichtlich."

Umständlich holte er sein Handy hervor und drückte ein paar Tasten. „War ja klar: Wasserschaden."

Iris verstand. Sie nahm seine freie Hand und legte sie auf den Kaftan. „Fest drücken!", forderte sie. Dann setzte sie mit ihrem Handy einen Notruf ab.

Nach dem Anruf hockte sie sich zu Flori und streichelte seinen Rücken. „Das wird schon wieder!"

Er lächelte sie eigentümlich an.

„Was ist?", wunderte sie sich.

Etwas Lausbubenhaftes funkelte in seinen Augen. „Statt die Leitstelle sofort über Pippin zu informieren, hast du zuerst um Hilfe für mich gebeten."

Sie wusste einen Moment lang nicht, was sie erwidern sollte, und kaute verlegen auf ihren Lippen. Flori ließ sie nicht aus den Augen.

„Ich will nur, dass du wieder gesund wirst", offenbarte sie heiser.

„Mein Bein ist bestimmt nur verstaucht und Platzwunden sehen schlimmer aus, als sie sind."

„Und müssen trotzdem schnellstens versorgt werden. Kannst du dich jetzt bitte mal damit abfinden, dass du verletzt bist, statt so zu tun, als wärst du es nicht?"

# 26 PIPPA

Pippa kauerte in gebührendem Abstand zu Pippin auf einem moosigen Felsvorsprung. Der Bikini klebte unangenehm auf der Haut; das klatschnasse Handtuch hatte sie abgelegt und ausgewrungen. Dem allgegenwärtigen Sprühregen konnte sie an diesem Ufer nicht ausweichen, sodass es unmöglich war, zu trocknen. *Ich hasse Wasser und Baden!*, dachte sie. *Den Rest der Ferien werde ich eingemummelt in trockenen Klamotten verbringen!* Sie sehnte sich trotz des Sommerwetters nach einem kuscheligen Rollkragenpullover und einer dampfenden Tasse Tee.

In welchem Leben waren sie und Flori in der Küche gesessen und hatten zusammen Pfefferminztee getrunken? Nicht in diesem.

Die Verachtung in seiner Stimme hatte sich wie Säure in Pippas Selbstbewusstsein geätzt. *Bist du sicher, dass eines deiner Designerteile ruiniert werden darf?*, hallte es in ihrem Kopf. Das sah er in ihr: ein Modepüppchen, das sich um ein Stück Stoff mehr scherte als um einen blutüberströmten Freund.

Sie fühlte sich unendlich einsam. Nicht mal mehr das Pferd vertraute ihr. Es hatte gescheut, als Pippa hinter ihm an Land gegangen war. „Dabei wollte ich dir beistehen, statt dich nervöser zu machen!", erklärte sie dem Kabardiner. Sie rappelte sich hoch und startete einen neuen Versuch. Vorsichtig streckte sie ihm die Hand entgegen. „Bitte hab keine Angst vor mir!"

Er humpelte rückwärts. Ein Ring klammerte sich um Pippas Brust. „Ich tu dir nichts." Sie näherte sich zögerlich. „Das wollte ich nie!"

Er legte die Ohren an. Obwohl sie nicht viel Ahnung von Pferden hatte, konnte sie diese Körpersprache deuten: Er wollte, dass sie verschwand.

In diesem Moment wünschte sie sich, in eine Fantasiewelt flüchten zu können. Sie hatte oft genug Iris' abwesenden Gesichtsausdruck und ihre neben sich stehende Art erlebt. Iris konnte sich wegdenken, dessen war sich Pippa mittlerweile sicher. „Wenn sogar ein Pferd sauer auf mich ist, werde ich das mit der Weltflucht jetzt auch probieren." Erschöpft sank sie ins Gras.

Der Boden war ungemütlich und ihr Magen knurrte. Unsägliche Bilder von Blut und tödlichen Fluten tobten durch ihre Gedanken.

Nach einer Weile kitzelte sie etwas an der Nase. Sie blinzelte und erstarrte vor Schreck.

Beschnupperte Pippin sie etwa? Jetzt streckte er den Hals und stülpte die Oberlippe so weit hoch, dass eine Reihe riesiger Zähne entblößt wurde.

„Gut, dass du Vegetarier bist!" Sie brauchte einen Moment, um den unverhofften Besuch zu verdauen. Als Pippin fertig war mit Flehmen, blieb er neben ihr stehen wie ein Wachposten. Misstrauisch musterte sie seine Ohren. Sie hatte keine Ahnung, was es bedeutete, wenn sie sich bewegten. Jedenfalls sahen sie weniger bedrohlich aus, als wenn er sie anlegte.

Langsam setzte sie sich auf. Ihr wurde schwarz vor Augen. „Nicht die schlauste Idee, den ganzen Tag nichts zu essen und zu trinken für den perfekt flachen Bikinibauch", stöhnte sie. Pippin beobachtete sie mit großen, dunklen Pferdeaugen. „Ich weiß, du würdest so einen Quatsch nicht machen! Wenn du Gras haben kannst, nimmst du es dir. Fotos hin oder her, stimmt's?" Er schnaubte und etwas Feuchtes spritzte aus seinen Nüstern.

Empört quiekte Pippa: „Du Ferkel!" Sie legte den Kopf schräg. „Okay, ich bin die Letzte, die sich heute bei dir beschweren darf." Ihr Blick fiel auf das Bein, das er nicht belastete. „Du hast dir echt wehgetan, oder? Und ich hab leider keine Ahnung von erster Hilfe. Eine Enttäuschung auf ganzer Linie."

Der Braune schüttelte den Kopf.

„Unter dir könnte man duschen mit all dem Wasser, das aus deinem Fell rinnt", stellte sie fest. „Na ja, nicht ganz. Trotzdem Zeit, dich notdürftig abzutrocknen." Sie rappelte sich hoch. „Erlaubst du mir, dass ich dich berühre?" Zögernd strich sie die größte Nässe aus dem Fell. Haare und ein graubrauner Film blieben an ihrer Handfläche kleben. Sie machte weiter, bis sie sich einmal um Pippin herumgearbeitet hatte, und beobachtete ihn forschend. „Ist es gut oder schlecht, dass du deinen Kopf hängen lässt?" Keine Reaktion.

„Ach Junge, wie ist das alles nur passiert?", flüsterte sie. „Dabei wollte ich nur ein paar schöne Fotos." Sie strich über das sternförmige Weiß unter Pippins kurzem Schopf und spiegelte sich im tiefen Braun seiner Augen. „Was dir wohl grad durch den Kopf geht? Bestimmt hältst du mich für die blödeste Kuh der Welt."

Doch Pippins Augen wirkten sanft. Jetzt stupste er sie sogar an.

Pippa lachte traurig auf. „Ist das ein In-die-Seite-Knuffen auf Pferdisch?" Er schnaubte. „Redest du mit mir?" Sie wusste nicht, ob sie lachen oder weinen sollte. „Du kommst wieder zurück zu deinem Bruder, versprochen! Und zu Kathi! Und ich schenke dir einen Riesensack Möhren." *Und wie bitteschön?*, verhöhnte sie sich selbst. Sie waren hier oben gefangen. Auf einer kleinen Wiese, umgeben von trügerisch idyllischem Wasser, Felsen und Abgrund.

Sie versuchte, sich Mut zu machen, indem sie sich auf ihre Möglichkeiten konzentrierte. „Wie wäre es mit einer Rubbeleinheit? Die wärmt." Als sie begann, mit dem Handtuch auf Pippins Fell zu kreisen, ließ sie seinen Kopf nicht aus den Augen. Seine Lider waren halb geschlossen. „Du scheinst in nächster Zukunft nicht angreifen zu wollen. Heißt das, du akzeptierst mich, oder bist du nur stehend k. o.? Und warum baumelt eigentlich deine Unterlippe so? Du lässt die ja voll hängen."

Pippa bemühte sich mit den Mitteln, die sie hatte, an dem Pferd etwas wiedergutzumachen. Sie hörte nicht auf zu rubbeln, selbst als ihre Finger längst schmerzten. Das Letzte, was sie wahrnahm, waren Iris und Flori eng aneinander gekuschelt am anderen Ufer. Sie fühlte sich durch viel mehr von ihnen getrennt als nur durch einen Wasserfall. Ihre Augen fielen zu und sie lehnte den Kopf an Pippin, aber ihre Hand kreiste weiter.

## 27 IRIS

Iris' Magen knurrte. Ihre Glieder fühlten sich tonnenschwer an und die Waldarbeiterklamotten klebten klamm an ihrem Körper. Sie machte sich Sorgen um Pippin und um Flori, und dennoch ... Sie wagte einen Seitenblick, ohne ihre Position zu verändern, und das warme Prickeln in ihr verstärkte sich.

„Dafür, in welcher Lage wir uns befinden, siehst du ziemlich zufrieden aus", stellte Flori fest. Er drückte Iris' Hand.

„Du auch", flüsterte sie.

Er sah ihr in die Augen. „Ich bin wütend auf Pippa, mache mir Gedanken um Pippin, zermartere mir den Kopf, wie Kathi das alles aufnehmen wird, und habe einen Mordshunger." Sein Mundwinkel zuckte. „Und dennoch ..."

Ihre Augen versanken ineinander. Iris' Herz schlug bis zum Hals und gleichzeitig fühlte sie einen Frieden, von dem sie monatelang gedacht hatte, ihn für immer verloren zu haben. Hier war er wieder. Er war ihr ein zweites Mal geschenkt worden. Sie erinnerte sich nicht mehr an blaue Augen, während sie in braune blickte. Dachte nicht mehr an glatte dunkelblonde Haare, solange sie wuschelige rote sah. Und hatte nicht mehr fremdländische Klänge im Ohr, wenn neben ihr Deutsch mit bayrischem Einschlag gesprochen wurde.

„Ich glaube, die Blutung hat aufgehört", flüsterte sie.

„Dann könnte ich meine Hand endlich sinken lassen", entgegnete Flori leise. Etwas lag in der Luft. Iris' ganzer Körper kribbelte. Flori beugte seinen Kopf näher zum ihrigen. Sie wagte nicht, zu atmen. Augen schließen oder offenlassen?

„Ja, da schau her! Die Schwerverletzten!"

Iris und Flori fuhren herum.

Drei Rettungskräfte in blau-roten Jacken betraten das Plateau. Obwohl Iris sich noch vor Kurzem nach Rettung gesehnt hatte, fühlte sie sich jetzt eines Moments beraubt.

„Ja, der Ossi!", sagte einer der Männer. Er war gebaut wie ein Schrank und stellte zusammen mit einem nicht minder großen und breitschultrigen Kollegen eine Trage mit einem Rad auf dem Boden ab. Der Dritte legte einen riesigen Rucksack ab und kniete sich neben Flori. Iris fühlte sich plötzlich fehl am Platz, stand auf und wusste nicht, wo sie hinsollte. „Platzwunde und vermutlich verstauchter Knöchel", murmelte sie. „Und am anderen Ufer ein verletztes Pferd. Ich geh mal rüber."

Schrank Nummer 1 hielt sie zurück. „Ich bin Sepp, Rettungssanitäter bei der Bergwacht."

Er kam ihr vage bekannt vor. „Hallo", murmelte sie und sah sich nach Pippin um.

„Ich untersuche dich erst mal, ja? Die Tierärztin für das Pferd trifft jederzeit ein."

Sein bayrischer Singsang hatte etwas Beruhigendes und langsam legte sich Iris' Drang, die Flucht zu ergreifen. „Gut, dass der Wallach bald Hilfe bekommt", antwortete sie. „Und von uns muss nur Flori versorgt werden. Ich bin nicht verletzt."

Sepp ließ sich nicht beirren. „Markus ist Notarzt. Er und Hans kümmern sich um deinen Freund. Setz dich."

*Um deinen Freund,* hallten seine Worte in ihr nach. Sofort beschleunigte sich ihr Herzschlag wieder und sie warf einen verstohlenen Blick zu Flori.

Markus reinigte die Wunde während Hans etwas knisterndes Gold-silbriges ausschüttelte. Hans hätte Sepps Zwillingsbruder sein können, nur mit grimmigerem Gesichtsausdruck und militärischem Haarschnitt.

„So eine Wärmedecke schadet dir jetzt auch nicht. Deine Lippen sind blau." Er holte ein Päckchen aus dem Rucksack. „Wie heißt du?"

Die Versorgung zog wie ein Film an Iris vorbei. Bald fand sie sich eingewickelt in eine dünne, knisternde Decke wieder, die im

Sonnenlicht golden funkelte. Außerdem bekamen Flori und sie etwas zu trinken und Traubenzucker.

Da richtete Hans sich auf und spähte mit zusammengekniffenen Augen ans andere Ufer. „Hängt da nicht jemand hinter dem Pferd?"

„Oh, ja, das ist Pippa. Sie ist nicht verletzt", erklärte Iris.

Erst jetzt wurde ihr klar, dass *hängen* eine treffende Beschreibung war. Denn Pippa lehnte, soweit Iris erkennen konnte, wie ein nasser Sack an Pippins vom Ufer abgewandter Seite.

Hans wandte sich an Sepp. „Hieß so nicht die aufgedonnerte Tussi vom Bahnhof?"

„Dann wird sie es sein. Zweimal gibt's den Namen hier bestimmt nicht."

„Gehst du?", erkundigte sich Hans.

Sepp schüttelte den Kopf. „Ich bin hier beschäftigt."

„Wie kommt die überhaupt an diesen Ort?", staunte Hans. „Bietest du neuerdings seltsame Touristentouren an, Ossi?"

Flori sah freudlos zu ihm auf und erklärte in knappen Worten, was passiert war. Der Notarzt hatte ihn fertig verbunden, da wollte der Patient sich schon aufrichten. Doch Markus hielt ihn zurück: „Langsam, Junge. Wir nehmen dich mit ins Tal. Die Folgen einer Kopfverletzung werden oft erst später in vollem Ausmaß deutlich."

## 28 PIPPA

Pippa hatte kein Zeitgefühl mehr. Ausgelaugt lehnte sie an Pippin. Ursprünglich hatte sie ihn stützen und wärmen wollen, doch bald hatten sich die Rollen gedreht.

Den Tumult auf der anderen Seite bemerkte sie nur zufällig, als sie müde blinzelte. Sie richtete sich auf. Einen Moment später erstarrte sie. „Das ist jetzt nicht wahr!", flüsterte sie über Pippins Hals hinweg.

Wie viele breitschultrige Zweimetermänner mit Vollbart konnte es in Rogenau schon geben? Pippas Gedanken wirbelten durcheinander. Wie war nochmal die Ankunft am Bahnhof abgelaufen? Hatte Hans mit den Unverschämtheiten begonnen oder sie? Und die Begegnung mit Sepp auf dem Dorffest war auch keine Glanzstunde gewesen. Sie konnte sich doch nicht ausgerechnet mit Rettungskräften angelegt haben!

Da griff Hans am anderen Ufer nach Pippas Rucksack, obwohl er bereits einen viel Größeren auf dem Rücken trug und begann, sich über die Felsbrocken durch die Kaskade zu kämpfen.

„Vorsichtig!", rief Pippa aus, die ihn schon mit Sack und Pack in die Gumpe stürzen sah. „Das Moos auf den Steinen ist vollgesogen und rutschig!"

Er würdigte sie keiner Antwort. Mit angehaltenem Atem registrierte sie, wie seine Bergschuhe in die glitschig-grüne Masse einsanken. Unbeirrt setzte er einen Fuß vor den anderen und fand mit traumwandlerischer Sicherheit einen Weg ans Ufer.

Ohne nachzudenken kam sie ihm entgegen und wollte ihre Anerkennung aussprechen. Da knallte er ihr ihren Rucksack vor die Füße. Er war pitschnass.

„Hast du ihn mit Absicht in den Wasserfall gehalten?", platzte sie heraus.

Er schnaubte. „Wenn ich mir die Alarmierung und was ich sehe, richtig zusammenreime, bist du die Letzte, die hier schimpfen braucht! Wer geht hier oben mit einem Pferd baden?"

In Pippa stieg das Bild eines Bären in einem Tierpark auf: in dem speziellen Umfeld halbwegs gebändigt, aber grundsätzlich gefährlich. Schlagartig wurde ihr bewusst, wie unpassend ihr Bikini war. Sie raffte das Handtuch an sich, was es nicht viel besser machte. Weil sie sich zu schwach für eine lange Auseinandersetzung fühlte, wollte sie die Sache abkürzen und fragte: „Bist du als Retter hier oder um mich anzumotzen?"

Er legte seinen eigenen Rucksack ab, der lediglich ein paar Spritzer abbekommen hatte, und konterte: „Bist du als Bergsteigerin mit angemessener Ausrüstung hier oder als Flachlandtouristin, die keinen Respekt vor den Alpen und vor Tieren hat?"

Ihre Beine zitterten vor Erschöpfung. *Nicht einknicken!* Die blau-rote Farbe von Hans' Jacke verschwamm. Das *Bergwacht-Bayern*-Emblem, ein Edelweiß mit einem roten Kreuz darin, flirrte vor ihren Augen. Ihre Knie gaben nach.

Sofort fing Hans sie auf.

„Geh weg!", protestierte sie, nur um im nächsten Moment festzustellen, wie beschützend sich sein fester Griff anfühlte. *Wer bitte hatte solche Arme?*

„Ich hab keine Ausbildung als Bergwachtler und Rettungssanitäter durchlaufen, um abzuhauen, wenn jemand zusammenklappt", erklärte er.

„Genau. Und gleich wirst du mir vorwerfen, dass ich eine unterernährte Tussi bin, die selbst an ihrem Unterzucker schuld ist. Ich brauch deine klugen Kommentare nicht!" Sie wollte wieder aufstehen, doch Hans drückte sie ins Gras.

„Danke für den Hinweis", sagte er und zog für sie Traubenzucker aus seiner Jacke. Widerwillig schob Pippa sich einen in den Mund. Angesichts der ersten Nahrung des Tages konnte sie nicht umhin, beglückt aufzuseufzen.

„Nicht gefrühstückt?“, fragte Hans.

„Ich wusste ja nicht, dass das heute eine längere Geschichte wird.“

„Dazu könnte ich sehr viel sagen, oder aber gar nichts.“ Er beugte sich über seinen Rucksack.

„Ich nehme Option 2“, erwiderte Pippa. „Hast du eine Tierarztausbildung?“

„Ich nicht, aber die Veterinärin trifft jeden Moment ein.“

„Bist du wenigstens mit einer Rettungsdecke ausgestattet? Pippin friert bestimmt!“

Er zog die Augenbrauen hoch. „Weißt du, wie die Folien knistern? Das riskiere ich nicht. So nah am Abgrund ist Kälte nicht so gefährlich wie Scheuen! Hallo, hörst du zu?“

Wie gebannt starrte Pippa ans andere Ufer. Ihr war flauer im Magen als noch vor dem Traubenzucker. „Was machen die mit Flori?“

Hans folgte ihrem Blick. „Sie schnallen ihn auf eine Trage.“

Pippas Herzschlag setzte aus. „Warum?“

„Weil er sonst zu Fuß heimgeht. Er würde nie zugeben, dass er nicht mehr laufen kann.“

Iris' Worte hallten in ihr nach: *Flori hat die größeren Chancen, da heil rauszukommen. Aber wenn ihm etwas passiert, bin ich fertig mit dir!* „Er wird doch wieder gesund?“, flehte sie.

Anstatt zu antworten, wies er an: „Halt jetzt still. Sicherheitshalber muss ich dich kurz durchchecken. Du warst eine ganze Weile im Badezeug hier oben, oder?“

Sie ließ die Routine-Untersuchung über sich ergehen, bis er am Ende meinte: „Du bist nur etwas unterkühlt und entkräftet. Ansonsten fehlt dir nichts.“

„Da erzählst du mir nichts Neues“, antwortete Pippa unwillig.

„Hier hast du mehr Traubenzucker. Ich geb dir auch eine Rettungsdecke – für dich, nicht für Pippin. Sei vorsichtig, wenn du dich darin einwickelst.“

Dankbar nahm sie die Sachen entgegen.

„So, jetzt lass ich dich allein und pack bei der Trage mit an“, erklärte er und warf sich seinen Rettungsrucksack auf den Rücken.

„Passt gut auf Flori auf!", rief sie ihm hinterher.

Er sah kurz zurück. „Sowieso."

Dann kletterte er wieder über die Steine, so routiniert, als hätte er so einen Parcours schon hunderte Male absolviert.

Pippa hielt den größtmöglichen Abstand zu Pippin, während sie vorsichtig die Folie entfaltete. Ohne unnötige Bewegungen wickelte sie sich darin ein und verharrte, bis Hans und Sepp die Trage anhoben und von einem dritten Mann begleitet in den Pfad einbogen. *Wann war mein größtes Problem, ob diese Brüder mein Gepäck schleppen? In einem anderen Leben. Jetzt tragen sie meinen wohl besten Freund.*

Zurück blieb Iris, die sie über die Gumpe hinweg anstarrte. Selbst auf die Entfernung schrumpfte Pippa unter Iris' Blick. Schließlich löste Iris die vor der Brust verschränkten Arme, sank ins Gras und schlug die Hände vors Gesicht.

Pippa kämpfte mit sich. Da drüben weinte ihre Mitbewohnerin, deren verletzten Freund gerade die Bergwacht abtransportierte. Sie wäre ihr so gerne beigestanden, aber bestimmt wollte Iris sie überhaupt nicht sehen. Abgesehen davon, dass Pippa nicht Hans war, der auf den Steinen im Wasserfall hin und herwanderte, als sei nichts dabei.

„Kannst wenigstens du was mit meinem Beistand anfangen?", fragte sie den Kabardiner. Er spitzte die Ohren. „Hey", sagte Pippa hoffnungsvoll und trat einen Schritt auf ihn zu. Sie zuckte. In dieser Folie waren Bewegungen ohne Rascheln unmöglich. Pippin wich aus.

„Nicht! Dort geht's 100 Meter runter!" Resigniert trat sie zurück und sank auf einen Stein. Sie lehnte ihren Kopf an den Felsen, der dahinter in die Höhe ragte.

Nach einer Weile hörte sie ein Rascheln, obwohl sie selbst sich nicht bewegte. Sie riss die Augen auf und entsetzte sich: „Du kannst doch nicht mit der Decke ..." Iris hatte die Wärmefolie bis zum Bauch hochgezogen und tastete sich behutsam von Stein zu Stein. Sie geriet ins Schlingern.

„Was machst du denn?", rief Pippa.

Iris stützte sich am Felsen ab. Dadurch bekam sie einen Strahl Wasser ab, gewann aber das Gleichgewicht zurück. Sie drückte sich ab und landete mit einem Satz am Ufer. Wie ein begossener Pudel schüttelte sie sich. Die nächste Person, der gegenüber sich Pippa miserabel fühlte. Sie hatte keine Ahnung, wie sie sich verhalten sollte. Doch auch Iris wirkte unentschlossen. Zögernd trat sie auf Pippin zu und drehte sich dann zu Pippa um. „Die Folie mag er nicht, oder? Bist du deshalb nicht bei ihm?"

„Wir rascheln und knistern."

„Stimmt. Ich hätte die Decke abgenommen, aber Flori hat mir eingeschärft, sie zu verwenden, bevor sie ihn mitgenommen haben."

Pippa blinzelte ihre aufsteigenden Tränen weg. „Ich habe ziemlichen Mist gebaut, oder?"

„Jep", antwortete Iris.

Sie schwiegen.

Pippa rupfte einen Grashalm aus und drehte ihn zwischen den Fingern. „Würdest du mich am liebsten umbringen? Wegen Flori, mein ich."

Iris' Blick wurde hart. „Er hat nichts Schlimmes! Darf er nicht!"

Pippa nickte langsam. „Und Pippin ebenso wenig!"

Sie zog die Nase hoch und schälte sich vorsichtig aus der Folie. Sobald ihre Arme wieder nackt waren, erschauerte sie. „Ist doch Mist, ihn allein zu lassen, nur weil wir funkeln und knistern", knurrte sie.

Pippins Ohren zuckten. „Ganz ruhig! Ich komm jetzt zu dir, ja?" Er ließ zu, dass sie seinen Hals berührte. Nach wenigen Minuten übernahm Iris die andere Seite. Auch sie hatte die Rettungsdecke abgelegt. Verhalten nickten die beiden sich zu.

Schließlich traf am gegenüberliegenden Ufer eine Frau ein, die die Tierärztin sein musste. Sie formte die Hände zu einem Trichter und brüllte: „Hallo? Wie seid ihr da rüber gekommen?"

„Durch das Becken oder direkt am Fels entlang über die Steine", schrie Pippa.

Von Weitem konnte sie ihr Verständnislosigkeit und Unwillen ansehen. Doch dann setzte die Dame den Fuß auf den ersten Stein. Langsam kämpfte sie sich vorwärts. Je näher sie kam, desto weniger dämpfte das Rauschen ihre Flüche.

Pippa trat an die Kaskade, um der Frau wenigstens ihre große Tasche abzunehmen.

„Wie zur Hölle kommt ein Pferd an diesen Ort?", fragte die Tierärztin, ohne zu grüßen.

Sie zog Pippa sofort in ihren Bann. Die Frau war groß und kantig, mit einem extrakurz geschnittenen, geometrischen Pony. Pippa spürte instinktiv, dass die Dame nicht lange fackelte. So erklärte sie ohne Umschweife: „Ich bin Pippa und hab Pippin hierhergebracht, um Fotos für Instagram zu machen. Für einen Wettbewerb, der mir wichtig war."

Die Tierärztin starrte sie einen Moment an, bevor sie kühl erwiderte: „Pippa und Pippin, wie herzig. Ich heiße Doktor Rubens."

Sie ließ sich ihre Tasche wiedergeben und trat zu Pippin. „Gehören Schnittschutzhosen auch zu eurer Instagramkampagne?", fragte sie Iris knapp und machte sich gleichzeitig mit Pippin vertraut, indem sie ihm über Kopf und Hals fuhr.

„Iris ist nur gekommen, um zu helfen, weil Pippins Bein eingeklemmt war", warf Pippa ein. Und dann stürzte alles aus ihr heraus, was an diesem Tag schiefgelaufen war. Ob Doktor Rubens überhaupt zuhörte, war unklar, denn sie schien ganz auf Pippin konzentriert und untersuchte ihn mit ruhigen, sicheren Bewegungen.

„Möchtest du dir wenigstens ein T-Shirt überziehen?", fragte die Tierärztin unvermittelt. „Die Polizei trifft gleich ein."

Pippa hätte nicht gedacht, dass sie an diesem Tag noch etwas schocken konnte, doch jetzt fuhr ihr der Schreck durch Mark und Bein. Sie begann zu zittern, allerdings dieses Mal nicht vor Kälte.

Iris trat an ihre Seite.

Pippa murmelte. „Ich wusste nicht, dass man mit 16 eingesperrt werden kann. Kathi hab ich vorgegaukelt, dass ich ihn für ein paar Fotos ausleihe, weil er so hübsch zurechtgemacht war. In

Wirklichkeit habe ich ihn quasi entführt. Wie lange werden sie mich einsperren? Wie soll ich das meinen Eltern beibringen?"

Da trafen mehrere Uniformierte mit allerhand Gepäck ein. Pippa erkannte ihr Erstaunen, als sie registrierten, am falschen Ufer zu stehen. „Keine Sorge, wir sind von der Polizei und kommen zu euch rüber!", rief einer. Fast hätte Pippa gelacht. *Ihr seid der Grund, warum ich besorgt bin,* dachte sie.

Sie schienen sich zu beraten. Dann bildeten sie entlang des Felsens eine Reihe und reichten das Gepäck von einem zum anderen weiter. „Komm, wir bilden die letzten Kettenglieder", beschloss Iris. Schon kletterte sie in ihren massiven Arbeitsschuhen durch die Gischt. Pippa folgte zögernd. Ihre Fußsohlen sanken in das vollgesogene Moos ein. Sie erschauerte bei dem ekligen Gefühl. Da verlor sie das Gleichgewicht, taumelte, und das herabströmende eisige Wasser prasselte erbarmungslos auf sie nieder. „Ich hab dich!", hörte sie Iris' Stimme. Pippa ergriff ihre Hand und sie balancierten sich aus, bis sie wieder Halt fanden.

Die Kette verband beide Ufer.

Pippa fühlte sich im falschen Film und legte mechanisch alles ins Gras, was Iris von einem Polizisten entgegennahm und ihr weiterreichte. Wie es in einer Zelle wohl aussah? Ob ihre Eltern eine Kaution zahlen würden? Iris redete mit dem Beamten, doch Pippa hätte sich sehr konzentrieren müssen, um mehr als nur Wortfetzen aus dem Wasserfallrauschen herauszufiltern. Das Rauschen war enorm laut. Ein regelrechtes Dröhnen. Und dieser Wind! Sie wischte sich die Haare aus dem Gesicht, nur damit lange Strähnen im nächsten Moment wieder direkt vor ihren Augen tanzten. Sie presste sich die Handflächen auf Haare und Ohren. Die Polizisten schoben sich an ihr vorbei und nahmen das Gepäck aus dem Gras, ohne sie zu beachten. Verwirrt ließ sie die Hände sinken und sah Iris an. Kurz gaben Iris' wehende Locken den Blick auf ihre Augen frei. Iris sah nach oben, streckte den Zeigefinger zum Himmel und rief: „Der Hubschrauber ist da!"

## 29 IRIS

Etwa 30 Meter über dem Plateau schwebte ein blau-silberner Helikopter, auf dem in Großbuchstaben der Schriftzug *Polizei* prangte. Mittig unter dem Hubschrauber baumelte ein Tau herab. Iris konnte nicht glauben, wie ruhig Pippin bei dem Lärm und Getöse blieb. Oder hatte die Veterinärin ihn längst betäubt? Jetzt erkannte Iris die Signale: hängender Kopf und Unterlippe, halb geschlossene Lider. Ungerührt ließ er es über sich ergehen, dass Tierärztin und Polizisten ihm Watte in die Ohren stopften, einen Sichtschutz über die Augen banden, und ihm Gurte anlegten. Obwohl die Einsatzkräfte sich bei ihrer Arbeit lautstark berieten, verstand Iris kaum etwas. Sie und Pippa waren abseits stehen geblieben. In dem Gewusel hatten Laien nichts zu suchen.

„Die nehmen gar nicht mich mit, sondern das Pferd", hörte sie Pippa sagen.

Pippa sah aus, als würde sie gleich zu Boden sacken. Ob vor Entkräftung oder vor Erleichterung, war Iris nicht klar. Sie rief Pippa zu: „Natürlich! Wie hätte Pippin denn über den Landweg zurück ins Tal kommen sollen – auf drei Beinen, in einem Gelände, das kein Hänger erreicht?"

Und dann ging alles ganz schnell. Die Gurte, die unter dem Pferdebauch verliefen, wurden mit Haken an dem Tau befestigt. Langsam stieg der Helikopter höher in die Luft und Pippin verlor den Boden unter den Füßen. Wie ein gemaltes Pferd, dem jemand das Gras unter den Hufen wegradierte.

Ungläubig starrte Iris dem fliegenden Kabardiner hinterher. „Er hat seine Haltung überhaupt nicht verändert. Hängt einfach in der Luft und fliegt."

Ein Polizist trat vor Pippa und Iris und schob die Daumen in seinen Gürtel. „So Mädels, an wen geht die Rechnung?"

Pippa senkte den Blick und murmelte kleinlaut. „An mich."

Iris schluckte und hatte mit einem Mal Mitgefühl. Ob eine vierstellige Summe reichte, um das alles hier zu bezahlen?

Doktor Rubens kam zu den Mädchen und fragte: „Wie alt seid ihr überhaupt? An Minderjährige werden keine Forderungen geschickt. Pippin wird jetzt zurück zum Hof gebracht. Dort klären wir die Versicherungslage und ob eine Rechnung an die Unfallverursacher oder an die Pferdebesitzer geht." Sie baute sich vor dem Polizisten auf. „Das war jetzt mal die Grobzusammenfassung. Vielen Dank für Ihre Arbeit. Ich bringe die Mädchen ins Tal."

Es war nur ein sehr kurzer Blick, den der Beamte auf Pippa warf, doch er reichte, dass Iris ihr am liebsten eine Jacke umgelegt hätte.

Ob Doktor Rubens den Blick ebenso bemerkt hatte oder nicht, jedenfalls ließ sie die Mädchen vorausklettern und bildete eine Barriere zwischen ihnen und dem Uniformierten. Zum ersten Mal fühlte Iris sich beschützt davon, dass sie nicht auffiel. *Unsichtbarkeit hat Vorteile,* dachte sie.

Nach einer Kletterei, die Iris jetzt viel beschwerlicher vorkam als auf dem Hinweg, erreichten sie die Forststraße. Wo sie vor einer gefühlten Ewigkeit den Traktor zurückgelassen hatten, standen mehrere Wägen. Die Polizisten hatten alles mitgenommen, was noch auf dem Plateau gelegen hatte, und verluden jetzt Motorsäge und Seilwinde in Doktor Rubens Jeep. Iris und Pippa kletterten auf die Rückbank. Pippa fiel in sich zusammen, sobald sie saß. Iris hingegen betrachtete durch die Scheibe die Szene. Hätten sie von Anfang an professionelle Leute rufen sollen, statt selbst zu experimentieren? Dann hätte Flori kein verletztes Bein und vor allem nicht die Wunde am Kopf. Er hatte nur helfen wollen.

Sie spürte eine Hand in der ihren. Es war Pippas. Überrascht sah Iris zu ihr hinüber. Pippa war bleich, die Lippen bläulich, die Haare hingen in halbtrockenen Strähnen an ihr herunter. Zum ersten Mal, seit Iris sie kannte, strahlte Pippa Verletzlichkeit aus. Pippa legte den

Kopf an Iris' Schulter und Iris hatte keine Ahnung, ob Pippa gerade Trost spendete oder sich welchen holte.

Die Tierärztin brauste auf den kiesigen Serpentinen den Berg hinunter und wurde dabei mehrmals angepiept. Zwischendurch sah sie in den Rückspiegel und versuchte, Pippas Blick aufzufangen. „Eins verstehe ich nicht", sagte sie, „Wolltest du deine Bilder per Selbstauslöser machen?"

„Ein Bekannter hat mir das Plateau gezeigt. Er hat sich vor Stunden aus dem Staub gemacht!", erklärte Pippa kleinlaut. „Seine Kamera ist ins Wasser gefallen." Sie fuhr sich übers Gesicht. „Wahrscheinlich muss ich ihm die obendrein bezahlen. Und Pippins Behandlung. Und den Hubschrauber. Wie soll ich so viel Geld verdienen?"

„Deine Eltern werden sicher aushelfen", warf Iris ein.

Pippa schnaubte. „Meine Eltern haben mich in die Pampa geschickt, damit ich von Social Media loskomme. Wenn sie das hier erfahren, verstoßen sie mich endgültig." Sie kaute auf ihren Lippen. „Wie auch immer. Pippin wird wieder gesund, ja? Und Flori ebenfalls!" Sie sah die Veterinärin im Rückspiegel durchdringend an.

Doktor Rubens bedachte sie im Spiegel mit einem langen Blick: „Social Media, hmm?"

Iris fragte sich, wie groß die Kluft zwischen einer Medizinerin und einer Nachwuchs-Influencerin sein konnte.

„Geht's um Lifestyle, um Abenteuer ...?", hakte Doktor Rubens nach.

„Um Bademode. Mein Account ist Pippas_Pride und die Followerzahlen haben sich im letzten Jahr vervierfacht", sagte Pippa und Iris hörte zwischen aller Niedergeschlagenheit einen Hauch Stolz heraus.

„Bademode", wiederholte die Veterinärin bedeutsam. „Mein Account ist Tierärztin_Doktor_Rubens."

Pippa riss die Augen auf. „Sie sind auf Instagram?"

Sie nickte. „Um die 5.000 Follower und ein eigener YouTube-Kanal. Und ich kann von deinem Gesicht ablesen, dass du dich fragst, was eine Frau in mittleren Jahren, obendrein mit einem unkreativen Profilnamen, in den sozialen Medien will."

„Nein, das stimmt nicht!" Ihr Protest wirkte aufrichtig.

„Die sozialen Medien sind das, was du daraus machst", meinte Doktor Rubens.

„Und was ist das bei Ihnen?", fragte Pippa mit aufleuchtenden Augen.

„Nun ja, ich bekomme manchmal Nachrichten, dass Leute durch mich angefangen haben, Tiermedizin zu studieren oder sich in einem Tierheim zu engagieren. Hin und wieder schreiben Studenten, dass Ihnen meine Tipps bei Prüfungen geholfen haben. Und ab und zu fragen mich Kollegen um Rat oder ich sie. Ist doch super, wenn man sich vernetzt."

Pippa klebte förmlich an ihren Lippen. „Und wie verdienen Sie damit Geld?"

Doktor Rubens lachte auf. „Mein Brotjob ist es, Tieren zu helfen."

Pippa ließ sich gegen die Lehne fallen, den Blick ins Leere gerichtet. Iris sah ihr an, dass sie etwas ausheckte.

„Apropos", sagte die Tierärztin. „Ich erkläre euch jetzt, wie Pippin in nächster Zeit versorgt werden muss."

Die Frau lieferte Pippa und Iris auf dem Oswaldhof ab und musste sofort weiter zu einer Fohlengeburt. Doch zuvor versprach sie, in den kommenden Tagen öfter nach Pippin zu sehen.

Wie bestellt und nicht abgeholt standen die beiden Mädchen mitten auf dem Hof und sahen sich orientierungslos um. Der Hof war wie leergefegt, nur das Muhen der Kälber auf der Weide hinter der Kastanie durchbrach die Stille.

„Ich dachte, hier wäre ein mega Tumult", sagte Pippa.

„Bis vor Kurzem bestimmt", erwiderte Iris. „Aber Flori wurde schon vor einer ganzen Weile ins Tal gebracht und Pippin war mit dem Hubschrauber viel schneller als wir zu Fuß und mit dem Jeep." Ein mulmiges Gefühl beschlich sie. Irgendetwas passte nicht ins Bild.

„Kommst du mit zu Pippin?", fragte Pippa vorsichtig.

Iris hatte sich noch keineswegs daran gewöhnt, ihre Zimmergenossin regelrecht schüchtern zu erleben.

Die Kälber drängten an den Zaun. Iris' schlechtes Gefühl verstärkte sich. Sie zögerte. „Eigentlich wollte ich als Erstes zu Flori." Die diffuse Unruhe machte sie hibbelig.

Ein trauriges, wissendes Lächeln legte sich auf Pippas Gesicht. „Das muss wirklich was heißen, wenn ausgerechnet du zuerst zu einem Jungen statt zu einem Tier gehst."

Iris spürte die Hitze in ihre Wangen steigen. „Natürlich sorge ich mich um Pippin." Sie durchlebte noch einmal, wie sie und Flori sich aneinander gekuschelt und gegenseitig gewärmt hatten. „Es ist nur ..." Iris sah an den Mauern des Wohnhauses hoch. Flori hatte auf keinen Fall ins Krankenhaus gewollt. Ob er auf dem Sofa lag?

Pippa unterbrach sie. „Ich trau mich nicht allein zu Pippin. Er könnte Angst vor mir haben, weil ich sein Vertrauen missbraucht habe! Wenn du dabei bist, erlaubt er mir vielleicht, mich bei ihm zu entschuldigen."

„Okay, ich komm mit. Bestimmt haben sie ihn in eine Box gebracht, wo er sich in Ruhe erholen kann."

Auf dem Weg blickte sie über die Schulter zurück und zerbrach sich den Kopf, was nicht stimmte.

Pippin war leicht zu finden, denn sein Bruder stand am Koppelzaun des Offenstalls und sah wie ein lebender Wegweiser zur Scheune, in der neben der Sattelkammer zwei Boxen Platz fanden. Der Braune hatte der Boxentür den Hintern zugewandt und schien zu dösen.

„Hey", grüßte Pippa leise und streckte ihm vorsichtig die Hand entgegen. Er zuckte nur träge mit dem Ohr. „Es tut mir alles so leid!", beteuerte sie. „Magst du eine Möhre? Heu oder Gras? Ich besorge dir etwas."

„Das wirst du nicht!"

Pippa und Iris fuhren herum. Es war Eva, die so scharf gesprochen hatte. Iris konnte Evas Wut regelrecht spüren. Doch die Bäuerin strahlte zusätzlich ein anderes Gefühl ab, dass Iris nicht einzuordnen vermochte. „Nach einer Betäubung muss eine Wartezeit eingehalten werden, bevor ein Tier wieder fressen darf", erklärte Eva mühsam beherrscht.

Pippa zog den Kopf ein. „Es tut mir alles so leid! Aber ich komme für den Schaden auf! Ich habe schon etliche Ideen, um Geld zu verdienen! Und bei Kathi werde ich mich natürlich entschuldigen."

Die Hofchefin zog scharf die Luft ein und noch bevor Eva es aussprach, fiel bei Iris der Groschen: Die Kälber hätten um die Uhrzeit nicht mehr auf der Weide stehen dürfen. Denn Kathi ließ es sich nicht nehmen, diejenige zu sein, die sie zum Füttern in den Stall holte.

„Kathi ist verschwunden", sagte Eva und sah die Mädchen eindringlich an.

Pippa sah Eva mit großen Augen an. „Was soll das heißen: verschwunden? Sucht sie Pippin? Aber er ist doch wieder daheim!"

„Nachdem er fast den ganzen Tag weg war, und dann an einem Hubschrauber baumelnd angeflogen kam!" Eva klang, als wollte sie Pippa am liebsten ins Gesicht springen. „Kathi regelt die Dinge gerne selbst. Weil Pippin zu lange weg war, wird sie losgezogen sein, um ihn zu suchen."

„In dem Fall hat sie sicher etwas von der Rettungsaktion am Himmel mitbekommen und ist längst auf dem Heimweg", warf Iris ein.

„Im Wald mit all den Bäumen muss sie den Hubschrauber nicht gesehen haben", meinte Pippa und fügte kleinlaut hinzu: „Und wenn du den Heli nur hörst, denkst du nicht unbedingt daran, dass dein Pferd dran hängen könnte."

Flori humpelte aus dem Haus. Iris wollte ihn gleichzeitig an sich drücken und ins Bett schicken.

„Bleibst du jetzt mal liegen!", fuhr ihn seine Mutter an. „Bettruhe und beobachten hat der Arzt gesagt!" Sie wischte sich übers Gesicht.

„Wir müssen meine kleine Schwester finden!", sagte er und schaute in die Box ihres Pferdes. Iris folgte seinem Blick. Träge wandte der Kabardiner den Kopf. Die treuen, braunen Pferdeaugen erinnerten Iris an die Augen der ganzen Familie Oswald und unvermittelt platzte sie heraus: „Ich kann Kathi suchen!"

Eva lachte freudlos auf. „Den Hof habe ich längst abgesucht."

„Hast du sie als vermisst gemeldet?", wollte Pippa wissen.

„Das fehlte noch, dass wir an einem Tag zweimal so ein Tamtam veranstalten! Als würden wir auf dem Oswaldhof gar nicht mehr ohne Einsatzkräfte klarkommen", antwortete Eva missmutig. „Erst mal denken wir ohne Polizei nach!"

„Iris und ich suchen mit den Fahrrädern die Gegend ab!", schlug Pippa vor, obwohl sie nicht danach aussah, dazu noch fähig zu sein.

Flori hob die Braue. „Du meinst die rostigen Drahtesel, die so unter deiner Würde sind, dass ich sie gar nicht erst flott machen sollte? Die bekomm ich auf die Schnelle nicht fahrtüchtig."

„Stimmt. Du gehst jetzt nämlich zurück ins Bett!", entgegnete seine Mutter scharf.

„Nein, ich werde Horst nehmen, um meine kleine Schwester zu suchen!"

Eva deutete ihm einen Vogel. „Das lässt du schön bleiben! Du könntest eine Gehirnerschütterung haben!"

Pippa fischte kopfschüttelnd ihr Handy aus dem Rucksack.

„Ey, wenn du jetzt was postest!", fuhr Flori sie an.

Sie setzte zum Protest an, sagte dann aber nur: „Ich suche nach einem Online-Tutorial, wie man Fahrräder repariert, und sobald ich eines flott gemacht habe, düse ich los."

Flori schnaubte. „Pah, wahrscheinlich kannst du nicht mal einen Schraubenschlüssel von einem Schraubenzieher unterscheiden."

„Ich glaub, an deinem Kopf wurden vor allem die Bereiche Fantasie und Freundlichkeit verletzt!", erwiderte Pippa. Ihre Augen schimmerten verdächtig glasig.

Evas Handy klingelte. Sie stöhnte auf. „Die ganze Zeit schon bimmelt das Ding! Weil jeder den Hubschrauber gesehen hat."

„Geh ran! Der Anruf kann Kathi betreffen!", drängte Flori.

Alle Augen richteten sich auf Eva, die das Gespräch entgegennahm, doch an ihrem Gesicht lasen sie schon nach wenigen Augenblicken ab, dass nicht die erhoffte Nachricht kam. Eva winkte ab und entfernte sich mit dem Handy am Ohr.

Sobald sie zurückkehrte, sagte Flori zu ihr: „Vielleicht hat Kathi etwas erwähnt und in dem Trubel ist es untergegangen."

Eva presste sich die Finger gegen die Schläfe. „Nein, sie hat nicht gesagt, dass sie heute irgendwo hinwollte. Erst dachte ich, sie sei mit Pippin ausgeritten, aber kaum ohne Sattel und Zaumzeug. Und irgendwann sah ich einen Hubschrauber am Himmel. Wisst ihr, wie es sich anfühlt, einen Polizeihubschrauber fliegen zu sehen, wenn man gerade die eigene Tochter vermisst? Pippins Halfter und sein Führstrick waren weg. Ich dachte, er sei ihr davongelaufen und sie hätte sich verletzt, als sie versucht hat, ihn einzufangen. Aber dann haben die Rettungskräfte dich statt ihr gebracht." Sie räusperte sich und fragte Pippa: „Was hast du zu Kathi gesagt, bevor du mit ihrem Pferd abgehauen bist?"

„Ich bin nicht ..." Jetzt war es Pippa, die sich räusperte. „Sie wusste nur, dass ich Fotos machen wollte. Wir haben ihn doch sogar zusammen aufgehübscht."

„Und was hast du Kathi erzählt, wo du fotografieren wolltest?"

„Ich habe ihr gesagt, dass die Bilder eine Überraschung werden und sie deshalb nicht wissen darf, wo sie gemacht werden."

Flori schnaubte, dann wandte er sich an seine Mutter. „Ich reite jetzt auf Horst Kathis Lieblingsplätze im Wald ab."

„Nein!", entfuhr es Iris.

Alle sahen sie an.

Sie schluckte und drehte sich zu Flori. Er sah wild aus mit dem Kopfverband, unter dem die kupferfarbenen Haare hervorquollen. „Deine Mutter hat recht. Du solltest dich wirklich ausruhen."

„Das ist jetzt nicht wichtig", meinte er.

Doch Iris hatte noch klar vor Augen, wie grau sein Gesicht oben auf dem Plateau ausgesehen hatte. „Du sagst mir die Plätze und ich nehme Horst", sagte sie.

Wieder klingelte Evas Handy. Sie sah aufs Display, seufzte und entfernte sich, während sie den Anruf entgegennahm.

„Du kennst dich hier nicht aus", sagte Flori zu Iris. „Am Ende taucht Kathi von selbst wieder auf und dafür bist du verschwunden."

„Ich habe einen ausgezeichneten Orientierungssinn!", beharrte Iris.

Er rang mit sich. Es war ihm deutlich anzusehen, dass er die Verantwortung nicht abwälzen wollte.

„Flori, ich mein's ernst. Ich übernehme das! Mach dir kühle Wickel, leg dein Bein hoch!"

Für einen Moment erwachte Pippa aus ihrer Lethargie und schlug Iris vor: „Nimm meine Kopfhörer."

Iris und Flori runzelten die Stirn.

„Bleibt per Handyanruf miteinander verbunden, während du reitest", sagte Pippa. „So kann Flori dir durchgeben, wo Kathi sein könnte, und du hältst ihn auf dem Laufenden, wo du mit Horst bist."

Flori und Iris sahen sich an. „Damit bin ich einverstanden", stimmte er zu.

Iris entschied, Horst in Ruhe in seiner Box fertig zu machen. Auf dem Weg zur Sattelkammer sah sie Flori mit Eva reden. Die beiden blickten kurz zu Iris. Offenbar erläuterte Flori ihr den Plan. Eva wirkte unzufrieden, aber was half es schon: Kathi musste gefunden werden! Flori humpelte herüber und erklärte Iris den Weg zu einem Jägerstand, den seine Schwester gerne als geheimes Lager benutzte.

„Es geht dort durch eine Filze. Der Boden ist moorig und nur auf Bohlen bereitbar. Komm auf keinen Fall vom Weg ab!", redete Flori auf sie ein. „Sonst ist Horst der Nächste, den wir bergen müssen."

Ein mulmiges Gefühl machte sich in ihr breit. Gleichzeitig konnte es ihr nicht schnell genug gehen, aufzubrechen. „Ich bin vorsichtig. Versprochen. Und du, pass auf dein Bein auf. Leg es hoch, ja?"

„Du klingst wie meine Mutter!"

Und da war Eva schon und drückte Iris einen Apfel in die Hand. „Du musst was essen! Sonst fällst du noch vom Pferd."

Iris ritt vom Hof. Zwar verspürte sie keinen Appetit, aber ihr Körper konnte Kohlenhydrate gebrauchen. Sie biss ein paar Mal von Evas Apfel ab und bot den Rest Horst an. Der verbog sich dafür gerne den Hals und kaute schäumend.

„Keine Panik, aber vollste Konzentration!" Iris beugte sich über die Mähne vor zum Kopf. Die braunen Ohren spielten in ihre Richtung. „Wir beiden haben eine Mission: Wir sind das Kathi-Suchkommando", flüsterte Iris. Dann richtete sie sich wieder auf. Wo vorher bewirtschaftete Felder den Weg gesäumt hatten, markierten jetzt Feuchtwiesen den Übergang zum Wald. Gelbe, weiße und rosa Blumen leuchteten inmitten hoher Gräser und der Weg wurde schattig durch die nahen Bäume.

Als sie in den Wald eintauchten, duftete es würzig nach Harz, und wenn die Sonne ihren Weg durch das Astwerk fand, zeichnete sie Strahlenkränze in die Luft. Iris legte ihren Oberkörper auf den Pferdehals und seufzte: „Ach Horst, find ich das hier alles gerade viel zu schön? Ich weiß, dein Bruder war in Gefahr und wir wissen nicht, wo Kathi ist, aber gleichzeitig verliebe ich mich ausgerechnet heute so richtig in diese Gegend. Ist das schlimm?"

Sie bogen in einen Pfad, der vom Hauptweg abzweigte. Der Wald lichtete sich und gab den Blick frei auf kargen Boden, der mit Heidekraut, niedrigen Büschen, Kiefern und vereinzelten Birken bewachsen war. Sie fand einen mit Bändchen gekennzeichneten Pfad.

„Wir sind richtig! Mit solchen Markierungen wird das eine regelrechte Schnitzeljagd."

Horsts Ohren waren gespitzt, seine Mähne wehte in flottem Rhythmus auf und ab. Ein Bändchen hing an einer Kiefer, eines am Heidekraut und immer so weiter.

„Der Weg gefällt dir, oder? Mir auch. Und wir spielen ein Spiel! Wer Kathi zuerst sieht, hat gewonnen!"

Der Kabardiner stieg über Dachschindeln hinweg, mit denen besonders sumpfige Stellen abgedeckt worden waren. Die Hufeisen klackerten kurz und verstummten auf dem weichen Boden danach wieder. Und dann kam der Bohlenweg. Zu beiden Seiten säumte ihn ein hölzernes Geländer. An seinem Anfang prangte ein großes Schild.

„Nein, bitte kein Reitverbot!", stöhnte Iris.

Der momentane Nervenkitzel reichte ihr. Sie brauchte dafür nicht zusätzlich etwas Verbotenes tun. Sie überflog das Schild. Es erinnerte daran, auf dem Weg zu bleiben, um keine Wildtiere zu stören, und warnte vor Lebensgefahr im Moor.

„Immer noch besser als ein Reitverbot", fand sie und sprach sich Mut zu: „Auf dem Weg bleiben kann nicht so schwierig sein." Sie trieb Horst auf die Bohlen.

Der Kabardiner schnupperte im Gehen am Boden. Der Klang von Hufeisen auf Holz schien ihn zu irritieren und er versuchte, unter Iris wegzulaufen, doch sie war darauf gefasst und hatte ihn gleich wieder an den Hilfen.

Als Horst sich an den Bohlenweg gewöhnt hatte, wagte sie, nach links und rechts zu sehen. Um sie herum lag eine freie, karge Fläche, die in allen Himmelsrichtungen von Wald umgeben war. Dass es solche Orte im dicht besiedelten Deutschland gab! Hier im Moor existierten die Weite und die Abgeschiedenheit, die sie so schmerzlich vermisst hatte.

„Ich habe an den falschen Orten gesucht", stellte sie fest.

Das Klingeln ihres Handys riss sie aus den Gedanken und kurz darauf hörte sie Floris Stimme in den Kopfhörern. „Wie weit bist du?"

„Wir sind auf dem Bohlenweg", antworte sie, ohne aufzuhören, mit den Augen den Waldrand abzusuchen.

„Wir?", wiederholte Flori aufgeregt. „Du hast Kathi schon gefunden?"

„Äh, nein, ich meinte Horst und mich. Ich sehe mehrere Jägerstände und reite zum grün angepinselten."

„Ja, genau den! Ich bleib dran."

„Oh, okay." Sie war sich nicht sicher, wie sie das fand. Mit Horst allein zu sein, hatte ihr gar nicht schlecht gefallen.

Am grünen Jägerstand ließ sie Horst anhalten.

„Kathi?", rief sie. Hoffentlich hielt Flori sich das Handy grad vom Ohr weg. „Kathi!" Sie sprach wieder in das Gerät. „Nichts! Hier ist es mucksmäuschenstill."

Er seufzte. „Das war der erste Platz, der mir eingefallen ist. Der zweite ist ein kleiner Teich, eher ein Tümpel. Der liegt im Wald nahe der Straße, die zum Dorf führt."

Sie trieb Horst wieder an. Flori versuchte zu erklären, wie sie vom Jägerstand aus weiterreiten musste. Sie hörte geduldig zu, lenkte Horst aber jedes Mal in die richtige Richtung, noch bevor Flori die entsprechende Abzweigung beschrieb. Irgendwann klärte sie ihn auf: „Hinter mir liegen die Berge. Da ist Süden. Das Dorf liegt nördlich, also reite ich von den Bergen weg."

Kurze Stille in der Leitung, dann sagte er: „Ja, das stimmt natürlich."

Schon von Weitem hörte sie das Quaken. Die Frösche waren nicht zu sehen, aber ihr Konzert erfüllte die Luft. Inmitten von Bäumen lag ein mit Sumpfdotterblumen zugewachsener Tümpel.

„Was habt ihr hier für ein Paradies?", hauchte Iris.

„Kannst du meine Schwester sehen?", unterbrach Flori sie.

„Kathi?", rief Iris. Sie formte mit der Hand einen Trichter und wiederholte den Namen lauter. Nichts.

„Läuft sie öfter weg?", fragte Iris.

„Es ist kein Weglaufen. Wenn es auf dem Hof wenig für sie zu tun gibt und Pippin von Reitschülern belagert wird, stromert sie gerne durch die Gegend. Die Absprache lautet, dass sie zu den Mahlzeiten heimkommt."

Iris lächelte beim Gedanken an diese Freiheit. „Warten wir das Abendessen ab. Bestimmt taucht sie da von selbst wieder auf."

„Das hätte es vor einer halben Stunde gegeben, wenn weniger losgewesen wäre."

Erstaunt sah Iris auf dem Handy nach der Uhrzeit, auf die sie zuvor gar nicht geachtet hatte. Schon so spät! Im Sommer blieb es lange hell, doch jetzt fiel ihr auf, wie tief die Sonne stand. Mit einem Mal wuchs ihre Besorgnis. Sie musste Kathi schleunigst finden! Eine Neunjährige, die zu dieser Uhrzeit allein im Freien herumlief, ohne dass die Familie wusste, wo sie sich aufhielt - das konnte auch hier auf dem Land gefährlich werden.

„Okay, wo suche ich als Nächstes?", fragte sie.

Flori überlegte. „Reite aus dem Wald raus und bleib auf dem Feldweg, der die Straße zum Dorf kreuzt. Der führt zu dem Berg, an dem wir heute gearbeitet haben. Nicht, dass Kathi doch den Heli gesehen und mit Pippin in Verbindung gebracht hat."

„Du meinst, sie könnte ihm entgegengelaufen sein?"

„Vielleicht. Denk wie sie. Pippin ist ewig weg und dann kommt vom Berg her ein Hubschrauber mit einem Pferd auf den Hof zugeflogen."

„Hmm." Iris war nicht überzeugt, aber etwas Besseres fiel ihr auch nicht ein. „Okay, ich reite zur Straße und dann weiter."

Sie ließ Horst auf dem federnd weichen Boden antraben. Seine Mähne wippte im Takt auf und ab. Der Wald lichtete sich und der Waldweg wurde zum Feldweg. Iris ritt zwischen einer Wiese und einem Weizenfeld entlang. Horst versuchte im Trab, nach den Ähren zu schnappen, doch Iris hielt ihn zurück. „Die Belohnung bekommst du, wenn wir Kathi gefunden haben!" Sie schnalzte mit der Zunge und er galoppierte an.

„Reit nicht zu schnell!", bat Flori. „Lieber langsamer und sicherer!"

„Jetzt klingst *du* wie *meine* Mutter!", konterte sie. Wozu langsamer reiten? Falls sie ein Auto hörte, würde sie rechtzeitig abbremsen. Sie trieb Horst in einen schnelleren Galopp, dieses Mal ohne Stimmhilfe. Dann blinzelte sie. Über dem Weizen sah sie einen Umriss. Ein Kribbeln ging durch ihren Körper.

„Ho!" Sie zügelte den Wallach.

„Ja, genau, sehr vernünftig!", sagte Floris Stimme in den Kopfhörern.

Iris wartete ein paar Sekunden, bis sie sicher sein konnte. Ein Stein fiel ihr vom Herzen, als sie das Gesicht der Spaziergängerin identifizierte. Dieses Mal sprach Iris gezielt in das Mikro am Kabel der Kopfhörer. „Ich hab sie!"

Kathi entdeckte Iris ein paar Sekunden später. Ihr Gesicht erhellte sich und sie winkte erleichtert.

Iris trabte bis zu ihr und hielt Horst an. „Bin ich froh, dich gefunden zu haben!", rief Iris aus. Dann erst betrachtete sie Kathi genauer. „Alles in Ordnung?"

Die Kleine atmete heftig, ihre Stirn glänzte und sie war rot im Gesicht. Zwar begann sie nun, Horst zärtlich wie immer zu streicheln, doch die andere Hand hielt sie hinter dem Rücken. *Was verbirgt sie?,* fragte sich Iris.

„Ich hab den Bus verpasst", ächzte Kathi. „Der nächste fährt erst in einer Stunde und ich bin ohnehin so spät dran."

„Aber wo warst du denn?"

Sie biss sich auf die Lippen und kramte aus der Hosentasche Leckerli für Horst, ohne Iris anzusehen.

Iris ließ es zunächst dabei bewenden. „Na ja, Hauptsache, du bist wieder da." Sie schwang sich aus dem Sattel. „Steig auf, du scheinst für heute genug gelaufen zu sein."

Bei der Aussicht auf einen Pferderücken wagte Kathi ein kleines Lächeln. Kurz blitzte Plastik hinter ihrem Rücken hervor.

„Ist das eine Tüte?", fragte Iris. „Soll ich sie für dich halten, während du reitest?" Sie streckte die Hand danach aus.

Kathi wich zurück.

Iris kniff überrascht die Augen zusammen. „Du siehst aus wie das schlechte Gewissen in Person. Na komm, wird schon nichts so Schlimmes drin sein."

Kathi drehte die Fußspitze in den Boden. Dann hob sie zögernd den Blick. „Du darfst Pippa nichts verraten."

Iris lachte auf. „Ich glaub eher, sie darf dir einiges nicht verraten."

„Iris!", hörte sie Flori in ihren Ohren. „Bei euch alles gut?"

„Ja. Ich führ sie auf Horst heim."

Ein erleichtertes Seufzen. „Alles klar. Mama hört grad mit. Ich leg jetzt auf. Bis gleich!"

„Bis gleich!"

Kathi hatte den Kopf schräg gelegt und deutete auf Iris. „Warum sprichst du in dieses Kabel, das aus deinem T-Shirt kommt?"

„Ich hab mit Flori telefoniert. Wir haben dich alle vermisst, weißt du?"

Plötzlich stampfte das Mädchen mit dem Fuß auf. „So ein Mist, Mist, Mist! Dabei hatte ich alles perfekt geplant und niemand hätte etwas mitbekommen. Dieser blöde Bus!"

Schicksalsergeben drückte sie Iris die Tüte in die Hand. „Es kommt sowieso raus. Ich bin viel zu spät. Pippa ist wahrscheinlich schon los zur Mottoparty, oder?" Sie stellte Horsts Steigbügel kürzer. „Oder sie ist daheimgeblieben, weil ich ihr alles verdorben habe. Und jetzt spricht sie bestimmt kein Wort mehr mit mir. Nur wegen des Busses! Diese eine Minute hätte er wirklich warten können!" Sie stellte den linken Fuß in den Steigbügel und schwang sich in den Sattel. „Du musst nicht führen. Ich reite, seit ich laufen kann."

Verdutzt ließ Iris die Zügel los und sagte: „Ich hab nur Bahnhof verstanden."

Sie lief neben dem Kabardiner her. Die Hufeisen klackerten auf dem Asphalt, Grillen zirpten. Auf einer Weide läutete die Glocke einer Kuh, die zum Wasserfass trottete, während ihre ArtgenossInnen dösten.

Iris wechselte die Hand, mit der sie die Tüte trug, und stutzte. „Den Stoff, der hier herausspitzt, hab ich schon mal gesehen."

Kathis Gesicht lief erneut rot an, dieses Mal nicht vor Anstrengung. „Nicht schimpfen!", flehte sie. „Die große Schwester meiner Schulfreundin ist Schneiderin und hat das Kleid perfekt geflickt!"

„Warum denn? Pippa hat es heute Morgen rausgehängt. Da wirkte es intakt", wunderte sich Iris.

„Sie hat es mir gezeigt und es sah wundervoll aus. Als sie weg war, wollt ich es unbedingt anprobieren, nur ganz kurz. Aber es war zu lang für mich! Ich bin hängen geblieben und der Stoff ist gerissen!"

„Oh, verstehe.“

„Die Schneiderin hat gezaubert! Der Riss fällt Pippa bestimmt nicht auf!“, beteuerte Kathi. Im nächsten Moment ließ sie die Schultern hängen. „Wenn sie jetzt überhaupt noch zu der Mottoparty will. Zu spät kommen ist doof.“

Nach und nach setzten sich die Puzzleteile zusammen. Iris fasste sich an den Kopf. Dann begann sie zu glucksen.

Kathi starrte sie an. „Das ist nicht witzig! Es ist ...“ Sie machte mit der Hand eine theatralische Geste. „... tragisch! Gestern hat Pippa jemanden kennengelernt, und sie haben sich auf den ersten Blick ineinander verliebt. Er lädt sie auf einen Ball ein, aber sie kann ohne passendes Kleid nicht hin. Wie bei Aschenputtel! Und dann bringe ich zwar das reparierte Gewand, aber zu spät. Die Tauben im Märchen kamen pünktlich!“

Iris gluckste lauter. „Erstens hätte Pippa sicher nichts dagegen, zu spät zu kommen, weil sich dann alle zu ihr umdrehen und sie den großen Auftritt hinlegt. Aschenputtel erschien übrigens auch zu spät zum Ball und bekam die volle Aufmerksamkeit.“

Kathi machte große Augen. „Du hast recht!“

„Zweitens würde es mich sehr wundern, wenn Pippa noch in Marcel verliebt wäre, falls sie es überhaupt gewesen ist.“

„Marcel?“, staunte Kathi. „Pippas Liebe auf den ersten Blick ist doch hoffentlich nicht der undurchschaubare Typ mit der festbetonierten Frisur, der gern mit seinem Angeber-Auto durch die Gegend düst?“

Iris räusperte sich. „Du bist ihm bereits begegnet?“

„Hallo? Hier kennt jeder jeden. Und wer heißt in Rogenau schon Marcel, außer dem einen?“

Iris fand den Namen nicht gerade ungewöhnlich, aber vielleicht war er nicht typisch für diesen speziellen Landstrich. „Wie dem auch sei“, setzte sie an. „Ich glaube, für Pippa war er ein Mittel zum Zweck und hat mit Pauken und Trompeten versagt.“

„Was bedeutet das?“, hakte Kathi nach.

„Nicht so wichtig. Jedenfalls denke ich, dass sich das mit der Party erledigt hat. Ich hatte heute den Eindruck, dass sie mit ihm überhaupt nirgendwo mehr hingehen will."

„Würde ich auch nicht. Ich bevorzuge nette Menschen. Aber er sieht nicht vollkommen schlecht aus, oder? Wie der Prinz in *Die Schöne und das Biest*, bevor die Zauberin ihn verwandelte." Kathi überlegte kurz, dann fügte sie hinzu: „Recht alt ist Marcel halt, aber Pippa ja auch."

Iris gluckste erneut. „Es ist sehr lieb von dir, dich mit uns betagten Leuten abzugeben."

Kathi zuckte die Schultern. „Junge sind ja keine da."

Als sie in den Hof einbogen, kam ihnen Eva entgegengelaufen. Sie zog ihre Tochter förmlich vom Pferd herunter, um sie in die Arme zu schließen. Zwischen all ihren Ausrufen und Fragen hob sich der Satz ab: „Ich dachte, du wärst wegen Pippin weggelaufen!"

Und ab da wendete sich das Blatt, denn Kathi wurde stutzig und stellte ihrerseits Fragen.

Iris entfernte sich diskret und schrieb eine Nachricht an Flori: „Wo bist du?"

Die Antwort kam prompt: „Ungefähr drei Meter über dir."

Sie stutzte und sah auf. Er winkte aus dem Fenster. „Das Wiedersehen konnte ich mir nicht entgehen lassen."

„Kann ich zu dir?"

Falls ihn die Frage überraschte, ließ er es sich nicht anmerken. Er machte eine einladende Geste.

So wie sie ihn kennengelernt hatte, versuchte er, seine Verletzungen zu ignorieren. Ob sie wenigstens eine kalte Kompresse für ihn fand? Dieses eine Mal durfte sie sicherlich auf eigene Faust an den Kühlschrank. In der Tür lagen verschiedene Kühlpacks. Sie wählte das größte, ging nach oben und zögerte kurz. Nein, Pippas geflicktes Kleid konnte wirklich warten. Sie stellte die Tüte vor die Gästezimmertür und klopfte bei Flori.

Er saß am Schreibtisch und lächelte, als Iris eintrat. Ihr Blick fiel auf sein Bein. „Du sollst es hochlegen!", platzte sie ohne Einleitung heraus. Sein Lächeln wurde breiter. Sie packte einen Sitzsack, zerrte ihn zu Flori und deutete auffordernd darauf.

„Und wo setzt du dich hin?", fragte er unschuldig.

„Nirgends."

„Schade." Ohne Iris aus den Augen zu lassen, hievte er sein verletztes Bein auf den Sitzsack. Sie legte den Kühlbeutel auf Floris Knöchel und war traurig, dass sie nicht mehr tun konnte.

„Brauchst du sonst etwas?", fragte sie. „Ich bring dir Tee, heiße Schokolade, was du willst. Oh, ich hab ein paar Beutel vom besten Tee der Welt in meinem Koffer. Melisse! Warte!"

„Melisse?", hörte sie ihn noch belustigt fragen, doch da war sie schon unterwegs.

Als sie in ihr Zimmer platzte, schreckte sie Pippa auf, die dabei war, Schmuck zu sortieren.

Iris stutzte. „Wozu brauchst du den?"

Pippa wählte ein Armband aus. „Für Kathi wegen Pippin. Mit einem Geschenk entschuldigt es sich leichter." Sie hielt kleine Perlen mit einem Herzanhänger hoch. „Das wird Kathi gefallen! Sie war verschwunden, weil sie im Saum meines gepunkteten Kleids hängen geblieben ist und es rechtzeitig vor der Verabredung mit Marcel reparieren lassen wollte. Kannst du dir das vorstellen? Noch so klein, dass sie sich in meine Sachen verliebt und gleichzeitig so groß, Probleme ganz allein lösen zu wollen."

Pippa wartete nicht auf eine Antwort von Iris. „Und du wirst jetzt erst mal in dein Buch schreiben, um diesen verrückten Tag zu verarbeiten, oder?"

Iris erstarrte. „Was weißt du von meinem Buch?"

„Na hör mal, wir leben gemeinsam in einem Zimmer. Es dauert nicht lang, um zu merken, dass du lieber mit Papier redest, statt mit Menschen."

*Touché*, dachte Iris und realisierte erst im nächsten Augenblick, dass Pippas Bemerkung nur das gewesen war: eine Bemerkung. Pippa sprach weiter: „Deine Sache, aber es gibt hier Menschen, *echte* Menschen, mit denen du reden kannst, klar?" Sie deutete auf sich selbst mit einer Miene, als würde sie eine Neuerscheinung anpreisen.

Iris musste lächeln. „Wird mir allmählich klar, ja."

Pippa nickte, drückte das Armband an sich und wandte sich im Türrahmen zu Iris um.

„Wünsch mir Glück, dass Kathi gnädiger ist als ihr Bruder. Ganz ohne Freunde komm ich hier nämlich nicht klar."

Automatisch formte Iris zwei gedrückte Daumen. Pippa lächelte dankbar und schloss die Tür hinter sich.

Iris war sich nicht sicher, ob die Mitbewohnerin überhaupt noch lange hier klarkommen musste. Je nachdem, wie Eva oder Pippas Eltern mit allem, was heute geschehen war, umgehen würden, reiste Pippa vielleicht früher ab. Iris wurde nachdenklich und bemerkte, dass sie das schade finden würde. Womöglich lag es daran, dass sie die Zimmergenossin heute mal nicht auf der Höhe erlebt hatte und sich ihr dadurch näher fühlte. Es war ziemlich viel, was durch Iris' Kopf wirbelte. Einiges war passiert an diesem Tag, manches hatte sich geändert.

Iris trat an ihren Koffer und zog aus einem Seitenfach einen goldgrün glänzenden Beutel mit einem aufgedruckten Melissenblatt heraus. *Greenfield Green Melissa.* Sie hatte es immer lustig gefunden, dass sie in Sibirien britischen Tee lieben gelernt hatte. Aber es war so: In Russland gab es zahllose großartige Teesorten, nur dass einige davon aus Großbritannien importiert wurden. Inzwischen ging Iris in Deutschland in russische Lebensmittelläden, um dort ihre liebste Marke zu kaufen: *Greenfield.*

Sie drehte das Päckchen in der Hand und nahm die kyrillischen Buchstaben darauf wahr. *Verarbeiten,* hatte Pippa gesagt. Iris fand das keine schlechte Idee und zog ihr Notizbuch unter dem

Kopfkissen hervor. Den Teebeutel wollte sie einstecken und wurde sich dabei wieder bewusst, dass sie nach wie vor die Klamotten aus dem Wald trug. Zeit, sie abzulegen. Sie schälte sich aus der Latzhose und geriet in Verwirrung darüber, in welcher Reihenfolge sie alles machen sollte, was ihr auf einmal einfiel: schnell duschen oder vorerst nur frisch anziehen und gleich den Tee aufbrühen oder aber erst mal so bleiben und in ihr Buch schreiben. Sie machte einen Schritt, nur um beim nächsten Einfall die Richtung zu wechseln, zwei Sekunden später kehrtzumachen und dann das Ganze von vorn.

Es klopfte. Zerstreut sagte Iris „Herein" und kämpfte immer noch mit der Entscheidung, ob duschen, Notizen machen oder Teekochen Priorität hatte. Darüber, warum Pippa an ihre eigene Tür klopfen sollte, wunderte sich Iris erst, als es schon zu spät war: Statt der Zimmergenossin betrat Flori den Raum, hielt inne und sah Iris mit großen Augen an. „Ich dachte, du hättest *herein* gesagt."

Hektisch presste sich Iris die Arme vor den Oberkörper, bevor ihr klar wurde, dass es die Hose war, die ihr fehlte. Sie versuchte, mit den Händen ihre Oberschenkel abzudecken, und stolperte gleichzeitig zum Bett, von dem sie eine Decke herunterriss und sich um die Beine schlang. Ein *Plong* ertönte.

Flori verfolgte das Schauspiel mit breiter werdendem Grinsen und neckte: „Weißt du, ich hab schon mal nackte Beine gesehen. Im Schwimmbad sieht man zum Beispiel häufig welche." Er bückte sich. „Dir ist was runtergefallen."

Ihr Blick fiel auf das aufgeschlagene Buch am Boden. Sie stieß einen entsetzten Laut aus und wäre ihrem Heiligtum am liebsten entgegengehechtet. Immerhin vermied sie geistesgegenwärtig einen Zusammenprall mit Floris verbundenem Kopf. „Lass es liegen!", forderte sie heiser.

Er fragte belustigt: „Darf ich mich jetzt nicht mal mehr bücken? Übertreib's nicht, Krankenschwester."

Hilflos sah sie zu, wie er das Buch aufhob. *Klapp es zu*, beschwor sie ihn in Gedanken. Als er ihren Blick bemerkte, wurde sein Gesicht ernst und er fragte: „Steht da etwas drin, was ich nicht wissen darf?"

*Du wirst da drin nichts finden, was du nicht ohnehin weißt*, dachte sie. Aber dass sie diese Dinge aufschrieb, sollte er nicht erfahren. Er würde sie seltsam finden und ihr das sagen. Es gab Kommentare, die brauchte sie nicht. Nicht zum x-ten Mal von irgendwelchen Menschen und schon gar nicht zum ersten Mal von Flori.

„Schade", sagte er, ohne den Blick von ihr abzuwenden. „Nachdem du bisher so wenig von dir preisgegeben hast, würde mich wirklich interessieren, was da drinsteht."

Sie hielt mit einer Hand notdürftig die Decke fest und streckte die andere bittend aus.

Seufzend reichte er ihr das Buch. Dabei streifte sein Blick die aufgeschlagenen Seiten. Er runzelte die Stirn und zog es zu sich zurück.

„Moment, ist das etwa eine Liste unserer Kuhnamen?", fragte er. „Berta, Brunhilde, Brauna, Agave", las er vor. Dann sah er auf. „Ein Tagebuch hätte ich natürlich nicht gegen deinen Willen gelesen, aber was bitte ist das hier?"

Sie verging vor Scham. Jetzt hielt er sie für den größten Freak. Wer ging schon heimlich mit einem Buch durch den Stall und schrieb der Reihe nach sämtliche Namen von den Schildern ab? Selbst die Kühe hatten sie schief angesehen.

Als sie nichts sagte, warf er einen weiteren Blick in das Schriftstück. Iris krümmte sich innerlich.

Seine Augen weiteten sich beim Lesen. „Du hast unsere Melkanlage skizziert und die Arbeitsschritte aufgelistet. Und die Kreise und Linien auf der nächsten Seite, das sind die Bahnfiguren."

„Hör auf", bat sie und streckte erneut die Hand aus.

Er zögerte, merkte ihr dann aber offenbar an, wie gebrochen sie sich fühlte, klappte das Buch zu und gab es ihr. Sie sah ihn nicht an.

„Steht da alles drin, was du gelernt hast, seit du hier bist?", fragte er leise.

Sie nickte. Gleich würde er sie eine weltfremde Streberin nennen. Daraufhin würde sie innerlich wie äußerlich von ihm abrücken und bei langen, einsamen Spaziergängen das Ende der Ferien abwarten.

Ein Kribbeln durchzuckte sie, als er ihren Arm berührte. Er ließ seine Hand auf ihrer Haut ruhen. Schlanke Finger mit gepflegten Nägeln - wie auch immer er das auf einem Bauernhof schaffte. Langsam sah sie auf und ihre Blicke trafen sich.

„Wäre ich in der Schule so diszipliniert gewesen wie du, hätte ich es vielleicht auf die Realschule geschafft", sagte er.

Ihre Anspannung entlud sich in einem erstickten Auflachen. *Diszipliniert. Das klang sympathischer als …*

„Zwanghaft", unterbrach Flori ihre Gedanken. Er deutete aufs Papier. „Ein wenig zwanghaft, aber ziemlich cool."

Ihre Augen weiteten sich. *Ziemlich cool?*

Er räusperte sich und fügte hinzu: „Aber du musst das nicht machen, weißt du?"

„Doch, sonst merk ich mir das alles nicht."

Seine Wangen glänzten rot. „Das meinte ich nicht. Versteh mich nicht falsch. Was du in der kurzen Zeit begriffen hast und wie du dich hier einbringst, sowas hab ich noch nie erlebt. Dabei habe ich hier schon viele Leute kommen und gehen sehen. Immer wieder mal will eine Mutter ein bisschen mitmelken oder ein Vater mit in den Wald. Aber niemand, absolut niemand hat sich so … nützlich gemacht." Sein Blick flackerte. „Nicht, dass ich dich gut finden würde, weil du nützlich bist." Er kam ins Stammeln. „Natürlich bist du das, du bist fleißig und verständig wie sonst überhaupt keiner. Gott, wie klingt denn das? Was ich eigentlich sagen wollte: Es sind Ferien. Hab Spaß."

Iris' Stimmung, die sich nach und nach gehoben hatte, sank wieder in den Keller. *Amüsier dich.* Die alte Leier, die sie schon genauso oft gehört hatte wie den anderen Klassiker: nämlich, dass sie furchtbar unentspannt war.

Flori nahm die Hand von ihrem Arm und umfasste ihre Finger. „Entspann dich. Hab nicht den Anspruch, der perfekte Feriengast zu sein. Du wirst zu nichts gezwungen."

Sie presste die Lippen aufeinander. *Entspann dich, hab Spaß, sei kein Freak, sei ganz normal, leb!* Alexej hatte nie so etwas zu ihr gesagt, sondern sie genommen, wie sie war. Bis sie dem ins Auge hatten sehen müssen, dass es für ihre Beziehung durch Iris' Rückkehr nach Deutschland keine Zukunft gab.

Flori missdeutete ihren Gesichtsausdruck. „Denkst du an Pippa? Du brauchst dich nicht mit ihr zu messen. Das musst du doch spätestens heute begriffen haben! Diese Instagrammer in ihrem oberflächlichen Universum, die mit Scheuklappen durch die Welt stolpern auf der Suche nach dem nächsten Foto!"

„So ist sie nicht. Nicht nur", wandte Iris ein. „Sie hat das Zimmer hier schön gestaltet, treibt viel Sport, motiviert andere – sprich mich – gesünder zu leben, und hing die letzten Tage gar nicht so oft am Handy."

Sie witterte eine Chance, das Thema von sich selbst weg zu lenken, doch Flori ließ es nicht zu. „Ich weiß, dass Pippa kein schlechter Mensch ist", sagte er. „Aber erstens bin ich heute wütend auf sie und zweitens brauchst du ihr nicht nachzueifern. Lass sie sie sein und sei du du. Lass los!"

„Du bist ja lustig! Woran soll ich mich festhalten, wenn ich alles loslasse?" Hatte sie das laut gefragt?

Offenbar ja. Er suchte ihren Blick und sagte: „Familie und Freunde halten uns! Wir brauchen uns nicht festklammern, denn falls wir fallen, fangen sie uns auf." Er ließ sie los und fuhr sich verlegen durch die Haare. „Mann, du machst mich noch zum Philosophen. So kenn ich mich gar nicht."

„Aber ich glaube, dass ich mich langsam wieder erkenne", entgegnete sie leise. „Das hab ich lange nicht."

Fragend sah er sie an.

„Weißt du, wie schön es ist, in deine Augen zu blicken, ohne mir gleichzeitig blaue vorzustellen?"

„Was stimmt nicht mit Braun?", fragte er verdutzt.

Vielleicht war er noch nie so verliebt gewesen, dass über Jahre hinweg ein einziges Gesicht jedes andere überlagert hatte.

„Braun ist perfekt", versicherte sie. In ihrem Bauch kribbelte es. Heiser fügte sie hinzu: „Ich sehe nur dich."

Freilich hatte er keine Chance zu begreifen, welche Entwicklung es war, dass Alexej nicht alles überstrahlte. So entgegnete er nur, als sei es das Selbstverständlichste der Welt: „Und ich dich. Wen denn sonst?“

Am Boden funkelte das Teepäckchen, beschriftet auf Englisch und Russisch. Die kyrillischen Buchstaben erzeugten Bilder in ihrem Kopf. Vor ihrem inneren Auge breiteten sich Taiga und Tundra aus. Sie dachte an den Baikalsee und die Transsibirische Eisenbahn. Sibirien galt als einsam und kalt, was ihre Zuneigung noch besonderer machte. Und ja, ganz kurz blitzte die Erinnerung an ihren ersten Freund auf. Aber Schmerz und Reue waren verblasst. Der Alexej in ihrer Fantasie lächelte Iris ermutigend zu.

Sie hob den Blick, legte ihre freie Hand an Floris Wange, darauf bedacht, den Verband nicht zu verschieben. „Niemanden sonst“, flüsterte sie. Ihr Herz klopfte bis zum Hals und sie würde kein Wort mehr herausbringen, denn sie wusste, was gleich passieren würde. Sie küsste Flori auf die Lippen. Ganz schnell hatte sie ihn damit überfallen wollen, bevor sie den Mut verlor, aber sie hatte die Rechnung ohne Flori gemacht. Denn er seufzte nur: „Endlich!“ und zog sie an sich.

## 30 PIPPA

Die Tierärztin hatte eine gezerrte Sehne diagnostiziert. Kathi nahm die warm gewordene Kühlgamasche von Pippins geschwollenem Bein und strich dem Tier über den Hals. „Armer Junge! Reitpause. Und das in den Ferien! Aber Hauptsache, du wirst wieder gesund."

„Das wird er!", sprach Pippa ihnen allen dreien Mut zu. Sie trat mit einer Gamasche, die sie zuvor in einer Kühlbox vom Gefrierschrank mitgenommen hatte, neben Kathi. „Mindestens eine Woche Pause, davon zwei bis drei Tage kühlen und danach Salben oder Bandagen. Dazu viele Nährstoffe, die die Heilung unterstützen. Ich helf natürlich bei allem!", versicherte sie schnell. „Zeigst du mir, wie man diese ... warte kurz ... *Gamasche* anlegt?"

Vorsichtig beugte sie sich hinab, um genau zu sehen, wie Kathi am Bein hantierte. „Schubs mich nicht um, ja?", bat sie Pippin. Ihr war bewusst, dass er sie in dieser Position mit einem herzhaften Stups aus dem Gleichgewicht bringen könnte.

Kathi wechselte die Gamasche, setzte sich in die saubere Einstreu und beobachtete ihr Pferd.

Pippa zögerte, dann ließ sie sich vorsichtig neben ihr nieder. „Und er ist echt geflogen?", fragte die Kleine zum gefühlt hundertsten Mal. Natürlich hatte sie ihren Liebling sofort sehen wollen, als sie von den Geschehnissen erfahren hatte. Jetzt saßen Pippa und Kathi beide in seiner Box und das Mädchen wollte ein weiteres Mal die Geschichte hören, und zwar in jedem Detail. Der Wallach durfte inzwischen wieder fressen und klaubte Halme aus einem Heunetz.

„Ja, das ist er", bestätigte Pippa. Sie war nach wie vor misstrauisch, ob Kathis Laune umschlagen würde, und wartete auf einen Wutausbruch.

„Ich wünschte, er hätte sich nicht verletzen müssen, um so etwas zu erleben", sinnierte das Mädchen. „Ich würde auch gerne mal fliegen. Wie die Welt wohl über den Wolken aussieht?"

„Na ja, *so* hoch ..." Pippa konnte sich gerade noch bremsen und verzichtete darauf, Kathi über die Flughöhe des Helis aufzuklären. Wenn der Kleinen die Vorstellung half, Pippin sei über den Wolken geflogen, dann wollte sie ihr diese Fantasie nicht nehmen.

Pippa hatte ein mulmiges Gefühl. Kathi hatte sie immer noch nicht ausgeschimpft. Es wäre ihr wohler dabei gewesen, wenn Kathi sie angebrüllt hätte, aber sie wirkte nur besorgt und sah traurig aus. „Ich werd nie fliegen. Das können wir uns nicht leisten. Obwohl ich mein Taschengeld behalten durfte, weil es die Schneiderin, die dein Kleid geflickt hat, nicht annehmen wollte."

Pippa winkte ab. Solange sie selbst für ihre Fehler noch nicht geradegestanden hatte, schämte sie sich, dass eine Neunjährige es bereits hinbekommen hatte. Kathi war auf eigene Faust zu einer Schneiderin gelaufen und hätte sogar mit dem eigenen Taschengeld bezahlt. Pippa besaß nicht annähernd genug Erspartes, um für die Folgen ihrer Fahrlässigkeit Tages aufzukommen.

Kathi schien ähnlichen Gedanken nachzuhängen. „Mama war sehr aufgebracht, weil sie nicht gewusst hat, wo ich bin. Ich hatte vergessen, ihr einen Zettel hinzulegen."

Pippa ließ Einstreu durch ihre Finger rieseln und sagte: „Wahrscheinlich war sie mehr auf mich wütend. Ich hab ihr schließlich ebenso wenig Bescheid gegeben, bevor ich mit Pippin Bergsteigen gegangen bin."

Kathi schwieg und legte den Kopf auf die Knie. An ihrem Handgelenk glänzte das Perlenarmband mit dem Herzchen. Die Kleine hatte es strahlend angenommen, aber Pippa hatte nicht das Gefühl, damit annähernd etwas gutgemacht zu haben. Und je trauriger Kathis Gesicht jetzt wurde, desto bewusster wurde es ihr.

„Pippin konnte sich das Fliegen genauso wenig leisten wie wir", sagte Kathi endlich. „Außerdem sind Tierärzte teuer. Ausgerechnet jetzt soll Flori erst mal nicht arbeiten. Und Papa ist schon lange weg." Sie zog die Nase hoch.

Pippas Herz wurde schwer. Mit ihrem eigenen Vater lag sie zwar nicht auf einer Wellenlänge, aber weg hätte sie ihn sich trotzdem nicht gewünscht. Und Geldsorgen wünschte sich auch keiner. Pippa betrachtete die sich selbst umschlingende kleine Gestalt, dann das verletzte Pferd. Danach wanderte ihr Blick weiter zu der zusammengezimmerten Box aus abgenutztem Holz.

Als sie Kathi eine Hand auf den Rücken legte, sah das Mädchen sie mit glasigen Augen an: „Mama sagt, über Geld redet man nicht. Aber wie sieht es bei dir und deinen Eltern aus? Habt ihr welches?"

Pippa lachte freudlos auf. „Irgendwo bestimmt. Aber ich habe keinen Zugriff." Sie deutete an sich hinab. „Alles gebraucht gekauft. In Vintage-Läden und so. Ich achte stets darauf, preiswert an stylische Klamotten zu kommen."

Kathi runzelte die Stirn.

„Sorry, nicht das Thema", lenkte Pippa ein. „Meine Eltern gehören zur Mittelschicht, würde ich sagen. Geld investieren sie am liebsten in die Förderung meines kleinen Schlaukopfbruders. Ich sag nur: Mathecamps und Experimentierkästen!"

Erneut ein Stirnrunzeln.

„Entschuldige, ich drifte wieder ab. Was ich sagen will: Am coolsten ist es doch, unabhängig zu sein. Niemanden anbetteln zu müssen. Stolz auf das sein zu können, was man schafft." Sie redete sich in Fahrt. „Eigene Fehler wieder gut machen können. Schau, du wolltest das mit meinem Kleid selbst ausbügeln. Und du hast dafür genutzt, was du hast: deine Kontakte und dass du gut zu Fuß bist. Du verstehst mich also. Ich werde nämlich ebenfalls nutzen, was ich habe."

„Bikinifotos?", fragte Kathi zweifelnd.

Pippa stockte und verzog das Gesicht. „Weißt du was? Ich glaube, denen bin ich heute entwachsen! Aber diese Tierärztin hat mich auf etwas gebracht. Ich kann nämlich noch viel mehr, als in Strandklamotten grandios auszusehen!" Sie machte eine kurze Pause und sah Kathi an. „Ab heute heißt es Bühne frei für Pippa 2.0. Du wirst sie lieben!"

# 31 IRIS

Zwei Wochen waren vergangen seit jenem Tag, der alles verändert hatte.

Iris wartete mit Horst an der Reitplatzumzäunung. Der Kabardiner interessierte sich mehr für das lange Gras, das um die Zaunpfähle herum wuchs, als dafür, was innerhalb der Umzäunung passierte. Iris hingegen sah wie gebannt zu Flori, der Pippin longierte. „Er geht astrein!", rief sie glücklich.

Flori nickte. „Der gestrige erste Spaziergang im Schritt hat ihm nicht geschadet." Er parierte durch und wickelte die Longe auf. Dann betastete er Pippins Bein. „Nicht heiß, nicht geschwollen."

Iris lächelte. „Die Ruhe und Pflege haben ihm gutgetan! So wie die letzten beiden Wochen wurde er bestimmt sein ganzes Leben noch nicht verwöhnt."

„Spielst du auf den Karottenkuchen und die Apfelplätzchen an, die Pippa letzte Woche für ihn gebacken hat? Oder vielleicht auf die Bananencookies?"

Die Erinnerung an Pippas Aktionismus ließ Iris glucksen.

Seite an Seite führten sie die Brüder zwischen Obstgarten und Kälberweide entlang vor die Sattelkammer. Dort stand Pippa im Malerkittel und bepinselte den Koppelzaun, während Kathi sie filmte. Iris und Flori sahen sich an, hielten sich den Zeigefinger vor den Mund und stoppten die Pferde.

Flankiert von Maxi und Findus sprach Pippa in die Kamera: „Und so, meine Lieben, erstrahlt ein weiterer Teil dieses alten Hofes in neuem Glanz. Seid nachher wieder dabei, wenn wir dem Hühnerstall einen Anstrich verpassen."

Sie strahlte in die Linse, bis Kathi die Aufnahme beendete, dann wischte sie sich über die Stirn und begrüßte Iris und Flori.

„Puh, euer Leben möchte ich haben!", sagte sie. „Pferde betüddeln, während das arbeitende Volk schuftet." Mit einer Hand kraulte sie Maxis Bauch.

Iris machte Pippins Führstrick an der Anbindestange fest und lachte: „Du genießt es doch, dass du den Hof verschönern kannst. Auf dem Pferderücken würdest du dich nur langweilen."

Pippa drehte sich einmal um sich selbst und betrachtete mit glänzenden Augen, was sie geschaffen hatte. Der Koppelzaun strahlte schneeweiß, an der Sattelkammer prangten Kästen mit bunten Blumen, die Außenschalung des Wohnhauses war neu gestrichen und an der Eingangstür hingen zwei aus Gräsern geflochtene, einander zugewandte Pferdeköpfe.

„Wenn du so weiter machst, kannst du uns bald eine Rundumerneuerung in Rechnung stellen", zog Flori sie auf.

Sie wurde ernst: „Kathi hat mir erzählt, dass eure Mutter sehr viel Geld für Pippins Bergung und die Tierärztin ausgeben musste. Und du wurdest von der Bergwacht geborgen. Ich werde mich zur Wiedergutmachung eine Weile reinhängen müssen."

Er warf seiner Schwester einen scharfen Blick zu, der Iris stutzen ließ. Pippa hingegen sprach bereits weiter: „Ich bin so froh, diese Chance zu bekommen. Mein Vater hat sich glücklicherweise beruhigt und hält es für sinnvoll, dass ich hier geradestehe, statt einfach abzuhauen. Erst wollte er mich ja sofort nach Hause bestellen. Außerdem hätte Eva mich heimschicken und meine Eltern auf Schadensersatz verklagen können. Ich bin nicht fit bei rechtlichen Sachen, aber wäre doch denkbar, oder?"

*Was soll der Blickwechsel der Geschwister? Ob etwas im Busch ist?*, wunderte sich Iris. Da lenkte sie das Gebimmel von Fahrradklingeln ab. Sie riss die Augen auf. Eine Schar Jugendlicher, von denen ihr manche durch das Weinfest vage bekannt vorkamen, radelte auf den Hof.

Pippa breitete die Arme aus und rief: „Mein Flashmob ist da! Herzlich willkommen! Wie wunderbar, dass ihr alle mithelfen werdet, Werbung für Patenschaften zu machen!"

„Patenschaften?", fragte Iris.

Kathi strahlte sie an, während Maxi schnurrend um ihre Beine streifte. „Pippa hat eine Idee, wie all unsere Tiere Geld verdienen können. Nicht nur mit Eier legen, Milch geben und Reitschüler tragen, sondern einfach so, weil sie so lieb sind!"

Flori beugte sich zu ihr vor und raunte: „Du willst Iris und mir sicher helfen, die Pferde zu satteln."

Seine Schwester errötete und senkte den Blick, dann fiel ihr ein: „Ich muss filmen! Horst und Pippin machen sich bestimmt gut in unserem neuen Imädschfilm."

„Ihr bekommt einen Imagefilm?", staunte Iris.

„Meine ausgewiefte kleine Schwester versucht abzulenken", raunte Flori Iris zu.

Mit zerknirschter Miene, aber blitzenden Augen ging Kathi mit in die Sattelkammer.

Flori sah seine Schwester an, ohne seinen strengen Blick beibehalten zu können. Mit zuckenden Mundwinkeln fragte er: „Kathi, was genau hast du Pippa erzählt? Sie hängt sich rein, als stünden wir kurz vor dem Ruin."

Kathi sah zu Boden und malte mit der Fußspitze Kreise. „Möglicherweise hab ich die Lage so dramatisch wie möglich dargestellt."

„Kathi?", hakte ihr Bruder nach, indem er auffordernd ihren Namen wiederholte.

Sie hob den Kopf und verteidigte sich: „Das Geld ist wirklich immer knapp! Und nie redet ihr mit mir darüber und denkt, ich bekomm nichts mit. Dabei sind euer Getuschel und Mamas Telefonate nicht zu überhören! Ich hatte solche Angst, dass ihr Knuffi verkauft!"

„Knuffi, den kleinen Stier? Den verkaufen wir, weil wir eine Milchwirtschaft und kein Zuchtbetrieb sind", erklärte Flori verwundert.

Sie funkelte ihn an. „Pippa wird einen Paten für Knuffi finden, sodass er bleiben darf, obwohl er keine Milch gibt!“

Flori schüttelte den Kopf. „Er wird eines Tages ein ausgewachsener Stier sein und ...“

Iris dachte an einen Artikel zu Jungbullenfleisch, über den sie kürzlich gestolpert war. Sie ahnte, was Flori aussprechen wollte, und gab ihm ein Zeichen, sich zu bremsen.

Stattdessen war es Kathi, die in Fahrt geriet. Sie stemmte die Hände in die Hüften. „Pippa hat die besten Ideen, seit sie davon ausgeht, dass sie den Hof retten muss. Sie hat im Internet so viel Werbung gemacht, dass die Ferienzimmer auf Monate ausgebucht sind, und es hat sich eine Oma gemeldet, die Patin für unseren Gockel sein will. Sie hat schon den ersten Zwanziger überwiesen und versprochen, das regelmäßig zu wiederholen!“

„Für unseren Gockel?“, fragte Flori fassungslos.

„Genau! Wenn das für all unsere Tiere so funktioniert, sind wir künftig nicht auf Holzverkäufe angewiesen, und Mama muss keine Angst haben, dass du bei der Waldarbeit verunglückst! Außerdem brauch ich nicht mehr um die Hennen zu fürchten, die zu wenig Eier legen, oder um Kühe, die nicht so viel Milch geben.“ Tränen sammelten sich in ihren Augen. „Am meisten Panik hatte ich davor, dass Maxi und Findus wegmüssen, weil man von ihnen nichts verkaufen kann außer sie selbst.“

Ihr Bruder seufzte und zog sie an sich. Behutsam strich er über ihren Rücken und flüsterte: „Hey, ich hab gar nicht mitbekommen, wie viele Sorgen du dir gemacht hast. Tut mir leid. Maxi und Findus gehören zum Hof und wir verkaufen weder Hühner noch Kühe wegen ein bisschen weniger Eier oder Milch.“

Sie schniefte. „Bist du mir böse, weil ich Pippa angeschwindelt habe?“

Er biss sich auf die Lippen und sein Blick schweifte durch ein kleines Fenster über den Hof. Ein paar Jugendliche begannen, den Hühnerstall zu streichen, während ein Mädchen versuchte, eine Henne zu streicheln und ein anderes stolz ein Ei in Pippas Kamera hielt.

Ein Lächeln breitete sich auf seinem Gesicht aus und er zwinkerte seiner Schwester zu: „Weißt du was? Ich denke, das passt schon, wie du das gemacht hast."

Sie befreite sich sichtlich erleichtert aus der Umarmung. „Find ich auch! Und jetzt muss ich Fotos machen!"

Als sie draußen war, wechselten Flori und Iris einen Blick.

„Wie lief das wirklich mit den ganzen Kosten von dem einen Tag?", fragte Iris.

Sie traten an die Anbindestange, wo Flori Pippin den Longiergurt abnahm. „Alles im Zusammenhang mit mir hat die Krankenversicherung gezahlt. Die Tierarztrechnung übernimmt sie leider nicht."

„Den größten Batzen macht bestimmt der Hubschrauber aus", vermutete Iris.

Er zögerte, bevor er flüsterte: „Was ich dir jetzt erzähle, bleibt bitte unter uns. Einer von der Bergwacht hat einen Kumpel bei der Polizei. Und irgendwie haben die einen Deal gedreht."

„Einen Deal?"

„Frag mich nicht, wie das genau lief. Ich hab's so verstanden, dass die Polizei den Einsatz als Übung deklariert und nur einen Bruchteil dessen verlangt hat, was es sonst gekostet hätte."

Iris klappte der Mund auf. „Wie kulant ist das denn?"

„Aber hallo! Das darf auf keinen Fall die Runde machen, sonst wünscht sich der nächste müde Wanderer, der sich beim Bergsteigen überschätzt hat, auch einen billigen Heimflug mit dem Hubschrauber."

„Ich schweige!", versprach Iris. „Aber weswegen war überhaupt die Polizei beteiligt? Die Ankunft der Beamten hat Pippa einen Mordsschrecken eingejagt."

Sie begannen mit dem Aufsatteln. Flori antwortete: „Die Hubschrauber der hiesigen Bergwacht hätten Pippins Gewicht gar nicht tragen können. Deshalb wurde der belastbarere Polizeihubschrauber angefordert."

„Ah, ich hab mich schon gewundert." Sie platzierte das Pad auf dem Pferderücken.

„Ja, da gibt's Kooperationen, sogar mit der Bundeswehr. Denn es kann nicht jede einzelne Organisation für alle Eventualitäten ausgerüstet sein."

„Logisch." Sie sah zu ihrer Zimmergenossin hinüber, die nun wie eine Moderatorin in die Kamera sprach, während Kathi filmte.

Flori folgte ihrem Blick. „Schau, welche Freude Pippa an der Wiedergutmachung hat. Unglaublich, wie sie sich engagiert."

Iris dachte nach. „Was meinst du, welchen Grund hatte jemand von der Bergwacht, die Rechnung zu drücken, die die Polizei schickt?"

Er zuckte die Schultern. „Wir vom Oswaldhof sind eben sehr beliebt."

Sie knuffte ihn in die Seite. „Im Ernst, es war doch gar nicht davon auszugehen, dass ihr auf den Kosten sitzen bleibt, sondern dass die Rechnungen an Pippas Familie gehen." Sie überlegte. „Also wollte der, der das eingefädelt hat, in Wirklichkeit ihr einen Gefallen tun."

Flori rutschte beim Auflachen der Sattelgurt durch die Finger. „Ich weiß, dass entweder Sepp oder Hans mit den Polizisten geredet haben. Machten die oben am Berg auf dich etwa den Eindruck, Fans von ihr zu sein?"

„Nein, jetzt wo du's sagst: Die beiden wirkten abweisend, wenn nicht gar feindselig, was Pippa betraf. Kein Wunder. Die Bergwacht steht bestimmt nicht auf Leute, die fahrlässig Einsätze verursachen."

Er zuckte die Schultern. „Tja, was soll ich sagen? Früher hatte ich regelmäßig mit Hans' und Sepps Mutter zu tun. Aber weshalb sollte das den Ausschlag gegeben haben, die Kosten zu drücken?"

„Die beiden sind Brüder? Sieht man." Sie zählte die Löcher an den Steigbügelriemen ab und stellte ihre Länge ein.

„Ich kenne sie nur flüchtig. Bei Gelegenheit frage ich sie, was es mit dem Deal auf sich hatte."

„Vielleicht sind sie einfach besonders nette Menschen", schlug Iris vor.

„Hey", protestierte Flori. „Schau nicht so versonnen, wenn du von anderen Männern sprichst."

Sie lachte.

Da eilte Pippa zu ihnen herüber und wedelte begeistert mit dem Handy in der Luft. „Mein Kanal explodiert! 34 neue Abonnenten allein seit heute Morgen. Ziemlich cool, oder? Sogar Follower meines alten Bademodenaccounts sind rübergeswitcht!"

„Hast du den stillgelegt?", fragte Iris.

Pippa winkte ab. „Wer braucht schon dutzende verschiedene Outfits für einen Strand, der meilenweit weg ist? Schönheit beginnt da, wo man jeden Tag ist: daheim! Die Leute sind begeistert davon, dass ich sie inspiriere, ihr Zuhause in eine Oase zu verwandeln."

„Und der Wettbewerb, bei dem du in der Endausscheidung bist?", fragte Flori.

Sie machte eine weitere wegwerfende Handbewegung. „Geschenkt. Zwei Baumärkte und eine Gärtnerei haben angefragt, ob ich ihre Produkte in meinem Kanal bewerben möchte! Da soll Nixe_Ashley erst mal mithalten mit ihrem einen popeligen Werbevertrag, den sie noch nicht mal in der Tasche hat. Das Geld, das sie da möglicherweise bekommt, kann sie gleich wieder ausgeben für die Flugtickets nach sonst wohin auf der Jagd nach dem weißesten Sand und dem türkisesten Wasser."

„Gibt's das Wort überhaupt?" Iris und Flori grinsten sich an, während Pippa nicht widerstehen konnte, den Account ihrer ehemals härtesten Konkurrentin zu besuchen und durch die neuesten Bilder zu scrollen.

„Pah, interessiert mich alles nicht mehr!", verkündete sie. „Ich bin da rausgewachsen!" Sie verließ den Account, doch dann stutzte sie. Sie hielt sich das Handy näher vors Gesicht. Plötzlich lachte sie auf.

„Was ist so lustig?", fragte Kathi neugierig.

Pippas Lachen wurde lauter und triumphierender. Endlich hielt sie den anderen, die sie verdutzt ansahen, das Handy vor die Nase und fragte: „Na, wer ist das?"

Iris beugte sich vor. „Das bist du! Neben dem Becken oben am Berg."

„Postest du das, um andere zu ermutigen?", empörte sich Flori. „Ich dachte, du hättest was dazugelernt." Er kniff die Augen zusammen. „Und in High Heels? Dein Ernst?"

Ungeduldig schüttelte Pippa den Kopf. „Das hab nicht ich hochgeladen, ihr Dödel. Sondern der liebe Meisterfotograf Marcel, der zwei Wochen in der Versenkung verschwunden war, und nun offenbar doch nicht widerstehen konnte, meine Bilder zu posten."

„Ist seine Kamera nicht kaputt?", fragte Iris.

„Davon bin ich ausgegangen", meinte Pippa. „Aber entweder die Bilder haben sich rechtzeitig in die Cloud übertragen, oder er konnte wenigstens den Speicherchip retten." Sie lachte. „Ich werde mich schlaumachen, ob ich ihn für die Veröffentlichung meiner Bilder nicht zahlen lassen kann."

„Es war doch sein Apparat", wandte Iris ein.

„Aber ich bin das Model. Sicher hab ich irgendwelche Rechte an den Bildern. Das lässt sich herausfinden." Zufrieden steckte sie ihr Handy in den mit Farbspritzern verzierten Kittel und ging zurück zu ihrem Arbeitstrupp.

Flori und Iris hingegen schwangen sich in die Sättel.

„Ist es in Ordnung, wenn wir ausreiten, während die hier alle schuften?", fragte Iris.

„Nicht fragen, lächeln", entgegnete Flori.

Da bemerkte Iris, dass Kathi die Kamera auf sie hielt. „Oh nein, morgen werden wir auf Instagram zu sehen sein", jammerte sie.

„Soll Social Media uns ruhig reiten sehen", fand Flori. „Wir haben um sechs schon die Kühe gemolken. Einen Ausritt haben wir uns verdient."

Sie ritten bis zum Fluss, wo die Pferde trinken und ihre Beine kühlen durften. Flori und Iris legten sich ans Ufer und sahen hoch zum Blätter- und Nadeldach.

Er knipste mit seinem Fingernagel Löcher in Gänseblümchenstiele und fädelte die Blumen aneinander. Horst schnappte danach. „Hey!" Flori lachte und brachte das Kunstwerk gerade noch rechtzeitig vor den Pferdezähnen in Sicherheit.

Iris drehte sich vom Bauch auf den Rücken. Pippin begann, ihre Taschen abzusuchen. „Das kitzelt!" Kichernd setzte sie sich auf, um ihn wegzuschieben.

„Wahnsinn, die beiden", sagte Flori. „Als hätten sie nicht die ganze Wiese zum Grasen, solange wir hier rasten."

„Apropos, wann reiten wir weiter?", fragte Iris.

„Gleich. Aber erst ..."

Er beugte sich zu ihr und legte ihr den Gänseblümchenkranz um den Hals. Iris betrachtete den Kranz und ließ ihn durch ihre Finger gleiten. „Danke!", sagte sie leise.

Sie legte ihm die Hand an die Wange und während sie sich küssten, glitten sie langsam zurück ins Gras. Sie strich ihm die Haare aus der Stirn.

„Lass sie lieber, wo sie sind. Sie verdecken perfekt die Narbe von der Platzwunde", meinte Flori.

„Aber die Narbe erinnert mich daran, dass deinem Kopf sonst nichts passiert ist. Als es hieß, dass manche Folgen erst später auftreten, hatte ich tagelang Angst um dich!"

„Es gefällt mir, wenn sich deine Welt um mich dreht", neckte er. Dann berührte er ihre Wange und wurde ernst. „Ich hab mich noch nicht daran gewöhnt, wie schön es mit dir ist." Mit dem Finger zeichnete er ihre Lippen nach.

Sie legte ihren Arm um seine Taille und zog ihn zu sich heran. Erst küssten sie sich sanft und suchend, dann fordernder. Inzwischen waren die Schmetterlinge in ihrem Bauch Iris' beste Freunde, obwohl sie immer noch manchmal überrascht war, dass sie sich in ihr eine Heimat gesucht hatten.

Die Sonne stand bereits tief. Er fragte vorsichtig: „Was machen wir, wenn der Sommer vorbei ist und du heimfährst?"

Sie legte ihre Hand in seinen Nacken und sah ihm in die Augen. „Wir schaffen das, meinst du nicht? Rogenau ist nicht aus der Welt."

Er grinste schief. „Nein, wir werden weiter auf demselben Kontinent sein."

„Im selben Land sogar."

„Es ist kein Visum nötig."

„Wir müssen nicht mal unsere Währung umtauschen."

„Und brauchen kein Flugzeug."

„Ein Klacks, oder?"

„Aber hallo!"

Sie lachten beide, doch der Abschiedsschmerz hatte sich schon in ihnen eingenistet. Ihr tägliches Beisammensein war angezählt – selbes Land hin oder her.

„Ich besuch dich, so oft ich kann", versprach sie.

Pippin stupste sie an und sie kraulte ihm den Kopf. „Dich natürlich auch! Und deinen Bruder und Maxi, Findus, Berta, Brunhilde, Brauna, Agave …"

„Sei still!" Flori lachte und zog sie von Neuem zu sich heran. Er hielt inne. „Ich werde dich auch besuchen. Versprochen!"

Er kippte nach vorn, als Horst ihn anstupste.

„Die Pferde werden ungeduldig", stellte Iris fest.

Flori sah zum Himmel. „Der Stand der Sonne sagt mir, dass es bald Abendessen gibt. Reiten wir zurück!"

„Der Stand der Sonne!" Iris schüttelte belustigt den Kopf. „Meine Handyuhr sagt mir das gleiche."

Kurz darauf saßen sie beide in den Sätteln und ließen die Pferde am langen Zügel heimmarschieren. Iris saugte die Landschaft in sich auf. Die ersten Äcker waren abgeerntet, auf den Feldern trocknete gemähtes Gras, das die Bauern bald abholen würden, und zwischendrin gab es immer wieder Kuhweiden. Wenn sie das nächste Mal herkam, würde sie Leinwand, Pinsel und eine Farbpalette mitnehmen. Allerspätestens in den Herbstferien.

# DANKE

Als Jugendliche besaß ich eine Norwegerstute, die auf dem elterlichen Bauernhof lebte. Die Unabhängigkeit war kaum zu übertreffen: heim von der Schule, ab zum Pferd, los in die Natur. Unendlich viel Zeit, die Gedanken treiben zu lassen. Die Wendy-würdigen Abenteuer und die Stallgemeinschaft, die ich mangels Reiterhof nicht erlebte, entwickelten sich stattdessen in meinem Kopf. Dort blieben sie als lose Fantasie-Fetzen, bis ich gut 15 Jahre später durch meine Tochter in einem *richtigen* Reitstall landete.

In meinem Kopf existieren die Geschichten ohnehin. *Ich muss sie nur aufschreiben,* dachte ich. Nur! Niemand schreibt nur mal schnell sein Erstlingswerk. Aber das wusste ich zu dem Zeitpunkt noch nicht. Während meine Tochter ihre ersten Reitstunden nahm, saß ich mit Papier und Stift auf der Hallentribüne. Dort skizzierte ich den Hof aus meiner Teenie-Fantasie, sammelte Stichpunkte für die wichtigsten Figuren von damals und schrieb los.

Wann wird diese Danksagung zu dem, was sie wörtlich bedeutet? Jetzt. Danke an meine Freundin, die damals per WhatsApp fast schon live zugeschaltet war bei meiner Manuskriptentwicklung. Sie machte mich mit Schreibregeln vertraut, von denen ich nie gehört hatte. *Show, don't tell. Blickführung des Lesers. Nicht zu viel Innenschau.* Dazu gab sie mir seitenweise Rückmeldungen und als das Manuskript längst heruntergeschrieben war, feilten wir noch lange wie die Weltmeister an einzelnen Formulierungen.

Es wurde ein lehrreiches und nie veröffentlichtes Mammutprojekt, bei dem ich Blut geleckt habe. Seither habe ich nie wieder aufgehört, in Romanform zu schreiben.

Zu *Iris & Pippa* habe ich mir früh Rückmeldungen von Leuten außerhalb von Familie und Freundeskreis geholt. Vielen Dank an dieser Stelle an meine tollen Testleserinnen, die sich auf meinen

Instagram-Aufruf gemeldet haben, und mir wertvolles Feedback gegeben haben! Damit bleibe ich gleich bei Instagram: Egal ob ich kurzfristig die Expertise von Kutscherinnen brauchte oder eine Spontan-Umfrage startete, ob es im Roman km/h, Stundenkilometer oder Kilometer pro Stunde heißen sollte: Mein Netzwerk war und ist super hilfsbereit und es tummeln sich einige Fachleute darin. Vielen Dank an dieser Stelle auch an die Bergwacht Miltenberg, die mich zu den entsprechenden Buchszenen beraten hat.

Des Weiteren tausend Dank meiner Familie und meinen Freunden, die immer für einen hilfreichen Austausch offen waren und sind. Um sechs Uhr morgens gemeinsam nach passenden Formulierungen suchen, ein mehrstündiger Videoanruf für letzte Änderungen am Cover, spontanes Korrekturlesen: Ihr seid für alles zu haben.

Herzlichen Dank außerdem an meine Verlegerin und Lektorin Irene, die an Pferdebücher und Debütautorinnen glaubt.

## DIE AUTORIN

Christine Rummel, Jahrgang 1988, wuchs in einer Land- und Forstwirtschaft am Alpenrand auf. Später studierte und arbeitete sie in verschiedenen europäischen und asiatischen Ländern. Heute lebt sie mit ihrer Familie wieder im Voralpenland. Dort erkundet sie die Natur am liebsten auf dem Pferderücken und geht auf mehrtägige Wanderritte.

## KABARDINER

*Reiterhof Aschbach; www.wir-reiten.com,*
*Foto: Peter Jacoby*

Der Kabardiner ist ein elegantes Robustpferd aus dem Kaukasus.

Die Beinstellung ist leicht säbelbeinig, was in Kombination mit einer gut bemuskelten Kruppe zu einem sicheren Gang auch in schwierigstem Gelände führt und eine evolutionäre Anpassung an seine Heimat im Gebirge ist. Stuten haben ein Stockmaß von 148 bis 156 cm, Hengste von 150 bis 158 cm. Es gibt vor allem Braune, Dunkelbraune, Schwarzbraune und Rappen, selten Schimmel. Abzeichen kommen selten vor.

## Weitere Bücher aus dem Tierbuchverlag Irene Hohe

Jugendbücher
Jule
Kerstin Kehl
Das Kleeblatt
DIE GOLDENE SCHATZTRUHE
Maggie Dana
Die Zeitreiterin
TIERBUCHVERLAG
Irene Hohe
irenehohe@tierbuchverlag.de
www.tierbuchverlag.de
Barbara Morgenroth
Ein Sommer mit Pferden
Marleen
Ein Wirbelwind auf Hufen
Kerstin Kehl
KiRA
Tölter bevorzugt
Neubeginn für Svadilfari
Massimo

Weitere Genres. Krimis und Tierbücher
KERSTIN WAASS
Das Blutwunder
Ruhe sanft im
Hotzenwald
Krimi
Kerstin
Kehl
TIERBUCHVERLAG
Irene Hohe
www.tierbuchverlag.de
irenehohe@tierbuchverlag.de
Myotis
IRENE HOHE
MELEKAH
KATZENGESCHICHTEN
Die Einhorn Lüge
Kerstin Kehl

Annäherung ans Pferd
Elvira Stark
Henriette Arriens
Farben und Farbvererbung beim Pferd
Farben und Farbvererbung beim Pferd
- Islandpferde -
TIERBUCHVERLAG
Irene Hohe
irenehohe@tierbuchverlag.de
www.tierbuchverlag.de
Pferde fotografieren
Pferdetraining mit allen Sinnen
Pferdetraining mit allen Sinnen